这是一些语言和心灵的钻石
在时光的沉淀和洗礼中
变得更加璀璨夺目
阅读吧
让它们闪耀在你的精神世界

新课标经典名著

羊脂球

（法）莫泊桑 原著

叶心 改写

南京大学出版社

图书在版编目(CIP)数据

羊脂球/(法)莫泊桑原著;叶心改写. —南京:
南京大学出版社,2014.5
(新课标经典名著:学生版)
ISBN 978-7-305-13163-9

Ⅰ.①羊… Ⅱ.①莫… ②叶… Ⅲ.①短篇小说-小说集-法国-近代 Ⅳ.①I565.44

中国版本图书馆 CIP 数据核字(2014)第 089831 号

出版发行	南京大学出版社
社　　址	南京市汉口路22号　　邮　编　210093
网　　址	http://www.NjupCo.com
出 版 人	左　健
丛 书 名	新课标经典名著·学生版
书　　名	**羊脂球**
原　　著	(法)莫泊桑
改　　写	叶心
责任编辑	高　彬　蔡冬青
照　　排	江苏南大印刷厂
印　　刷	北京北方印刷厂
开　　本	880×1230　1/32　印张 11.625　字数 213 千
版　　次	2014 年 5 月第 1 版　2014 年 5 月第 1 次印刷
ISBN	978-7-305-13163-9
定　　价	23.00 元
发行热线	025-83594756　83686452
电子邮箱	Press@NjupCo.com
	Sales@NjupCo.com(市场部)

＊版权所有,侵权必究
＊凡购买南大版图书,如有印装质量问题,请与所购
　图书销售部门联系调换

目录
CONTENTS

- 001 那些墓碑
- 011 在水上
- 019 西孟的爸爸
- 031 散　步
- 040 瞎　子
- 045 我的叔叔于勒
- 055 骑　马
- 065 在海上
- 072 一场决斗
- 079 羊脂球
- 129 项　链
- 142 月　光

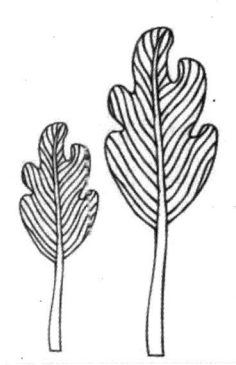

149　女疯子

154　族间仇杀

160　在乡下

170　皮埃罗

178　一个诺曼底人

187　珂珂特小姐

194　橄榄园

230　小酒桶

238　马丹姑娘

247　一个女雇工的故事

272　流浪汉

289　老　人

- 299 港　口
- 311 幸　福
- 319 勋章到手了！
- 327 泰奥迪尔·萨博的忏悔
- 340 珍珠小姐

那些墓碑

这五个朋友已吃完晚饭了。他们都是阔少爷，既成熟又有钱。其中三个是结了婚的，两个仍是单身。他们每月聚会一次，一起重温青年时代。他们常常从吃完饭一直聊到第二天早晨两点钟。他们保持着亲密友谊，相互关心，享受着他们生活中最美好的夜晚。他们什么事都谈，一切巴黎人感兴趣的，正在干着的事都谈。他们总是从晨报上某段新闻报导开始谈起来。

约瑟夫·德·巴东是他们中最快乐的人，一个过着狂热生活的单身汉。这个人一点也不放荡，而是一个对什么事都感到好奇的、还算年轻的快活人，因为他刚满四十岁，是一个典型的"俗世公子"。他天赋很高而不深，知识多样而不广博，理解敏捷而认识并不深刻。他用自己的亲身经历组成喜剧式的故事轶闻,同时也形成了他的哲学,还有一些幽默妙语,这使他在城市里赢得了智慧很高的评价。

他是晚餐桌上的发言人,每次都有他的故事。不用请求,他自己就会开场。

他此刻将胳膊靠在桌子上,抽着烟,在他的碗碟前是一杯半满的香槟酒,他在烟雾和咖啡的芬芳之中大吃大喝。他的样子比在自己家里还自在,好像一个虔敬的教徒在教堂里,一条鱼在鱼缸里。

在喷出两口烟的间隙里,他说:"不久前我遇到了一件怪事。"

大家都异口同声地要求道:"说说吧。"

他接着说:"我很愿意。你们知道,我经常在巴黎逛街,就像那些搜寻橱窗的古玩收藏家。我呢,观察那些景象、人物、大街上来来往往发生的一切事。

"将近九月中旬的一天,天气很好,我从家里出来。这是一个下午,我漫无目的地在大街上走着。人总有一种隐隐约约的愿望,想去拜访任何一个漂亮的女人。于是我想入非非,把自己所有认识的美女在脑海里比了一遍,最后比出最吸引我的一位,就特别想去拜见她。男人常常会这样,尤其碰到特别风和日丽的时候。

"这回正好风和日丽,我点起了一支烟,糊里糊涂地走在林荫道上。走着走着,我起了一个念头,于是向蒙马特尔的墓地走去。

"我很喜欢墓地，它使我宁静、忧郁，这是我所需要的。此外，那儿还有好朋友在里面，这些朋友再也见不到了！

"在这座蒙马特尔墓地里，应当说我有一段伤心事。我有一个情妇，这是一个曾使我神魂颠倒的、动人的小女人，对她的思念使我痛苦、惭愧，于是我常常到她墓前拜祭。

"此外，我还爱这些墓地，因为这是鬼魂的城镇，神奇的居住区。试想这块小小的空间里住着这么多的死人，想想巴黎所有世世代代住在这里的人，永远在他们封闭的洞里穴居，住在他们那个用一块石头盖着或一个十字架标志着的小洞里。而那些活人占了那么多地方，发出那么多喧闹，真是些蠢货。

"此外，在墓地里还有一些纪念碑，几乎和博物馆一样有趣。

"我这次又走进了蒙马特尔墓地，立刻就沉浸到了悲哀之中，一种不太痛苦的悲哀，而且是一种使你思索的悲哀。当人们身体健康的时候，面对墓地常常会想：'这个地方并不奇怪，但是对我来说为时尚早……'

"空气里正散发着枯叶的潮味，再加上软弱无力而贫血的太阳，这种秋日景象充满了诗情，同时加强了浮荡在我心中的孤寂感。这里，使人感到死亡的气息。

"我在坟墓间的小道上迈着小步。在这儿，这些邻居从不串门，既不躺在一起也不读报。而我，开始读那些墓志铭。这是世界上最有趣的东西。我觉得喜剧大师写的戏都没有碑文那样好笑。唉！比起剧作家的那些书来，这些大理石板和十字架真是高明得多。在它们上面，死者的亲人倾诉了他们的愧疚，他们为死者去往另一世界里的祝福，和希望与他们重逢的愿望，都是一派谎话！

"然而在这片墓地里，我最欣赏的是被遗忘了的一角，那孤寂的、往日死者的老区。那里到处都是高大的紫杉和柏树，它即将又成为新区。在这里，人们将砍倒这些由人类尸体滋养的绿树，在小块大理石板下安排新近的死者。

"我在这里溜达了很久，直到我快要感到厌倦了，我想，我应该再去拜祭一下我的小恋人。到她墓前时，我有一些内疚。她曾经对我那么温顺，而且她又那么漂亮，那么白皙，那么生机勃勃……

"我倚在铁栏杆上，低声向她倾诉我的辛酸。我知道她什么也不会听见。当我正要离去时，我看到了一个身穿黑色孝服的女人跪在相邻的坟上。从她挑起的黑纱一角我可以看到她漂亮的脸蛋，金色头发在漆黑的头巾下，像映着一缕黎明的光芒。我看得呆住了。

"我感觉，她正在深深的痛苦中受着折磨。她将目光深深地埋在双手之中，像一尊塑像，静静地沉思，在悔恨中迷离若失。她紧闭双眼，在黑暗中痛苦地追思往事。仿佛自己

也成了一个死者。然后,我看出来她要哭了,我是从那背上的一个轻微动作猜到的,那动作像一阵风勾起的柳树的战栗。她开始轻轻地哭,而后变得强烈,脖子和两肩急速地抽动。忽然她睁开双眼,那是充满了泪而动人的双眼,她迷惘的眼光漠然地扫视着四周,仿佛刚从噩梦中醒来。她看到我在瞅她,感到羞涩,于是用手遮住整个面庞。她的啜泣变成了痉挛,她的头慢慢地俯向石碑,把前额搁在石碑上,她的纱巾垂在了地上,像是一件新的丧服。我听到她正在呻吟悲诉。然后她晕倒了,她的面颊贴在石板上,失去了知觉。

"我急忙上前扶起她,双手拍她,向她的眼皮吹气。我抬眼看到墓碑上的铭文:'这里躺着海军陆战队上尉路易·特奥多儿·卡雷尔,在东京湾阵亡,为他祝福。'

"这次死亡是几个月以前的事。我感动得掉泪,小心地照料她。过了一会儿,她苏醒了。我十分感伤地看着她,我觉得她是一个很有礼貌的姑娘,并且懂得感激。她流着泪,断断续续地对我讲完了她的故事:那位在东京湾死去的军官是她的丈夫,他们结婚才一年,她无父无母,丈夫是她在世上唯一的亲人,她现在靠着政府的抚恤金活着。

"我安慰她,鼓励她,劝她振作起来。我对她说:'别留在这里了,走吧。'

"她低声喃喃地说:'我现在走不动了。'

"'我会扶着您的。'

"'谢谢,先生,您真好。您也是来这儿哀悼死者的?'

"'是的,太太。'

"'一个女死者?'

"'是的,太太。'

"'您的妻子?'

"'一位女友。'

"'您爱这位女友就像爱妻子一样?'

"'是的,太太。'

"于是我们一块儿走了,她靠在我身上,我几乎是搂着她走过墓地的那些小道。当我们出去的时候,她有气无力地说:'我想我大概是病了。'

"'您愿意去吃点什么吗?'

"'好的,先生。'

"我看到一家饭店。我们进去了。我让她喝了一杯烫茶,茶水帮她提了神。她的唇边浮起了隐隐的笑意。于是她向我诉说她自己。生活中完全孤独一人是一件很悲惨的事情,她孤零零、日日夜夜守在家里,没有任何人可以倾诉。

"她的神情是真诚的。她的话说得很亲切。我被感动了。她很年轻,才十几岁。我称赞她,她很得体地接受了。后来,时候不早了,我找了一辆车送她回家,她同意了。在车厢里,我们紧紧地靠着,肩膀挨着肩膀,我们的体温隔着衣服混在一起,这真是世界上最挑动人心的事情。

"当那辆车到了房子前面时,她低声说:'我觉得我没力气上这楼梯,因为我住在四楼,您这么好,能不能借我一个肩膀,送我到家里去。'

"我赶忙答应了。她慢慢上去,一边上楼一边喘气,到了她的门口,她说:'进去坐会儿吧,让我好谢谢您。'

"当然啰,我进去了。

"她家里是朴素的,甚至有点儿穷,但是很整洁。我们在一张小沙发上并排坐着,她又重新向我诉说她的孤寂。

"她打铃唤她的女仆,想给我送点什么饮料。女仆没有来。我很高兴,我想她所谓的女仆只是在早晨来一下,打扫卫生的钟点工而已。

"她已经脱去了帽子。她明亮的双眼直直地盯着我,可爱极了。如此清澈的双眼,使我受到了强烈的诱惑,并且屈服了。我将她搂进我的双臂,在她突然合上了的眼皮上,印下了许多吻,许多吻……多而又多。

"她挣扎着推开我,重复着说:'请结束吧……请结束吧。'

"这几个词是什么涵义呢?在许多情况下,'结束吧'至少可以有两种解释。我选择了我所希望的那一种。为了使她闭嘴,我的吻从眼皮上转到了嘴唇上。她并不太抵抗,当我们重新四目相对的时候,她显示出疲惫、含情脉脉而顺从的神气,这消除了我的不安。

"于是我对她更加殷勤、礼貌。我们闲聊了一个多小时,我问她:'您在哪里吃晚饭?'

"'在附近一家小饭店里。'

"'独自去?'

"'是啊。'

"'您愿意和我一块儿去吃晚饭吗?'

"'那在哪儿?'

"'我们去林荫道上一家大餐馆吧。'

"她略略推辞了一下,我坚持,于是她让步,同时为自己作一点辩解:'我真闷透了……真是。'然后又加上一句:'那么我该换一件不那么暗淡的裙子。'

"于是她进了她的卧室。

"当她从卧室里出来时,她身穿半孝服,一副楚楚动人的样子。她的衣服精巧而纤细,十分简朴的灰色打扮。

"晚饭吃得很好。她喝了一点香槟,受到酒精的刺激,她变得炽热起来。我陪着她住到了她家里。

"这场在坟上结合的姻缘大约保持了三个星期。可是我对任何东西都容易厌倦,尤其是对于那些女人。我以一次不能回避的旅行为借口离开了她。离别前我对她十分慷慨,她对此十分感激。而且她让我发誓,旅行回来之后一定要再来找她,看来她真是有一点儿钟情于我了。

"我在其他的柔情缱绻之中奔波,一个月过去了,思念这位服丧小恋人的心情从没有强烈到使我撑不住。但是我也没有从来没有忘记她，对她的回忆像一个奥秘，总在纠缠着我。像一个心理学的问题，或者一个找不到答案而使我不断犯愁的难题。

"不知道为什么，有一天早晨我认为我会在蒙马特尔墓地见到她，于是我去了。

"我在那儿溜达了很久，除了这地方的常客之外没有碰到过别的人，他们是一些还未和死者切断一切关系的人。在东京湾阵亡的上尉坟前没有哭泣的女人，既没有花朵，也没有花圈。

"当我在这个亡魂城市的另一角漫步的时候，我在一条十字架的窄道上，忽然看见一对穿着重丧的人走过来，一男一女。啊，真奇怪！当他们走近时，我认出了她。是她！

"她也看见我了，她的脸红了，然后，当我和他们擦肩而过的时候，我木讷地看她。她给我发来一个小小的信号，很轻微的一眼，意思是说：'请别认出我。'但也好像在说：'再来看我，亲爱的。'

"那个男人很正派、文雅、洒脱，是荣誉团的军官，大约50来岁。

"他扶着她，就像几个月前，我扶着她一样。我十分惊讶地走开了。我回想刚才看见的那一幕，不禁自问，这个墓地的女猎手是属于哪一类的呢？她是不是一个普通的妓女，

一个得了灵感的妓女？她到这些坟上去收集那些因为失去女人、妻子或情妇而痛心的男人，那些因为思念而烦恼悲伤的男人。她是唯一的吗？还是不止一个？这是不是一个职业？是不是有人将墓地当成了拉客的人行道？在这些墓碑旁！或者她从某种深沉的哲理中独自想出了这个独特的主意，在这种丧葬的地方去发掘重新燃起的爱情遗恨？

"而我还真想知道：在这一天，她又是谁的寡妇？"

在水上

去年夏天,我在塞纳河边距巴黎二十多公里的地方,租了一所小的乡村式避暑小屋,每天晚上都住在那里。几天后,我结识了一个邻居,一个三四十岁的男子,他是一个非常奇特的人。他是一个老资格的划船爱好者,常常驾船在水中出没,奋不顾身地与浪涛搏斗。他应当是在一只船上出生的,也一定会在船上死去。

有一天晚上,我们一同在塞纳河畔散步。我要他给我讲他在船上生活中发生的故事。顿时他兴奋了起来,神采焕发,谈笑风生,几乎和一个诗人相似。他的心里有一股狂热,一股非常强大的、不可抵抗的狂热的河流。

"唉!"他说,"您看见那条在我们前面不远处流动的大河吗?在这条河上,我有多少回忆!你们这些住在街市上的

人,从来不知道河流是什么!但是请你听听一个渔夫对这个词的理解吧。对他们来说,河流是一件神秘深邃不可窥测的东西,是一个梦幻的地方。在夜晚,我们在其中看得见一些变幻莫测的事物,仿佛穿过一座墓地一般,不知不觉地浑身发抖。事实上,河流就是一片没有坟堆而又最使人恐惧的墓地。"

"陆地对渔夫是有界限的,然而在黑暗中,在没有月光的夜晚,河流却是无界限的了。这和一个航海家对于大海的体验不是一回事儿。大海固然冷酷无情,但是它呼号吼啸,它是诚实的,而溪河就不同了,它是沉默而狡猾的。它绝不发怒,永远静悄悄地流着,而这种流水的不息流淌,我觉得比狂涛巨浪更为可怕。

"无数的梦想家,凭着他们的想象,说大海下面藏着一片漫无边际的深蓝区域,其中有淹死的人,夹杂在大鱼群里,在奇异的森林和水晶的崖洞之间转动。至于河流,只有乌黑色的深渊,落水的人就在泥泞里腐烂。然而它也有好看的时候,在朝阳的光芒下,河水闪着金光,两岸芦苇沙沙响着,水波轻轻荡漾。

"诗人在歌咏海洋的诗中说过:

你们知晓多少悲哀的故事,
跪倒的母亲惧怕的波涛啊。

在涨潮时你们把故事互相倾诉,

这正是黄昏你们朝我涌来时,

声音变得那么哀伤绝望的原因。

"然而,我却相信那些瘦弱的芦苇用从容的声音说出来的故事,应当比狂涛巨浪唱出来的悲剧更加狞恶。

"您既然要我讲一两件故事,我就把我十年以前,在这里遇见的一件怪事说给您听。

"那时候我也和今天一样,住在拉丰老太婆家里。我的好友路易·贝尔内,住在河的下游,距离这儿十公里的西村,他久已抛弃了船和自在享乐的生活,去做参政官了。我们每天在一起吃晚饭,有时在我家里,有时在他家里。一天夜晚,我很费劲地划着一只长达十二尺的海上大船独自回家,觉得疲倦时,我就在和铁路小桥相距二百多公尺光景的芦洲边歇息。天气可爱极了,月色皎洁,水光微漾,空气恬静而温和。这种沉寂的境界诱惑了我,我觉得在这地方吸一斗烟丝应该很不错。于是,我举起船上的锚抛在河里了。

"船随着水势而下,拉着锚的链子走到尽头,然后才停着不走,我舒舒服服地在羊皮褥子上靠着。周围安静极了,我什么也听不见,只是偶尔地,我感到水波拍打河岸产生的微小波动。我眼里只有一簇簇高大的芦苇,不时地晃动着,在黑暗中显出各种怪模样。

"水面完全是宁静的,但是因为太宁静了,我觉得有点儿惊慌。所有的虫子,青蛙和癞蛤蟆,这些沼泽间的夜鸣者,它们都没有声响。突然,在我的右手边,一只青蛙呱呱地叫起来。我动了一下,它又沉默了。我忽然想吸一斗烟来消遣。虽然我烟瘾大得出名,但这时却又不想吸了,只吸了一两口,就觉得心里有点烦,于是只好停着。我开始哼唱儿歌,又觉得嗓子不太舒服;于是我躺在船上,向天空张望。我静静地躺了好一会儿,但是小船总是轻轻晃动,让我感到不安。我感到它一会儿偏左一会儿偏右,不断地碰撞两岸。我感到,有什么人或者是一股看不见的力量轻轻地把我的船往河底拽,拽下去又把它托起来,然后又拽下去,像是在暴风雨中颠簸。我听见周围有声音,于是一下子跳起来,可是水光依然荡漾,一切都是宁静的。

"我明白是我的神经有点紧张,我决定离开,我拉起船锚的链子,船开始动了。后来我感到一股阻力,我使劲拉,锚却不动了,它好像钩住了水底下的什么东西,没有办法拉起来。我再次使劲拉,还是拉不动。于是我划动双桨,把船转过来,让船头朝着上游,去改变锚的位置。还是没有用。我生气了,拼命地摇链子,也不行。我垂头丧气地坐下,开始考虑我的处境。这条铁链我弄不断,因为它非常粗,牢牢地钉在船头一块比我的胳膊还要粗的木头上。好在天气很好,我想,用不着多久,我就会遇到一个渔夫,他会来帮我

的忙。这样想想我反倒不急了。我坐下来,安心地抽着烟斗。我有一瓶朗姆酒,两三杯下肚,心里就更坦然了,天气这么热,大不了我就在河上过一夜呗。

"突然我的船舷又被什么东西碰了一下。我吓了一跳,从头到脚一身冷汗。可能是一段顺水飘来的木头打在船上,我想,但这已经把我吓得够呛了。我又重新感到神经紧张,我抓住锚链,使出吃奶的力气拼命地拉,船锚依然不动。我拉得筋疲力尽,终于又坐倒下来。

"河面渐渐盖上了一层浓厚的白雾,雾飘得很低,贴在水面上蔓延。我立起身来,看不见河水,看不见我的脚,也看不见我的船。但是我还能看见芦苇的梢子,看见远处被淡白的月光照耀着的平原,还有平原上大片大片黑魆魆的白杨树林。我从脚一直到腰好像埋在大片的白棉花里,心里阵阵发毛,我担心有人会趁着我看不见爬上船来,我还想,这片被浓雾笼罩的河水里充满了怪物,它们在我周围游荡。我感到浑身不舒服,头脑发胀,心怦怦跳,透不过气来。我昏了头,居然想泅水逃跑了。但是转眼间,这个念头又吓得我直打哆嗦。我想象着自己在这片大雾里盲目地游着,迷失了方向,在水草和芦苇里挣扎,吓得直喘气,既看不到岸,也找不到我的船,仿佛还有一种神秘的力量,从乌黑的水底拉我的双脚。

"事实也是这样,我至少要逆水游五百米,才能到达一

个没有水草和芦苇的地方,安全上岸。虽然我的水性很好,但十有八九我会在这片雾中迷失方向,最后淹死的。

"我努力开导自己,我对自己说,我有坚强的意志,什么都不必怕。可是就是有一些东西是意志克服不了的。我开始检讨我的懦弱,那个勇敢的'我'开始嘲笑那个胆小的'我',我从来没有像今天这样充分地感受到两个'我'在心里的对抗,一个愿意,一个反对,双方轮流占上风。

"这种莫名其妙的愚蠢的害怕越来越强烈,最后变成了真正的恐怖。我一动不动地待着,睁大眼睛,竖着耳朵等待。我在等什么呢?我不知道,但是它一定非常可怕。我相信如果当时有一条鱼跳出水面,一定会把我吓得不省人事的。

"我尽了最大的努力,终于追回了我几乎丧失的理智,我重新拿起朗姆酒,大口大口地喝着。突然我有了主意,我站起身来,朝着四面八方大声叫唤,一直叫到我的嗓子完全哑了。我静静地听,在很远很远的地方,有一条狗在叫。

"我又喝了几口酒,全身平躺在船上,这样等候了一个多小时。我毫无睡意,睁着两只眼睛,周围都是噩梦般的幻象。我不敢起来,可是又非常想起来,于是一分钟一分钟地拖延下去。我对自己说:'好,起来!'可是我害怕,又不敢动了。最后,我小心翼翼地坐起身来,悄悄从船舷往外望去。

"我被眼前这片奇异的景致迷住了。那是一种仙国的幻境，是远方的来客会谈起而我们不会相信的幻象。

"两个小时前漂浮在水面上的雾渐渐退去，堆积在河岸上。河面完全清晰了，两边的河岸上形成了一排排连绵不绝的雾山，有六七米高，在月光下像白雪那样晶莹发亮。除了夹在白山中间闪烁的河水之外，什么也看不见。在我的头顶上，是又大又圆的月亮，在淡蓝色的天空中静静地照耀着。

"水中的小动物们都醒了，青蛙发疯般地呱呱叫着，癞蛤蟆也忽断忽续，或左或右，朝着天空发出单调、短促而忧郁的音符。我不再感到害怕了，我置身于如此离奇的景色之中，就算是最奇怪的事情也不能让我感到惊奇。

"这片景色到底延迟了多长时间呢？我不知道，因为我竟然昏昏沉沉地睡着了。等我再睁开眼睛，月亮已经落下了，天上都是云，河水凄凉地哗哗流淌，风呼呼地吹，天气又黑又冷。

"我喝完了瓶里剩下的酒，随后就听见了芦苇和河水奇怪的响声。我睁大眼睛看，周围一片漆黑，看不见我的船，甚至把手放到眼前也看不见。

"浓厚的黑暗渐渐消退了，猛然间我感到一个影子在我身边很近的地方闪过。我喊了一声，那人回答了，原来是一个渔夫。我向他求助，他把船靠过来。我向他说起了我的麻烦。

"他把他的船和我的靠在一起,我俩一同拉铁链。铁链还是纹丝不动。天亮了,阴沉沉,灰蒙蒙的,飘着细雨,非常冷。我又看见另外一条船,我们远远地呼唤,划船的人过来和我们一起用力。锚渐渐松了。它被拉上来了,但是很慢很慢,带着一样十分沉重的东西。最后我们看见了那个东西,黑乎乎的,我们把它拉到我的船上。

"这是一个老妇人的尸首,脖子上还吊着一块大石头。"

西孟的爸爸

中午的钟声响过了。学校的门开了,孩子们争先恐后涌出来。可是他们并不像往日一样很快散开,回家吃午饭,却在离校门口几步远的地方站住,聚集在一起议论着什么。

那是因为白大姐的儿子西孟,这天早上第一次来上学了。

所有的学生都在家里听人谈论过白大姐,虽然在公共场所大家对她都很客气,但是那些有了孩子的女人在私下里,对她总是一副既同情又轻蔑的态度。这种态度也影响了孩子,虽然他们并不知道这是怎么回事。

至于西孟,孩子们本来不认识他,因为他从没有出来过,也没有和他们在街上或者河边玩耍过,所以他们不喜欢他。他们怀着既愉快又惊奇的心情,听一个十四五岁的大孩子说话：

"你们知道吧……西孟……嘿嘿，他没有爸爸。"

这个孩子说这话时，狡黠地眨着眼睛，仿佛知道的事情还不止这么一点。

白大姐那个儿子，也在校门口出现了。

他大约七八岁，面色有点苍白，身上很干净，带着羞怯的表情。

他从学校向他家里走去，那些同学们在一旁窃窃私语，低声议论着，并且用恶作剧的眼光瞧着他，他们慢慢地围了上来。西孟停住了脚步，直挺挺地站在他们中间，非常慌张，不知道他们要对他做什么。那个传播消息的大孩子，一脸得意的样子，向他问道：

"你叫什么名字？"

"西孟。"他回答道。

"西孟什么呢？"对方又问。

这孩子被问糊涂了，又说了一遍："西孟。"

那大孩子高声说："西孟后面还得有点儿什么……西孟只是名，不是一个姓。"

而他却几乎要哭了，第三次回答道：

"我就叫做西孟。"

那些淘气的孩子都笑起来了。大孩子更加得意，提高了声音说："你们现在听清楚了，他没有爸爸。"

大家突然静了下来,一个小孩居然没有爸爸,这真是一件奇怪的事情,难道他是一个怪物,从石头缝里蹦出来的?他们感到,他们的妈妈对白大姐的那种一直无法解释的轻视,在他们心里增加了。

至于西孟,他靠在一棵树上,总算没有倒下来。好像有一种突如其来的灾难降临在他头上。他想替自己解释,但是却不知道该怎么回答他们,来驳倒他没有爸爸这件可怕的事实。最后,他脸色惨白,不顾一切地朝他们嚷道:"谁说的?我有,我有一个爸爸。"

"他在哪儿呢?"那大孩子问道。

西孟不做声了,因为他并不知道。孩子们非常高兴,哈哈大笑起来。这些跟禽兽差不多的小孩子,感到了一种残忍的欲望——这就像同一个鸡窝里的鸡,看见其中有一只受伤了,就立刻群起攻之。西孟突然看见一个邻居家的小孩,他是寡妇的儿子,西孟知道他也是孤零零地跟着母亲过日子。

"你也没有爸爸!"西蒙说。

"胡说!"对方回答道:"我有。"

"他在哪儿呢?"西孟追问他。

"他死了。"那孩子骄傲地大声说:"我爸爸现在在坟墓里。"

一阵嗡嗡的赞美声音在这群小屁孩中传开了,好像死了父亲是一件挺光彩的事。而西孟就显得更加尴尬了。这些孩

子的父亲多半是坏蛋、酒徒和小偷，甚至是虐待妻子的人。他们你推我搡，越挤越紧，好像要齐心合力把这个不合法的儿子挤死掉。

一个靠在西孟身边的孩子，突然向他伸出舌头，高声叫唤着：

"没有爸爸！没有爸爸！"

西孟双手揪住他的头发，用脚踢他的双腿，对方恶狠狠地上来咬他。一场恶斗展开了。等到两个人被拉开，西孟的衣服被撕破了，身上青一块紫一块的。那些小无赖们围着他拍手喝彩。他从地上爬起来，使劲拍打着身上的尘土。这时，一个孩子向他喊道：

"把这件事告诉你爸爸去吧。"

他觉得什么都完了，他们比他强，他们欺负他，而他呢，却没有办法回答他们。因为他本来就没有爸爸。他憋足劲，想忍住往上涌的眼泪，可是才忍了几秒钟，就憋得透不过气来。他身子颤抖，大声哭泣起来。

于是，一阵残忍的快乐在他的敌人那边爆发了。他们像狂欢中的野人一般，手拉着手，围着他跳起舞来，一遍又一遍地唱道："没有爸爸！没有爸爸！"

西孟忽然不哭了。一种愤恨使他发狂。他拾起脚边的石子，使劲朝折磨他的人扔去。有几个人挨了石子，哇哇叫着逃走了。他的神情非常恐怖，其他的孩子慌了，吓得四散着

奔逃。

现在只剩下这个没有爸爸的孩子了,他向田地里跑过去,因为他回想起一件事,他想去投河自尽。

他想起一个星期以前,有一个乞丐,因为没有钱用,投河自杀了。人们捞起他的时候,西孟正在旁边看着。这个不幸的乞丐,西孟平时总觉得他又脏又臭,怪可怜的。可是这时候,他脸色灰白,浑身湿透,睁着眼睛,那副宁静的神情让西孟大受惊吓。周围有人说:"他已经死了。"还有人补了一句:"他现在很舒服了。"西孟现在也想投水,因为他没有父亲,和那个乞丐没有钱是一回事。

他来到了河边,望着流水。一些游鱼在浅水里迅速地游着,偶尔跳出水面,捕捉空中的虫子。他看着鱼儿,停止了哭泣。因为鱼儿捕食的动作使他产生了很大的兴趣。但是,那个"我要投河,因为我没有爸爸"的念头,还在悲痛地撞击着心灵,如同狂风过后,树林还在不停地哗啦作响一样。

那天天气很好,晴暖的阳光晒热了野草,水像镜子一样闪着光。西孟在悲伤过后,感到疲劳和困倦,恨不得躺在这暖洋洋的草上睡一会儿。

一只小青蛙在他的脚边跳着。他想去捉它。青蛙从他身边逃走了。他追上它,一连捉了三次都没有捉到。最后,他终于抓住了青蛙的后腿尖儿,他看着青蛙在他手上挣扎的狼狈样子,忍不住笑了起来。可是一会儿,他又想到了家,想起了妈妈,他感到了一阵强烈的悲伤,又哭了。

忽然,一只沉重的手压住了他的肩膀,一个粗壮的声音问他:"什么事让你这样伤心了,好孩子?"

西孟回头一看,一个长着黑胡子、黑卷发的高个子工人,正和蔼地瞧着他。西孟含着泪回答他说:

"他们打我……因为……我……我……没有……爸爸……没有爸爸。"

"怎么?"那汉子微笑着说,"但是人人都有爸爸呀。"

西孟更加悲伤了,对他说:"我……我……我没有。"

工人的脸色变得严肃了,他认出了这是白大姐的儿子,虽然他到本地没有多久,但是却大概知道她的故事。

"不要这样,"他说,"不要伤心了,好孩子,跟我一块去找妈妈吧,你会有一个爸爸的。"

他们一同走了,大人牵着小孩的手。那汉子微笑起来,因为他挺愿意去会会这位白大姐,有人说过她是本地最美的女子之一。也许这时候他心里还会这么想:一个已经失足的女人,很容易再次失足。

他们走到一所干净的白色小房子面前。

"到啦!"孩子说。接着他高声喊道:"妈!"

一个女人出来了,工人忽然收住了笑容,这个身材高挑、面色灰白的少妇一脸严肃地站在房门口。她曾经在这间房子里受过一个男人的欺侮,所以对任何来客都心怀警惕。

他立刻明白,对她是不能开玩笑的。他胆怯了,摘下帽子结结巴巴地说:

"瞧,太太,我把您的孩子送回来了,他在河边迷了路。"

可是西孟跳了起来,搂住妈妈的脖子,大声哭着,向她嚷道:

"不是迷路,妈妈,我是要去跳河自杀的!因为别人打我……打我……因为我没有爸爸。"

少妇的双颊烧得通红,心里好像刀绞一样,她紧紧地抱着孩子。那个汉子受了感动,仍然站在那儿,不知道应该怎么走开。这时,西孟忽然跑过去,对他说:"您愿意做我的爸爸吗?"

空气沉寂了。白大姐无比羞涩,她紧紧地倚着墙,两只手压着胸部。孩子看见这汉子不回答他,接着说道:

"你要是不愿意,我就再去跳河。"

工人把这件事当做玩笑,微笑着回答:

"愿意,我很愿意。"

"你叫什么名字呢?"孩子接着问:"别人再问起你的名字,我就可以告诉他们了。"

"斐立卜。"那汉子说。

西孟沉默了一下,把这个名字牢牢记在心里,然后他伸出双臂,无比快乐地说:

"好！斐立卜，你是我的爸爸了。"

工人把他抱起来，在他两边脸颊上吻了几下，接着便迈开大步很快地溜走了。

第二天，孩子到了学校，迎接他的是一阵恶意的笑声。放学以后，那些坏孩子又想欺负他，西孟像扔石子一样，冲着他们大声说道："我爸爸叫斐立卜！"

周围想起了一片高兴的叫喊声。

"斐立卜是谁？斐立卜什么？斐立卜是什么东西？你的斐立卜是从哪儿弄来的？"

西孟什么也没有回答，他怀着坚定的信心，横眉冷对着那些挑衅他的人，他宁肯被折磨死，也不愿在他们面前逃走。最后还是学校的教师给他解了围，他才回到家里去。

一连三个月，身材高大的斐立卜经常从白大姐的门前经过，有时候，他看见她在窗前缝纫，便鼓起勇气和她聊天。她客气地回答他，脸色始终是严肃的，绝不对他笑一下，也绝不让他进门。然而他在心里却不免有些得意，因为他每次跟她谈话的时候，她的脸色总是比平常红一点。

可是名誉一旦损坏，就很难再恢复。白大姐虽然处处小心谨慎，然而当地已经有很多人在说闲话了。

至于西孟，他很爱他的新爸爸，斐立卜每天下班之后，都会和西孟一起散步。他读书很勤奋，对那些坏孩子们的挑衅，始终不去理睬。

然而有一天，那个带头攻击他的大孩子对他说：
"你说谎，你没有一个叫做斐立卜的爸爸。"
"为什么没有？"西孟激动地问。

大孩子得意地搓着手说：
"如果他是你的爸爸，他就一定是你妈的丈夫。"

西孟愣住了，然而他依然坚定地回答：
"他反正是我的爸爸。"

"这也可能，"大孩子冷笑地说，"不过，他不完全是你的爸爸。"

白大姐的儿子垂下了头，他心事重重地走到斐立卜做工的那个铁匠铺去。

铁匠铺隐没在树丛里，铺子里的光线很弱，只有一座大炼炉的火焰发出强光，照着五个赤着胳膊的铁匠，叮叮当当地在铁砧上打铁。他们好像站在火里的魔鬼，目光紧盯着铁砧上的红铁块，他们的思想也随着铁锤一上一下。

西孟走进去的时候，谁也没有注意，他悄悄拉住他朋友的袖子。斐立卜回头一看，活儿顿时停下来了，其他人都很注意地瞧着他们俩。在这一阵不寻常的寂静中，响起了西孟脆弱的声音：

"喂，斐立卜，同学们对我说，你不完全是我的爸爸。"
"为什么呢？"斐立卜问。

孩子天真地回答："因为你不是我妈的丈夫。"

谁也没有笑一下。斐立卜一动不动地站着,两只大手扶着大铁锤的把柄,额头靠在手背上。他在沉思。那四个伙计也瞧着他出神,西孟站在这几个大汉中间,纳闷地等候着。突然,一个铁匠语重心长地对斐立卜说道:

"其实,白大姐是个善良规矩的好姑娘,虽然遭遇过不幸,可是她勤劳稳重,如果被一个好人娶回家,一定是个不错的媳妇。"

"这是实话。"其他三个铁匠都说。

这位铁匠接着说:"白大姐当年的事,难道是她的过错吗?那个人本来答应要娶她的。我知道现在很多受人尊敬的女子,也曾经有过跟她一样的遭遇。"

"这是实话。"那三个人齐声说。

他又接着说下去:

"这个可怜的女人一个人把孩子拉扯大,受了多少苦?这些年她除了去教堂,从来不出门。她留了多少眼泪,只有上帝知道。"

"这也是实话。"那几个人又说。

之后,大家又继续干活了,除了风箱呼哧呼哧的扇火声外,什么也听不到。斐立卜突然弯下腰,对西孟说:

"去告诉你妈妈,今天晚上我要去找她谈谈。"

他抓着孩子的肩膀,把他送到外面去了。

随后,他重新回来干活,五把铁锤同时落在铁砧上,发出巨大的响声。他们就这样打铁一直打到天黑,个个都像劲头十足的铁锤一样有力、欢畅。斐立卜的铁锤声盖住了其他人的锤声,他一下下地锤下去,把人的耳朵都震聋了。他站在四溅的火星中,眼睛里闪着光芒,热情地抡着锤子。

他来到白大姐家敲门的时候,已经是满天星星了。他穿着过节的布外套和干净的衬衣,胡子也刮得干干净净。白大姐来到门口,很为难地说:"晚上到这儿来,不大合适啊,斐立卜先生。"

他想回答她,但是口吃了,于是惭愧地在她面前站着。她接着说:"您一定理解,我不想让别人再议论我。"

这时,斐立卜鼓起勇气说:"只要您愿意做我的妻子,那又有什么关系呢?"

白大姐没有回答他,一个人走回屋里。斐立卜听见黑暗的房间里传来了一个人倒在床上的声音,他连忙走了进去。西孟已经睡在床上了,他听见了接吻声和她妈妈压低嗓子的说话声。接着,他被他的朋友抱了起来。斐立卜用一双巨人般的手臂举起他,大声对他说:

"你去告诉你的同学们,说你的爸爸是铁匠斐立卜·勒米,谁要是再敢欺负你,我就去揪他们的耳朵!"

第二天,在学校里,快到了上课的时候,小西孟站起来,脸色苍白,嘴唇打颤,他用响亮的声音对大家说:"我的爸爸是铁匠斐立卜·勒米,他说谁敢再来欺负我,他就要揪谁的耳朵。"

这一回,谁也不笑了,因为他们都认识这个名叫斐立卜·勒米的铁匠,有这样一个爸爸,不管是谁都会感到骄傲的。

散 步

拉比士公司的记账员勒拉老爹从仓库里走出来,夕阳的光辉照得他好半天睁不开眼。在那间阴暗潮湿的屋子里,他已经在煤气灯光下工作了一整天。这间小屋,四十年来他每一天都在里面度过。那里非常阴暗,即使在盛夏,也只有上午十一点到下午三点这段时间,才勉强可以不用点灯。

屋里一年到头都潮湿阴冷;窗外是一个深坑般的小院子,弄得屋子里满是霉臭味。四十年来,勒拉老爹每天上午八点钟来这里坐牢,一直待到晚上七点钟。他伏在账本上,一丝不苟地抄写着账目。

现在他每年挣三千法郎了,开始的时候是一千五。他一直是个单身汉,他的收入不允许他娶老婆。他从来没有享受过什么,也没有什么欲望。不过有时候他对自己这种单调的工作感到厌倦,不免也会产生不切实际的愿望:"唉!如果能有五千法郎的年金,我就可以过舒服日子了。"

他的日子从来也没有舒服过,因为除了每月的工资外,他没有别的收入。

他的一生就这样过去,没有坎坷的经历,没有感情波动,也没有希望。梦想是人人都有的,但是他胸无大志,所以那永远只是梦想。

他在二十一岁那年进入拉比士公司。从此再也没有离开过。

一八五六年,他失去了父亲,一八五九年又失去了母亲。从那以后,他的生活中便再也没有发生什么大事了,只是在一八六八年,房东要涨租,他搬过一回家。

每天早晨六点钟,他的闹钟像抖链子似的发出吓人的响声,把他从床上惊醒。

这个闹钟曾经坏过两次,一次是在一八六六年,一次是在一八七四年。至于为什么会坏,他一直没有弄清楚。他穿好衣服,整理床铺,打扫屋子,掸去椅子和柜子上面的灰尘。他花了一个半钟头做完这些活儿。

然后他出门,在拉于尔面包店买上一个面包,一边走一边吃。这家面包店字号不改,却换过十一个老板,他个个都认识。

他的整个生命都在这间糊墙纸一直没有换过的、狭窄而

阴暗的办公室里消磨。他年轻时走进这间屋子,担任布吕芒先生的助手,那时候他希望能够接替他。

他已经接替他了,也就不再有什么别的希望了。

人在生活中总会留下许许多多的回忆,比如,意料之外的事件、甜美的或者悲伤的爱情、冒险的旅行。而他呢,他的一生永远是平平淡淡的。

每一天,每个星期,每个月,每个季度,每年,都完全一个样。他总是在同一个时间起床,出门,到办公室,用午餐,离开办公室,用晚餐,睡觉。从来没有任何事打乱他一成不变的生活规律。

他的前任在办公室里留下一块小圆镜子。从前,他对着小圆镜照自己的金色的小胡子和鬈曲的头发。现在每晚临走前,他在同一块镜子里看见的是自己白色的小胡子和光秃秃的脑门。

四十年过去了,日子既空虚又无聊。自从父母相继离世,这四十个年头什么也没留下,甚至连回忆,这个不幸的回忆也没有留下。什么都没有留下。

这一天下班的时候,勒拉老爹在大门口被夕阳照得头昏眼花。他本应该回家去的,却突然想在晚餐前去散散步,这种情况一年中会有四五次。

他来到林荫大道上。这是一个春天的黄昏,天气暖烘烘的。大树长出新叶,树下人来人往。这种景色使人心里充满了喜悦。

勒拉老爹一蹦一跳地走着,非常开心,他高兴的是遇到了这样好的天气。

他来到香榭丽舍大街,微风中荡漾青春的气息,使他恢复了活力,他继续向前走。

夕阳西下,整个天空好像在燃烧,凯旋门巨大的身影顶天而立,仿佛是大火中站着的巨人。这位记账员走到这座怪物似的大建筑跟前,感到饿了,于是到一家饭店吃晚饭。餐桌就放在饭店门前的人行道上,他坐下,点了美味的烤羊蹄、生菜和芦笋。这是一顿好久没吃过的丰盛晚餐。在吃餐后甜点的时候他要了半瓶上等波尔多红葡萄酒,随后他又要了一杯咖啡,这对他来说是少有的事,最后他又要了一小杯上等白兰地。

付账以后,他觉得十分轻松,十分愉快,而且还略有醉意。他心想:"多么美好的晚上啊。我还要溜达溜达,一直溜达到布洛涅树林的入口。这对我身体会有好处。"

他又走了起来。从前一个女邻居唱的老曲子回到了他的脑海里来:

> 小树林刚刚返青,
> 我的情郎对我说:
> "美人啊,过来吧,

这花棚底下好休息。"

他没完没了地哼着,哼了一遍又一遍。夜幕已经降落,那是一个无风的夜,一个闷热的夜。勒拉老爹沿着布洛涅树林大街朝前走,望着从身旁驶过的马车。那些马车点着灯,一辆跟着一辆驶过来,车上偎依着的情侣,女的穿着浅色裙子,男的穿着黑色礼服,一转眼就不见了。

那是由一对对情侣组成的长队伍,源源不断,在灿烂星光下、灼热的空气中移动着。他们一对对过去,一声不响,紧紧地偎依着,半卧在车厢里,迷迷糊糊沉浸在幻梦中,沉浸在情欲的冲动中。温暖的黑暗里仿佛充满了飞舞着的、飘荡着的吻。一种情意绵绵的感觉使得空气也格外闷人。大街上充满了一种狂热的气氛,所有这些满载着柔情蜜意的马车在经过的路上散发出一种难以捉摸的魅人的气息。

勒拉老爹走得有点累了,他在一条长凳上坐了下来,望着这些载着爱情的马车。忽然,一个女人走过来挨着他坐下。

"你好,我的小心肝。"她说。

他不回答。她又说:

"让我来疼疼你吧,我的宝贝,你会知道我有多么可爱。"

他说:

"您认错人了,太太。"

她伸手挽住他的胳膊说:

"算了吧!别装傻啦,听我说……"

他已经站了起来,走开了,他的心里很难受。

百步之外,又有一个女人走到他身边:

"您肯不肯陪我坐一会儿,我的帅哥哥?"

他对她说:

"您为什么干这个行业啊?"

她的脸色一下子变了,嗓音也变了,变得嘶哑而凶狠,她说:

"妈的,总不见得是为了找乐子吧!"

他温和地又追问了一句:

"那么,究竟是为什么呢?"

她抱怨地说:

"总得生活啊,你问得倒奇怪。"

她哼着小曲走开了。

勒拉先生感到一阵惊慌。又有别的女人在他身旁走过,招呼他,邀请他。

他觉得好像有一种黑乎乎的东西,一种叫人伤心的东西在他头顶上展开。

他又在一条长凳上坐下。马车继续奔驰着。

"我真不该到这儿来,"他心想,"看把我弄得这么难堪,这么乱糟糟。"

他开始琢磨所有在他面前出现过的风尘女子或者热烈的爱情。所有那些花钱买来的或是两情相悦的吻。爱情！他是不懂的。他这一生只接触过两三个女人，完全是出于偶然，因为他的财力不允许他有额外的开销。他不由想到，他正过着和别人完全不同的生活，他的生活是那么凄凉，那么沉闷，那么平凡，那么空虚。

世上一直都有这么一群人，他们的生活很不幸。突然间，好像一层厚幕撕开了，他看见了自己的悲哀，他的生活只是些无穷无尽的重复：从前是一无所有，将来还是一无所有；结尾的日子和开始的日子完全相同。眼前什么都没有，身后什么都没有，周围什么都没有，心里也什么都没有，任何地方都是什么都没有。

马车仍旧在他面前川流不息。他在每一辆敞篷马车里都看见两个一声不响偎依着的情人，他们随着马车迅速驰过，忽然出现又忽然消失。好像全人类都沉醉在快乐、欢笑、幸福中。而他呢，孤孤单单一个人，完全孤孤单单的一个人，坐在旁边。并且明天他还是孤孤单单，永远孤孤单单，谁也不会像他这样孤孤单单。

他站起身来，走了几步，突然间他感到疲倦，就仿佛刚刚走了很远很远的路，于是他在第二条长凳上又坐了下来。

他在等候什么呢？希望什么呢？他什么也不等候，什么也不希望。他心想，一个人老了，回到家里能看见叽叽喳喳的小孩子，一定是件很愉快的事。要是周围能有儿女围着，他们喜欢你，爱抚你，对你说些有趣的天真的话，让你心里暖烘烘的，那么尽管老了，生活也是甜美的。

一想到他的空卧室，他那间干净而凄凉的小屋，除他以外没有任何人进去的小屋，一种悲观绝望的感觉紧紧扣住了他的心弦。这间屋子在他心里比他那间小办公房更加可怜。

这间屋子从没有人来过，也从来没有人在里边说过话。它是死的、哑的，没有人的声音。房子好像也是有生命的，幸福家庭住的房子比起穷苦人的住宅就显得喜气洋洋。他的屋子跟他的生活一样是空洞洞的，没有任何可纪念的东西。他一想到要回到这间屋子，孤单一人回去，睡在他那张床上，再做他每晚该做的那些事，他心里十分害怕。他想要离这间不祥的屋子远一点，离回家的时间远一些。他突然站了起来，走进树林里，在草地上坐了下来。

他听见周围、头上，到处都响着一种混乱的、广阔的、连续不断的、由无数不同的声音组成的嘈杂声，这种嘈杂声近处有，远处也有，是生命广泛而又巨大的悸动，是巴黎的呼吸——巴黎正像一个巨人似的在呼吸着。

太阳已经升得老高，在布洛涅树林上洒下一片阳光。几辆马车出现在大街上，骑马的游人也已经兴高采烈地来到了。

一对男女在一条无人的林荫路上走着。突然，年轻女子抬头望见树枝间有一样棕色的东西，她惊奇不安地举起手说：

"看……那是什么东西？"

然后，她发出一声叫喊，倒在情人的怀中，她的情人只好把她放倒在地上。

守林人很快就被叫来，他们把一个用背带吊死的老人解了下来。

经过检查证明死亡是在头天晚上发生的。从死者身上找出的证件知道，他是拉比士公司的记账员，名字叫勒拉。

人们认为他是自杀，原因却无从揣测。也许是突发性的疯狂症吧。

瞎　子

　　看见初升的太阳便觉得喜悦,这种心情到底是怎么回事?为什么大地上的光明会使我们感到幸福?蓝色的天空,碧绿的田野,雪白的房屋,我们感受着这些鲜艳的色彩,把它们化成心灵中的快乐。我们一心只想跳舞、奔跑、歌唱,无比的轻松愉快。我们感受到了爱,简直想抱住太阳吻它一下。

　　门洞底下的那些瞎子处在永恒的黑暗之中,他们对生活已经麻木了。在这样欢乐的气氛中,他们仍旧安安静静地待着,时时刻刻吆喝身边的狗,叫它们安静,不明白它们为什么老是想蹦蹦跳跳。

　　傍晚的时候,他们扶着小弟弟或小妹妹的胳膊回家。孩子如果说:"今天天气真好啊!"瞎子就会回答:"我早就知

道了，天气一好，小狗就不肯老实待着了。"

这样的人我曾经见过一个，他过着难以想象的苦难生活。

他是一个乡下人，父亲是诺曼底的一个农场主。他的父母在世的时候，总算还有人照顾他，他的痛苦只是他的残疾。可是后来他的父母离世了，真正残酷的生活就开始了。虽然他的一个姐姐收留了他，然而农庄里的人却把他当做白吃饭的穷鬼，每顿饭都怪他吃得太多，叫他懒虫、饭桶。尽管他的姐夫把他的那份遗产夺到自己手里，可是连汤也舍不得给他多喝一口。

他脸上没有一点血色，两只白色的眼珠好像两块封信用的小面团。他挨了骂总是不动声色，以致他是否感觉到挨骂，别人也无法知道。他从来没有得到过温暖，他的母亲不喜欢他，对他总是凶巴巴的。因为在乡下，没用的人就等于坏人。母鸡在带小鸡时，遇到残废的就要把它啄死，乡下人如果可能也很愿意这样办。

当他喝完了汤，如果是夏天，他就到大门口去坐着；如果是冬天，就靠在壁炉边，一直坐到天黑。他的手一动不动，脚也不挪一挪，只有他的眼皮由于一种神经性的疼痛抽搐着，有时落下来盖住眼里的白斑。他是不是有思想？是不是对自己的生活有清楚的认识？谁也没想过这些问题。

几年里情况就是这样。他什么事也不能做，又总是冷冰冰地一声不响,终于惹恼了他的亲戚们。于是他成了受气包,成了供人虐待的小丑,一种牺牲品,人们惨无人道地拿他取乐。

凡是能想到的恶作剧,无论多残忍,都被想出来了。为了叫他吃了东西付出代价,他们想出许多可耻的主意。

周围的邻居纷纷跑来看这个热闹,他们挨家挨户互相通知,农庄的厨房里每天总是挤得满满的。在瞎子喝汤的时候,他们在他舀汤喝的盆子边上放一只猫或者狗。这只动物凭本能嗅出了这个人的残疾,慢慢地走近,一声不响地跟他一起吃,有时吃得响了一点,引起那个可怜虫的注意,他便举起勺子朝前面胡乱扑打。

这时候聚集在墙边的观众哈哈大笑,你推我搡,不停地跺脚。他呢,一句话不说,用右手接着吃,同时伸出左手保护着他的汤盆。

有时候他们弄些瓶塞子、木头、树叶子甚至垃圾给他吃,他也吃不出来。

后来,这种玩笑也开腻了。他的姐夫因为一直要养着他,心里有气,就动手打他。不停地抽他的嘴巴,看见他躲躲闪闪的狼狈样,忍不住笑了起来。从此他们又有了新的玩法,就是打耳光。那些长工、短工、女仆,高兴起来就给他一巴掌,打得他眼皮直翻。他不知道往哪儿躲,只好不停地举着胳膊求饶。

最后他被逼着去要饭。赶集的日子他被带到大街上，一听见有脚步声或是车轮声，就伸着帽子结结巴巴地叫道："求求您，行行好吧。"

可是乡下人不喜欢乱花钱，一连几个星期，他一个铜子也没讨到。

于是他的亲戚对他产生了一种既强烈又残忍的憎恨。而这造成了他的死亡。

那是一年冬天，地面盖满了雪，天气冷得出奇。他的姐夫一大清早就把他带到很远的路上去讨饭，然后一整天都把他丢在那里。到了晚上，他对他的雇工们说，他没有找着他。他还说，用不着担心，一定会有人把他带回来的，丢不了，明天早上他一定会回来喝汤的。

第二天，他没有回来。

那个瞎子一连等了好几个钟头，冷得受不了，于是决定自己回去。路埋在大雪底下，他认不出来，瞎碰瞎撞地走着，掉在沟里再爬起来。

大雪冻得他渐渐麻木起来，两条腿发软，再也支持不住。他在一片平原上坐下，再也站不起来了。

鹅毛大雪不停地下着，盖在他的身上，最后他僵硬的身体在大雪中消失了，没有留下一点痕迹。

他的亲戚们在一个星期里装着到处打听他的消息，到处找他，甚至还哭了几声。

直到第二年春天，大地上的冰雪解冻了。一个星期天，农民们上教堂做弥撒，发现一大群乌鸦在平原上空不停地盘旋，然后像一阵黑乎乎的雨点落在同一个地方，一会儿飞走，一会儿又飞回来。

接下来的一个星期，四面八方的乌鸦都聚集在这里了，它们像乌云似的浮在天空，然后纷纷降落在亮闪闪的雪地上，顽固地搜寻着。

一个小伙子跑去看它们究竟在干什么，这才发现了瞎子的尸体。它已经支离破碎，被吃掉了一半。那双无光的眼睛已经不见了，让乌鸦的长嘴啄掉了。

我遇到有太阳的日子，感到舒畅的时候，就不禁想到这个可怜虫，心里泛起莫名其妙的悲哀。是啊，他在世上是这样命苦，以致见过他的人听说他死了，反而感到一阵轻松。

我的叔叔于勒

一个白胡子老头儿向我们乞讨,我的同伴约瑟夫·达夫朗什给了他五法郎的银币。我很惊奇。他于是对我说:

"这个穷汉使我想起了一件往事,这件事我一直耿耿于怀,念念不忘,我现在就讲给您听。事情是这样的:

"我的家原籍勒阿弗尔,没有多少钱,也就是勉强凑合过日子。我的父亲在外工作,很晚才从办公室回来,挣的钱不多。我还有两个姐姐。

"我的母亲对于我们拮据的生活感到非常痛苦,她常常说一些尖酸刻薄的话,数落我的父亲。可怜的父亲被骂得很尴尬,叫我看了心里十分难过。他总是张开手摸摸额头,好像要抹去根本不存在的汗珠,一句话也不回答。我能体会他的痛苦。那时家里样样都节省,有人请吃饭是从来不敢答应的,因为回请不起。买日用品也都捡便宜的,或者趁减价的时候,买店铺里的存货。姐姐们自己做衣服,买十五个铜子一米的花边,常常还要还半天的价。我们吃的菜只有牛肉杂烩,据说这又卫生又有营养。不过我还是喜欢吃别的东西。

"我要是丢了纽扣或撕破了裤子,就要被狠狠地骂一顿。

"可是每个星期天,我们都要穿戴整齐地到防波堤上去散步。我的父亲穿着礼服,戴着礼帽,套着手套,还让母亲挽着他的胳膊。我的母亲打扮得五颜六色,像节日里悬挂着万国旗的海船。姐姐们总是最先打扮整齐,等待着出发的命令,可是到最后,总会在爸爸的礼服上发现一块忘了擦掉的污迹,于是赶紧用旧布蘸汽油把它擦掉。

"我的父亲头戴大礼帽,穿着背心,等着衣服擦干净。这时候,我的母亲戴上她的近视眼镜,脱下手套,忙个不停。

"全家隆重地上路了。姐姐们走在前面。她们已经到了出嫁的年龄,所以常带她们出来给城里人看看。我走在我母亲的左边,父亲在她右边。我现在还记得我可怜的父母在散步的时候那种郑重其事的样子。他们挺直腰,伸直腿,迈着沉着的步子向前走,仿佛他们的举止关系着一桩极端重要的大事。

"每个星期天,只要看见那些从远方回来的大海船开进港口,我的父亲就会说他那句从来不变的话:'唉!如果于

勒就在这条船上,那会多么叫人惊喜呀!'

"我父亲的弟弟,我的叔叔于勒是全家的希望。以前,他曾经是全家的祸害。我从小就听家里人说起这位叔叔,我对他是那样的熟悉,大概一见面就能立刻把他认出来。他动身去美洲以前的生活,我知道得清清楚楚,虽然家里人谈起这些往事总是压低了声音。

"据说他当初行为不端,因为他曾经挥霍过一些钱财,这在穷人的家庭里是极大的罪恶。在有钱人的家里,一个人整天吃喝玩乐不算什么,大家笑嘻嘻地称呼他一声花花公子。可是在穷人的家庭里,一个人要是逼得父母动老本儿,那他就是一个坏蛋、流氓、无赖了。

"总之,于勒叔叔把自己应得的那份遗产吃得一干二净之后,还使我父亲的那一份大大减少。

"后来,他被送上一只从勒阿弗尔开往纽约的商船,到美洲去了。

"一到了那里,于勒叔叔就做上了不知什么买卖,不久就写信来说他赚到钱了,希望能够赔偿我父亲的损失。这封信在我们家里引起了极大的震动。于勒,大家都认为是不可救药的于勒,一下子成了正直、有良心的好人,达夫朗什家最有出息的儿子!

"有一位船长告诉我们,说他租了一间大店铺,正在做一桩很大的买卖。

"两年后我们接到他的第二封信,信上说:

亲爱的菲利普:

我给你写这封信是让你不要担心我,我身体很好,买卖也好。明天我就动身去南美洲,作一次长期旅行,也许几年不给你写信。你不必担心,我发了财就会回勒阿弗尔的。我希望时间不会太久,那时我们就可以一起快乐地过日子了……

"这封信成了我们家的福音书。爸爸妈妈一有机会就拿出来念,逢人就拿出来给他们看。

"果然,十年里,于勒叔叔没有来过信,可是我父亲的希望却与日俱增,我的母亲也常常说:'只要这个好心的于勒一回来,我们的境况就不同了。他可真是个有办法的人。'

"于是每个星期天,一看见大轮船向上空喷着黑烟,从天边驶来的时候,我父亲总是重复说他那句从来不变的话:'唉!如果于勒就在这条船上,那会多么叫人惊喜啊!'

"他说话的样子,简直像是马上就可以看见于勒叔叔手里挥着手帕叫喊:'喂!菲利普!'

"叔叔回国的事十拿九稳,大家拟定了上千种计划,甚至计划到要用叔叔的钱在安古维尔附近买一座别墅。我不敢确定这个计划我父亲是不是已经找人商量过。

"我的大姐那时二十八岁,二姐二十六岁。她们都没有结婚,全家都为这件事发愁。后来终于有一个看中二姐的人上门来了。他是一个公务员,没什么钱,但老实可靠。可是我总觉得这个年轻人求婚,是因为有一天晚上我们给他看了于勒叔叔的信。

"我们赶紧答应他的请求,还决定婚礼后全家到泽西岛去旅游。

"泽西岛是穷人们最理想的旅游景点,路程不远,乘小轮船渡过海,便出国了,因为这个小岛是属于英国的。从这里只要航行两个钟头,就可以到邻国去,看看那个民族,研究一下大不列颠国旗覆盖下的岛上的风俗——那里的风俗据说是十分不好的。

"泽西岛的旅行成了全家时时刻刻盼望等待的一件事了。

"我们终于动身了。轮船靠着格朗维尔码头准备出发,我的父亲慌慌张张地看着我们的三个包袱搬上船。我的母亲不放心地挽着大姐的胳膊。自从二姐出嫁后,我的大姐就有点失魂落魄。在我们后边是新婚夫妇,他们总落在后面,我常常要回过头去等他们。

"汽笛响了,我们上了船,轮船离开防波堤,在巨大的海上行驶。我们看着海岸向后退去,感到很快活。

"我的父亲挺着藏在礼服里的肚子。这件礼服,当天早上家里人仔细擦洗了上面的污迹。此刻他浑身散发着汽油味,我一闻到这股气味,就知道星期天到了。

"我的父亲忽然看见两位先生请两位漂亮的太太吃牡蛎。一个衣衫褴褛的老水手用小刀撬开牡蛎,递给两位先生,再传给两位太太。他们的吃法很文雅:用一块精致的手帕托着蛎壳,把嘴凑上去,免得弄脏衣服,然后很快地就把汁水喝了进去,再把蛎壳扔到海里。这件文雅的事打动了我父亲的心,他走到我母亲和两位姐姐身边问道:'你们要不要我请你们吃牡蛎?'

"我的母亲迟疑不决,因为她怕花钱,但是两位姐姐马上举手赞成。于是,我的母亲很不痛快地说:'我怕伤胃,你买给孩子们吃好了,可别太多,吃多了要生病的。'

"然后她转身望着我说:'至于约瑟夫,他就不吃了,别把小孩子惯坏了。'

"我只好留在母亲身边,心里对这种安排忿忿不平。我望着我的父亲,眼睁睁看着他带着两个女儿和女婿向那个衣服褴褛的老水手走去。

"先前的两位太太已经走了,我父亲教姐姐们吃牡蛎,他先吃一个给她们看。他试着模仿那两位太太的吃法,立刻把牡蛎的汁水溅在他的礼服上了。我的母亲嘟囔着说:'何苦!老老实实待一会儿多好!'

"这时,我的父亲突然不安起来,他向旁边走了几步,瞪着眼看了看挤在老水手身边的女儿女婿。突然他向我们走

来，他的脸色十分苍白，眼神也变了，他低声对我母亲说：'真奇怪！这个卖牡蛎的怎么这样像于勒！'

"我的母亲有点莫名其妙，问：'哪个于勒？'

"我的父亲说：'就……就是我的弟弟呀……如果我不知道他现在是在美洲，过得很好，我真会以为就是他哩。'

"我的母亲也怕起来了，结结巴巴地说：'你疯了！既然你知道不是他，为什么这样胡说八道？'

"可是我的父亲还是放不下心，他说：'克拉丽丝，你自己去看看吧！'

"她站起身去找她两个女儿。我也仔细看着那个人。他又老又脏，满脸都是皱纹，眼睛始终不离开他手里的活。母亲回来了，我看出她在哆嗦。她慌张地说：'我看就是他。去跟船长打听一下吧，要多加小心，别叫这小子又回来缠上咱们！'

"我的父亲赶紧去了，我跟着他一起去，心里感到特别激动。

"船长是个大高个儿，瘦瘦的，蓄着长胡子，他正在驾驶台上散步。瞧那神气，仿佛他指挥的是一艘开往印度的大邮船。

"父亲客客气气地和他搭上话，一面恭维一面打听与他职业有关的事情，例如，泽西岛有什么特点，有什么特产，人口多少，风俗习惯如何，等等等等。

"不知道内情的人还以为他们谈论的是美利坚合众国哩。

"后来终于谈到我们搭乘的这只'快速号',接着又谈到船员。最后我的父亲局促不安地问:'您船上有一个卖牡蛎的,看上去很有趣。您知道这个人吗?'

"船长对这个话题感到不耐烦了,他冷冷地回答:'他是个法国流浪汉,去年我在美洲碰到他,把他带回国了。据说他在勒阿弗尔还有亲戚,不过他不愿回去找他们,因为他欠他们的钱。他叫于勒……姓达尔芒什,也可能是达尔旺什,总之是跟这差不多的一个姓。听说他在那边曾经发过财,可是您看他今天落魄到了什么地步。'

"我的父亲脸色煞白,两眼呆直,嗓子发哽,说:'啊!啊!好……很好……我并不感到奇怪……谢谢您,船长!'

"他说完就走了,船长不解地望着他走远。

"他回到我母亲身旁,神色慌张。母亲赶紧对他说:'你先坐下!不能让他们看出来。'

"他一屁股坐在长凳上,结结巴巴地说:'是他,真是他!'

"然后他就问:'咱们怎么办呢?'

"我母亲马上说:'赶快把孩子们带走。约瑟夫已经全知道了,让他把他们找回来。千万小心,别叫咱们女婿起疑心。'

"我的父亲吓傻了,低声嘟哝着:'真是飞来横祸!'

"我的母亲突然大发雷霆,说:'我早就知道这个贼不会有出息,早晚会再来缠我们!一个达夫朗什家里的人,还能让人指望什么?'

"我父亲用手抹了一下额头,好像他平常受到责备时那样。我母亲接着说:'把钱交给约瑟夫,叫他赶紧把牡蛎钱付清。已经够倒霉了,要是再被这个讨饭的认出来,那可就有热闹看了。咱们到船那头去,别叫那人挨近我们!'

"她站起来,给了我一个五法郎的银币,然后走了。

"我的两个姐姐看见爸爸妈妈走了,正在纳闷。我说妈妈有点晕船,随即问那个卖牡蛎的:'多少钱,先生?'

"我真想喊他:'我的叔叔。'

"他回答:'两个半法郎。'

"我把五法郎银币给了他,他把零钱找给我。

"我看了看他的手,那是一只满是皱痕的手;我又看了看他的脸,那是一张贫困衰老的脸,满面愁容,疲惫不堪。我心想:'这就是我的叔叔,父亲的弟弟,我的亲叔叔。'

"我给了他半个法郎的小费,他赶紧谢我:'上帝保佑您,年轻先生!'

"他说话的声调是乞丐接到施舍时的声调。我心想他在那边一定讨过饭。

"两个姐姐看我这么慷慨,诧异地望着我。等我把两法郎交给父亲,母亲又吃惊了,问:'吃了三个法郎?这不可

能!'

"我用坚定的口气说:'我给了半个法郎的小费。'

"母亲吓了一跳,瞪着眼睛望我:'你疯了!拿半法郎给这个人,给这个无赖……'她没有说下去,因为我父亲望了望女婿,给她使了个眼色。后来大家都不说话了。

"在我们面前,远远地有一片紫色阴影从海里钻出来,那就是泽西岛了。

"当船驶到防波堤附近的时候,我心里产生了一种强烈的愿望:我想再看一眼我的叔叔于勒,想到他身旁,对他说几句温暖的话。

"可是他已经不见了,因为没有人再吃牡蛎,他已经回到他居住的舱底去了。这个可怜的人啊!

"我们回来的时候改乘'圣玛洛号'船,以免再遇到他。我的母亲一脸心事,愁得不得了。

"从此,我再也没见过我父亲的弟弟!

"我为什么经常拿五法郎银币施舍乞丐,就是这个原因。"

骑 马

这对夫妇的生活只靠男人微薄的工资维持着。自从生了两个孩子之后,本来还只是拮据的生活就变得穷困了。但是他却总是不忘他的贵族出身。

埃克托尔·德·格里勃兰是在外省长大的,他从小在父亲的庄园里受家庭教师——一位教会长老的教导。他的家庭并不富有,但基本上还能过得去。

二十岁那一年,家里替他找到了一个工作,他以科员身份进入了海军部,年薪一千五百法郎。从此他就一直在这个岗位上生活,就像轮船搁浅在一块礁石上,再也不能前进。

他在科里艰难熬过了最初的三个年头。

此后,他遇到了几位世交,那都是一些上了年纪的时代落伍者,并且家境也都不宽裕。他们住在圣日耳曼区的街上,那条街号称是贵族街,但实际上已经凄凉破落了。他从此总算有了几个可以来往的朋友。

这些穷贵族对现代生活一无所知,他们自卑却又骄傲。他们住在街区楼房的上层,这些楼房里,从上到下的住户全是有贵族封号的,不过从二楼到七楼,没有一个有钱人。

这些家庭都曾经盛极一时,但因游手好闲而家道中落了。如今他们念念不忘他们的阶级偏见,日夜操心的是怎样维护门第,重拾家风。

埃克托尔·德·格里勃兰在这群人中遇到了一个跟他一样出身贵族而家境贫寒的年轻姑娘,他跟她结了婚,四年内他们连生了两个孩子。

此后的四年里,这户人家生活在穷困中,除了星期天到香榭丽舍大街散散步,以及冬天有同事送来优惠券,到剧院看一两次戏之外,几乎足不出户。

可是在开春的时候,他的科长派他干了一件额外的工作,他得到了三百法郎的酬劳。

把这笔钱拿回家来的时候,他对妻子说:

"我亲爱的亨丽埃特,我们应该享受一下了,我们挑个日子,带孩子们出去玩一玩吧。"

经过漫长的讨论,他们决定到乡下去野炊。

"说真的,"埃克托尔说,"我们租一辆四轮马车给你、孩子们和女仆坐,我去租一匹马来骑,就这一次,这对我的

身体是有好处的。"

在这一星期里,家里的谈话总是离不开计划中的远足旅行。

每天晚上,埃克托尔下班回家,都要把大孩子抱起来,让他叉开腿骑在自己的膝头上,然后使劲颠他,对他说:"你看,下星期天我们出去玩的时候,爸爸就这么骑着马跑。"

小孩也就整天骑着椅子,满屋子拖着,嘴里喊着:

"这是爸爸骑马呢。"

就连女仆,一想到主人骑着马护送马车,也会睁大眼睛惊叹地看着主人。每次吃饭的时候,她总是留心听他大谈他的骑术,讲述当年他在父亲家的种种英勇事迹。他得到过好的传授,只要两腿夹住马,就什么也不怕了。

他高兴地搓着手,一次次地对妻子说:

"如果他们能给我一匹烈性的马,那我就太高兴了,你可以看见我的骑术有多高!你要是愿意的话,我们可以在回家的时候,从香榭丽舍大街绕道回来。那时我们该有多神气啊。如果能碰到部里面的人,那就更有意思了。不用别的东西,就凭这一手,就能得到长官们的重视。"

郊游的那一天到了,车和马同时来到家门口。他立刻下楼,去检查他的马。他已经叫家人缝好了马靴上的带子,手里甩着一根头天晚上买来的马鞭。

他把马的四条腿依次扳起来检查一遍，他按了按马的脖子、肋骨和膝盖，摸了摸它的腰。他掰开它的嘴，看了看马的牙齿，立刻说出了马的年龄。这时候全家都从楼上下来，他又对着大家作了一篇关于马的讲演，从理论和实践两方面谈马的习性，然后又谈到眼前这一匹，他认为这是一匹好马。

等到大家都在车里坐好之后，他又仔细看了看马的肚带是否束紧，然后踏上马镫飞身而起，落在马上。马一下子感到背上有了人，立刻蹦跳起来，几乎把他摔下来了。

埃克托尔十分惊慌，努力想法子叫它平静。

"喂！别这么慌呀，我的朋友，别这么慌呀。"

后来，驮人的安静下来了，被驮的也坐稳了，于是他问道："大家都准备好了吗？"

所有的人一齐回答："准备好了。"

他于是发出命令："动身"。

大队终于出发了。

全家人都紧紧盯着他。他故意在马背上大起大落，按照英国人骑马的姿势小跑着。可是屁股刚一挨着鞍子，他立刻就像要升天似的向上蹿起来。有时候他又差点扑倒在马脖子上。他的眼睛一直向前方盯着，脸上的青筋都绷得很紧，没有一点血色。

他的妻子抱着一个孩子，女仆抱着另一个，两人不停地

说：

"瞧爸爸，瞧爸爸！"

两个小孩在车里颠簸，兴奋得尖着嗓子叫个不停。马受惊了，狂奔起来。骑马人努力制止马儿奔跑，帽子滚到了地上。马车夫只好跳下车去替他捡帽子。等到埃克托尔从他手里把帽子接过去，他老远地对妻子喊道：

"别让孩子们这么叫啊，不然我就管不住马了。"

他们在维西内树林的草地上吃午饭，吃着用盒子装的各种食品。

尽管有车夫照管三匹马，埃克托尔还是随时都要站起来，去看看他的马是否缺了什么东西。他抚摩着马的脖子，给马吃面包，吃点心和糖。

他说："这匹马不大好对付啊。刚一骑上的时候，我简直都坐不稳，可是你们都看到，我很快就收放自如了。它是遇到了能把它制服的人，再也不会胡闹了。"

回家的时候，他们按照原定的计划，绕道香榭丽舍大街。

那条宽阔的林荫大道上挤满了马车。路边的游人非常多，从凯旋门直到协和广场，大路上仿佛绷着两条黑色缎带。耀眼的阳光照在大地上，使车上的漆、马具上的钢件、车门上的把手都闪闪发光。

路上的人和马都显得格外精神，空气中仿佛有一种鼓舞人心的狂热；而另一边，方尖碑在一片金黄色的烟雾中矗立着。

埃克托尔的马一过凯旋门突然兴奋了起来，尽管骑马人想尽方法叫它安静，它却在车轮之间越跑越快。

他们的马车被远远地甩在后面。到了实业部大厦的对面，马看见路上已经不那么拥挤，就狂奔起来。

这时正有一个系着围裙的老妇人横穿马路，埃克托尔骑着马飞一般冲过来。他已经无法控制他的马了，只好使足了劲大声喊：

"喂！当心！喂！快躲开！"

她也许是个聋子，因为她还是若无其事地继续往前走，那匹马像火车头一般冲过来，一下子把老妇人撞到，她在地上翻了三个跟头，滚到了十步之外。

路上的人喊了起来：

"拦住他！"

埃克托尔早已吓傻，两手抓住马鬃，怪声叫着：

"救命啊！"

马狠狠一颠，他像皮球一样从马头上飞出去，落在一个追过来的警察的怀中。

一转眼，他的四周围了一群人，他们都十分愤怒，指手画脚地骂着。特别是一位佩着圆形大勋章，嘴上两撇大白胡髭的老先生，他好像格外气愤，一再地说：

"真见鬼！一个人要是笨成这样，就该老老实实待在家里！不会骑马就别到街上来害人。"

这时，四个人把老婆子抬过来了。那老婆子看上去好像已经死了，脸色蜡黄，帽子歪在一边，全身都是尘土。

"把这个女人抬到诊所去！"那位老先生说，"咱们一起到警察局去。"

埃克托尔被两名警察夹着走了，另有一名警察拉着他的马，后面跟着一大群人。这时，那辆四轮马车出现了，他的妻子飞奔过来，女仆也惊慌得不知道怎么办才好，孩子们叽叽喳喳地乱叫。他对妻子说，他马上就会回家，他撞倒了一个妇人，关系不大。家里人这才惊慌地走开。

在警察局里，他没有用多少时间就把事情说清楚了。他报告了姓名：埃克托尔·德·格里勃兰，海军部供职，然后就等候老太婆的消息。打听消息的警察回来说，老婆子已经醒过来了，不过她说，她身体非常疼痛。她是一个替人打扫卫生的老婆子，今年六十五岁，叫西蒙太太。

埃克托尔一听说她没死，立刻恢复了希望，他答应承担治疗的费用，随后往诊所跑去。

一大群人聚在诊所门口，那位老妇人倒在一张靠背椅上，不停地哼哼，两手一动不动，脸上也毫无表情。两位医生在那里检查她的伤势，胳膊腿没有摔断，不过怕是受了内伤。

埃克托尔对她说:

"您很疼吗?"

"是啊!"

"哪儿疼?"

"肚子里好像有一团火在烧。"

一位医生走了过来:

"先生,您就是这起事故的肇事者吗?"

"是的。"

"您最好把她送到疗养院去。我知道一家疗养院,六法郎一天,您愿意让我给您办理一下吗?"

埃克托尔非常满意,道了谢,如释重负,回家了。

他的妻子泪流满面地等他,他叫她放心,他说:

"没关系,这位西蒙太太已经好多了,再过几天,就会全好了。我已经把她送到一家疗养院里,没什么要紧的。"

第二天他下班后,就去打听西蒙太太的消息。他看见她的时候,她正满意地喝着油腻的肉汤。

"怎么样?"他问。

"哎哟!我的先生,还是那样,没有见好。"

医生说应该再等一等,因为伤情有可能突然恶化。他等了三天,然后再来看她。那位老婆子面色红润,眼睛也有神了,但一看见他就哼唧起来。

"我不能动了,我的先生,我不能动了,看来我一直到死都得这样了。"

埃克托尔打了一个寒噤。他要跟医生谈谈。医生摊开双手说：

"先生，有什么法子呢！我也不知道是怎么回事，只要一扶她起来，她就鬼哭狼嚎。连挪动一下她的椅子，她都会惨叫。我们应该相信她对我说的话。先生，我不能钻到她肚子里去看。在我没有看见她下地走动以前，我就不能说她在说谎。"

那个老婆子一动不动地听着，眼珠子狡猾地转动着。

八天过去了，十五天过去了，一个月过去了。西蒙太太还没有离开她的坐椅。从早到晚不停嘴地吃，她慢慢地胖起来。她很快活地跟别人聊天，好像已经习惯了这种不走不动的生活，就仿佛经过了五十年的辛苦劳动，这是她应得的休息和享受。

埃克托尔已经走投无路，他每天来看她，而她每天都那么安安静静，心安理得，她总是说：

"我不能动了，我的先生，我不能动了……"

每天晚上，埃克托尔的妻子总是提心吊胆地问：

"西蒙太太怎样了？"

每次，他总是无比沮丧地回答：

"还是那样，没有一点变化。"

他们辞退了女仆，因为工钱的负担太重了，他们更加节

省,那笔额外报酬全部都贴了进去。

埃克托尔约请四位名医替这位老婆子会诊。她听凭他们检查、摸、按,还眨着刁钻的眼睛偷偷看他们。

有一位医生说:"应该叫她起来走走。"

她立刻喊叫起来:

"我的好先生呀,我走不了啊,我走不了啊!"

他们抓住她,把她提了起来,向前拖了几步,可是她从他们手中滑了下来,瘫倒在地板上,发出可怕的喊声,他们只好万分小心地把她抬回椅子上。

他们很谨慎地发表了意见,但还是断定她无法工作了。

埃克托尔把这个消息告诉了妻子,她不由自主地倒在一张椅子上,吞吞吐吐地说:

"还不如把她弄到家里来呢,花钱可以少一些。"

他跳了起来:"上咱们家来,怎么可以呢?"

可是她已经决定忍受一切,她眼含热泪对他说:

"有什么法子呢,我亲爱的,这不是我的过错啊……"

在海上

最近报上登了下面这条消息:

滨海布洛涅一月二十二日讯:近两年来沿海一带渔民受尽苦难,新近又发生一起可怕的事故,使得人心惶惶。船主雅维尔驾驶的渔船在进入港口时,被巨浪冲向西边,在防波堤的岩石上撞得粉碎。尽管救生船努力营救,还是有四个大人和一个少年见习水手不幸丧生。

坏天气仍在继续,使人担心灾祸还会再次发生。

这个雅维尔船主是谁?他是不是那个独臂人的哥哥?这

个被海浪卷走、可能已葬身海底的可怜人，会不会就是我认识的那一个？在十八年前，他曾经亲眼目睹另外一出惨剧，像海上发生的所有的惨剧一样，既可怕，又简单。

当时，大雅维尔是一条拖网渔船的船主。

拖网渔船是一种性能极好的渔船。它坚固，能够应付各种恶劣的天气，船底是圆形的，像软木塞一样不断在海浪中摇摆。它一年到头在海上，每天承受烈风的鞭打，不知疲倦地扬帆前进。船侧拖着一面大网，大网擦着大西洋的海底，把沉睡在岩石间的小动物、贴在沙上的平鱼、长着大爪子的海蟹、尖触须的螯虾都捞了起来。

当风浪比较小的时候，拖网船开始捕鱼。它的鱼网固定在一根包铁的长木杆上，船头船尾各有一个辊子。绳索沿着这两个辊子滑动，把长木杆子放下去。船随着水流漂浮，拖着渔网在海底掠夺。

雅维尔的船上有他的弟弟、四个大人和一个少年见习水手。一天天气晴好，他离开布洛涅，下海去撒网。

不一会儿起大风了，拖网渔船只能逃走，一下子逃到英国海岸。但是汹涌的海浪拍打着悬崖，冲击着陆地，渔船根本不可能进入港口。小船只好离开，又回到法国海岸。暴风雨继续肆虐，防波堤无法通过，所有避难的地方都被浪头包围了。

拖网渔船又出发了，它在浪涛上颠簸，巨浪迎头劈脸地打来。但是它仍旧在风浪中挺进。它已经习惯了这种坏天气，有时候遇上暴风雨，一连五六天不能靠岸，就一直在大海上徘徊。

最后，风暴终于停了，他们正好在大海上。虽然浪仍旧很高，船主还是吩咐撒网。

巨大的拖网从船上抬出去，两人在前，两人在后，用辊子把吊着拖网的绳索放下去。拖网一下子碰到了海底，这时一个很高的浪头打来，船身一斜，小雅维尔正在船头指挥下网，他打了个趔趄，胳膊夹在了绳索和木头之间。他拼命使劲，想用另一只手把绳索抬起来一点，把手臂抽出来，但是拖网已经落在海底，绷紧的绳子一点也扳不动。

他疼得浑身抽搐，大声叫喊。所有的人都跑过来。他的哥哥放下了舵柄，他们朝绳索扑过去，尽一切努力想把被绳子勒住的胳膊拉出来，但是没有成功。"把绳索砍断！"一个水手说。他从口袋里掏出一把尖刀，只要一刀就可以把小雅维尔的胳膊救出来了。

但是把绳索砍断，拖网也就丢了，这个拖网很值钱，值一千五百法郎呢。拖网是大雅维尔的，他对自己的东西非常珍惜。

他心痛地叫起来："别砍，别砍，等一等，我再想想办法，我试一试改变方向。"他奔到船舵跟前，用力把舵柄往下压。

渔船被鱼网拖住,完全失去了它的冲力,它还受到海流和风向的控制,根本操纵不了。

小雅维尔跪在地上,咬紧牙关。他什么也没有说。他哥哥一直担心水手会用刀子砍掉拖网,又跑回来说:"等等,等等,别砍,应该把锚抛下去。"

锚抛下去了,整条锚链都放光,然后开始卷起锚机,使拖网的绳索松弛。绳索终于松了,他们把那只没有生气的胳膊抽出来,毛呢袖子上已经鲜血淋漓。

小雅维尔好像傻了。他们替他把上衣脱掉,只见胳膊上的肉已经压得烂糟糟的,血像喷泉一样涌出。他望着自己的胳膊,低声说:"完蛋了。"

血流了很多,甲板上流了一滩,一个水手叫起来:"他的血要流完了,赶紧给他止血!"

他们拿来一根涂沥青的粗绳子,在伤口以上把胳膊捆住,使劲扎紧,血渐渐停止喷涌,最后止住了。

小雅维尔站起身来,胳膊挂在他的身边。他用另一只手抓住它,把它举起来,转一转,摇一摇。这条胳膊整个断了,骨头碎了,只有肌肉还连着身体。他发愁地望着它,不知道该怎么办。后来,他在折好的帆篷上坐下来,同伴们让他不停用水冲洗,不然会生黑病的。

同伴拎来一桶清水,放在他身旁,他不时用杯子从桶里舀水浇在伤口上。

"你到下面去也许会舒服些。"他哥哥对他说。他下去了,但是一个钟头以后他又回到甲板上,因为他单独一人待在下面很闷,他喜欢新鲜空气。他仍旧坐在那堆帆篷上,继续用水浇他的胳膊。

捕鱼的成绩很好。那些白肚子的大鱼躺在他旁边抽搐着,他一边看它们,一边不停地用清水浇他的烂肉。

他们就要回到布洛涅了,突然又刮起大风。小船又发狂地奔驰、跳跃、翻滚,不停地摇晃着可怜的受伤者。

黑夜来临,整整一夜的坏天气。太阳升起的时候,他们又看见了英国,但是海浪已经没有那么汹涌了。他们逆风航行,向法国驶去。

傍晚,小雅维尔呼喊他的伙伴们,让他们看胳膊上的黑斑,那段胳膊有了腐烂的迹象,已经不能算是他身体的一部分了。

水手们一边看,一边发表意见。

"这很可能是黑病。"一个说。

"也许要用盐水冲洗。"另外一个说。

于是有人弄来了盐水,浇在伤口上。受伤者脸色发青,牙齿咬得格格响,他扭动着身子,但是没有喊出声来。

在火辣辣的疼痛减轻以后,他对他的哥哥说:"把你的刀子给我。"哥哥把刀子递给他。

"替我把胳膊拉直,用劲拉!"

他的哥哥一声不响地照做。

他自己动手割肉。他琢磨着,一刀一刀割断了剩下的肌腱。很快这条胳膊只剩下一小段了。他长长地叹了口气,说:"只能这样,要不然我命就没了。"他仿佛感到轻松了,使劲地呼吸着。又开始用水浇剩下的一段胳膊。

这一夜的天气仍旧很坏,船不能靠岸。

天亮了,小雅维尔抓起割下来的那段胳膊,仔细地看着,那只胳膊已经开始腐烂了。伙伴们也来看,在手里传来传去,摸它,还用鼻子闻。

他的哥哥说:"应该立刻把它扔到海里去。"

小雅维尔生气了。"不行!不行!这是我的,对不对,是我的胳膊!"他抓起断臂,夹在两腿中间。

"它反正要烂掉的。"哥哥说。小雅维尔于是想办法要保存胳膊。在海上待的时间长了,水手们常常把鱼放在桶里,用盐腌起来。

他问:"是不是可以把它腌起来?"

"可以,当然可以。"其余的人说。

他们把这两天捕到的满满一桶鱼都倒出来,然后把那段胳膊放在桶底,撒上盐,再把鱼一条一条放进去。

有一个水手开玩笑说:"但愿咱们别把它跟鱼一起卖了。"

除了雅维尔兄弟俩,其余的人都笑了。

大风继续刮着,船一直朝着布洛涅曲折航行,小雅维尔还是不断往伤口上浇水。

他时不时站起来,从船的这头走到那头。

他的哥哥在掌舵,一边望着他,一边摇头。

最后他们终于回到了海港。

医生检查了他的伤口,说情况很好,替他包扎好后,嘱咐他好好休息。但是小雅维尔在没有取回他那段胳膊以前不愿意躺下。他急急忙忙回到港口,找到了他在船上做过记号的鱼桶。

人们把桶里的鱼倒光,他捡起保存在盐里的胳膊。它已经收缩起皱了,不过还是很新鲜。他用一条毛巾把它裹起来,带回家里。

他的妻子和孩子们非常仔细地端详这段胳膊,看了很久,他们摸摸手指头,把嵌在指甲缝里的盐粒挖掉。还请来木匠做了一个小棺材。

第二天,拖网渔船的全体船员都来参加这条断胳膊的葬礼。两兄弟并排走在送葬行列的前面,教堂的牧师夹着这段胳膊做祈祷。

小雅维尔再也不能出海了,他在港口上得到了一个薪资低微的职务。后来他谈到他的这段不幸,常常悄声对人说:"如果哥哥当时肯砍断拖网,我的胳膊肯定还留着,但是他太看重他的财产了。"

一场决斗

战争已经结束,德国人打败了法国,这个国家像一个斗败的公鸡,被压在战胜者的膝下颤抖。

从惊慌、饥饿、绝望的巴黎开出几列火车,慢腾腾地穿过田野和村镇,朝新划定的国境线驶去。车上的旅客望着窗外荒芜的平原和焚毁的村庄。戴着铁盔的普鲁士士兵在房屋门口抽着烟斗,还有的在干活儿或者聊天,好像这里是他们的家一样。经过城市的时候,可以看见广场上有军队在操练,尽管车轮声很响,嘶哑的口令声还是不断地传到耳边。

迪比伊先生在战争期间参加过巴黎的国民自卫军,现在他到瑞士去找他的妻子和女儿。她们是在敌人入侵以前,为了谨慎起见,送到国外去的。

这是个家境富裕、生性平和的商人,饥饿和劳累并没有使他的大肚子缩小一点。他抱着悲观的态度，熬过了那段可怕的日子。如今战争结束了，他离开了国家，虽然他曾经在城防工事里干过活，也在寒夜里放过哨，可是这还是他第一次看见普鲁士人。

他望着那些全副武装、蓄着大胡子的人，心里面又是气愤，又是害怕。他们待在法国国土上，就像待在自己的家里一样。他感到一股无可奈何的爱国热情，同时提醒自己要小心谨慎。在这样的局势下，只能夹着尾巴做人了。

在他的车厢里，有两个旅行的英国人，睁着眼睛四处张望着。他们都是胖子。他们用英语交谈着，有时翻开旅行指南，高声地念上一段，想把上面说的地方认清楚。

火车停靠在一个小城的站台上，忽然上来了一名普鲁士军官，腰上挂着军刀，碰击在车厢门口的踏板上，发出很大的响声。他身材高大，却穿着一件瘦小的军服，全身裹得紧紧的。他满脸红棕色的胡子，长得怪模怪样。

两个英国人好奇地打量着他。迪比伊先生假装看报，蜷缩在角落里，就像小偷看见了警察一样。

火车又开了，英国人继续谈论着，寻找那些战场上的地点，其中一个人伸手指着远处一座村庄。这时，那个普鲁士军官伸直了两条腿，往后一靠，用发音不准的法语说：

"我在这个村子里杀过十二个法国人，还抓过一百多个俘虏。"

两个英国人很感兴趣,连忙问道:

"噢!这个村子叫什么?"

"法尔斯堡。"普鲁士人回答。

他又说:"我揪那些法国光棍的耳朵。"

他望望迪比伊先生,得意地笑了起来。

火车穿过被占领的村庄,轰隆隆朝前驶去。不论是在大路上,还是在田边,都可以看见普鲁士士兵。他们有的在栅栏旁边站着,有的在咖啡馆门口聊天。像田里的蝗虫一样,遍地都是。

军官手一挥,说:"要是我来指挥,早就打进巴黎,把他们杀个精光。不会再有法国了!"

两个英国人出于礼貌,仅仅回答了一句:"噢,是的!"

"二十年以后,欧洲,整个欧洲都是我们的,普鲁士比任何国家都强大。"军官得意地说。

两个英国人感到不安,没有再答理他,他们的脸上毫无表情,看上去像蜡做的。普鲁士军官却笑起来,他大模大样地仰着头,尽情地嘲笑。他嘲笑被打垮的法国,侮辱倒下的对手,他嘲笑不久前战败的奥地利,他嘲笑这些国家的抵抗徒劳无益。他说,俾斯麦要用缴获的大炮铸造一座铁城。忽然,他把两只靴子靠在迪比伊先生的大腿上。迪比伊先生面红耳赤,连忙扭过头去。

两个英国人似乎变得对什么都不关心了,仿佛他们又把自己关在岛国里,远远离开了世上的喧嚣。

军官掏出烟斗,盯着法国人问:

"你没有烟丝吗?"

"没有,先生!"迪比伊先生回答。

普鲁士人说:"等火车停了,你帮我去买一袋。"他笑着说:"我会给你钱的。"

火车鸣着汽笛,渐渐放慢速度,经过站台旁那些被烧毁的房屋后,终于停了下来。

普鲁士人打开车门,抓住迪比伊先生的胳膊说:

"快给我跑一趟,快!"

一队普鲁士士兵站在月台上,还有些士兵站在栏杆外。火车鸣着汽笛,已经准备开车了。迪比伊先生忽然跳上月台,不顾站长朝他挥手,一下子又跳上了旁边的一列车厢。

只有他一个人啦!他解开背心,心跳得厉害。他一边喘着气,一边擦着脑门。

火车在下一个站台停住。军官突然在门口出现了,他跨上车来,那两个英国人在好奇心的驱使下,也紧紧跟了上来。普鲁士人在法国人对面坐下,冷冷地笑着说:

"你不愿意替我跑腿。"

"不愿意,先生!"迪比伊先生回答。

这时候火车开了。

军官说:"我要割下你的胡子装烟斗!"

他说着就伸手朝对方的脸上抓过去。

两个英国人目不转睛地看着,脸上仍旧毫无表情。

普鲁士人揪住了迪比伊先生的胡子,正要用力拔的时候,迪比伊先生挡开他的胳膊,一把抓住他的领子,把他掀倒在椅子上。迪比伊先生气得发狂,太阳穴上青筋暴起,眼睛里充满了血,他一只手掐住他的喉咙,另一只手握起拳头,一拳一拳地朝他脸上捶下去。普鲁士人挣扎着想抽出军刀,后来又想抱住压在他身上的敌人,但是迪比伊先生的大肚子压得他不能动弹。拳头雨点般落下,普鲁士人连气也不能喘一口,更顾不上什么地方被捶了。血流出来了,普鲁士人被掐得喘不过气,他拼命从嘴里吐出了几颗被打落的牙齿。他想要推开这个恨不得揍死他的胖子,可是办不到。

两个英国人站起来,走到跟前看个仔细。他们怀着高兴和好奇的心情站着不动,准备赌一赌,看两个殴斗者哪一个胜哪一个败。

迪比伊先生使完了吃奶的力气,实在累得吃不消了,他突然直起腰坐了下来,一句话也没说。

普鲁士人并没有反扑,他又是惊奇,又是疼痛,张皇失措地发了呆。等他喘过气以后,他说:"你要是不肯用手枪和我决斗,我就打死你!"

迪比伊先生回答:"我奉陪。"

普鲁士人接着又说:"斯特拉斯堡到了。我去找两个军官做证人,在火车开出以前,咱们就决斗。"

迪比伊先生喘得跟火车头一样,对两个英国人说:"你们二位愿意做我的证人吗?"

两人同时回答:"噢,是的!"

火车停住了。

一分钟以后,那个普鲁士人找到了两个同事,他们带来了手枪,大家来到墙角下。

两个英国人怕误车,不断地掏出表来看,他们加快步伐,草草地为迪比伊先生做准备。

迪比伊先生从来没有碰过手枪。他被安置在离敌人二十步远的地方。

有人问他:"准备好了没有?"

在他回答"准备好了,先生!"的时候,他注意到一个英国人正在撑遮阳伞。

一个声音发出命令:"开枪!"

迪比伊先生立刻转身,胡乱放了一枪。奇怪,他看见站在对面的那个普鲁士人晃了几晃,举起双臂,直挺挺地栽倒在地上,原来是被他打死了。

一个英国人"噢!"地叫了一声,声音里透出喜悦。另一个手上握着表的英国人,抓住迪比伊先生的胳膊,拖着他一路小跑奔向车站。

前一个英国人双手握拳,一边跑,一边喊:"一、二,一、二……"

三个人挺着大肚子,并肩朝前跑,活像画报上的三个滑稽人物。

火车开动了,他们跳进原来的那节车厢。两个英国人脱掉旅行便帽,举起来挥动,一连叫了三遍:"hip!hip!hip!hurrah!!"然后,他们严肃地向迪比伊先生伸出右手。握完手后,他们重新回到角落里并排坐下来。

羊脂球

接连好几天,溃退下来的队伍一阵阵地穿城而过,他们已经不能算是军队,只是一帮乌合之众。士兵们脸上是又脏又长的胡子,身上是又破又烂的制服,他们既没有军旗,也没有番号,懒洋洋地向前走着。所有的人都疲惫不堪地往前走着,只要一站住,便会累倒下来。这些士兵大多是被动员征召入伍的,都是些爱好和平的人。他们本可以安静地坐在办公室里领工资,现在却被枪支压得直不起腰来。还有的是年轻灵活的国民别动队,他们慷慨激昂,也很容易害怕,随时准备进攻,也随时准备逃跑。还有几个夹在他们中间的穿红裤子的正规步兵,他们是一场大战役中被粉碎的一个师团的残余。还有和这些步兵一起的,穿着深色军服的炮兵,有时还看见一个戴着亮晶晶钢盔的龙骑兵,他拖着笨重的脚步,很吃力地跟着步兵走着。

游击队的队伍也过去了,他们每一队都有一个英勇的称号,如"战败复仇队""墓中公民队""誓死如归队"等等,他们的神态很像土匪。

他们的首领,有的以前是布商或粮商,有的以前是油脂商或肥皂商,现在暂时当了军人。他们被任命为军官,有的是因为钱多,有的是因为胡子长。他们全身穿着法兰绒衣服,挂着武器,镶着金线,说起话来震耳欲聋。他们经常讨论作战计划,自以为垂危的法国是靠着他们这群大言不惭的人才维持到现在。不过他们有时也害怕自己的士兵,因为他们都是一些亡命之徒,在打家劫舍、荒淫纵欲的时候,总是表现得特别勇敢。

据说普鲁士军队马上就要开进鲁昂城了。

两个月来,本地的国民自卫军一直在森林里小心谨慎地侦察敌人,有时开枪打死自己的哨兵,有时一只兔子在树林里中动一动,他们就立刻准备作战。可是这个时候,他们却都逃回自己的家里。军服、装备以及所有他们拿来吓唬人的武器都不见了。

所有的法国士兵都渡过了塞纳河,准备从圣赛威尔和阿沙镇到奥特玛桥去。走在最后的是个将军,他已经认输了,带着这些残兵败将,实在无能为力。一个经常打胜仗的民族竟遭遇了这样的大崩溃,败得一发不可收拾,将军万念俱灰。他由两个副官陪伴着，徒步赶路。

此后，城市便安静了，市民一直在惊惶不安地等待。他们忧心忡忡地等待着征服者，他们战战兢兢，唯恐敌人抄了他们的家。

生活好像是停止了，店铺都关着门，街上鸦雀无声。偶尔有一两个居民急匆匆贴着墙边溜过。

他们等得焦躁不安，最后竟希望敌人早点来。

法国军队走后的第二天下午，不知从哪儿钻出来几个普鲁士骑兵，很快地穿城而过。紧接着，从圣卡特琳山坡上下来黑乎乎的一大片人，同时两条公路上也潮水般涌来两股军队。这三支队伍的前哨同时到达市政府广场。然后德军大部队浩浩荡荡地开进，走进大街小巷，一个营跟着一个营，沉重的、整齐的步伐踏得街上的石块啪啪作响。

在死气沉沉的街巷里，升起一片陌生的口令声。家家户户的窗子后面，许多只眼睛偷偷地瞧着这些战胜者。依据"战时法"，现在他们是这个城市的主人、财产和生命的主宰。本城的住户，都惊慌地留在漆黑的屋子里。就仿佛碰到洪水泛滥或毁灭性的大地震，不管你多么聪明，多么强壮，都毫无用处。

家家户户都有零星队伍去敲门，跟着就钻进去住了下来。这是侵略之后的占领行为。战败者的义务从此开始，他们对战胜者必须无条件地服从。

过了一些时候，恐怖暂时过去，城市里出现了新的平静气氛。在好多的家庭里，普鲁士军官都和主人家一桌吃饭。有的军官很有教养，为了礼貌，常常对法国表示同情，甚至说，尽管他参加了这场战争，他对战争却很厌恶。人们很感激他能这么说，何况不知哪一天，也许还要依靠他的保护呢，把他伺候好了，也许可以少供养几个士兵呢。既然一切都要听凭他们的摆布，就更不能得罪他们了。

此时的鲁昂市民们已没有大胆冒险的毛病，他们从法国人的处世礼法中得出了一条至高无上的理由，只要不在公共场所跟外国兵亲近，在家里面客客气气是可以允许的。于是，到了外面，彼此都素不相识，可是到了家里，却很高兴地说说笑笑。而住在家里的德国军官，每晚待在壁炉旁跟大家一起烤火的时间就更长了。

城市也渐渐恢复了平常的面貌。法国人依然不大出门，可是普鲁士士兵却已挤满了大街小巷。穿蓝色军服的德国军官虽然盛气凌人地挎着军刀，在大街上摆来摆去，可他们对普通市民的蔑视，也并不比过去那些法国军官更厉害。

不过，空气中却添了一种东西，一种难以捉摸的、陌生的东西，一种令人不能忍受的外来气味，那就是侵略的气味。这种气味充满了城市各处，改变了人的胃口，使人觉得像在野蛮部落里作客一样。

战胜者老是要钱，并且要的很多，居民们只能上交。他

们其实很有钱,可是看见自己的财产一点一点地转移到别人手里时,越是有钱就越是心疼。

可是在城外,顺着河流往下几公里,船夫们常常能从水底捞上德国人的尸体。这些尸体都穿着军服,被水泡得肿胀。有被刀砍死的,有被脚踢死的,也有头被石头砸碎的,也有从桥上被人推下水的。这条河底的污泥里,不知埋葬着多少这样暗中的复仇行为,那是不为人知的英勇举动。因为无声的袭击,远比白天打仗要危险,而且还享不到光荣的名声。对侵略者的仇恨永远鼓励着几个不怕死的人,他们是随时可以为理想牺牲性命的。

最后,侵略者虽然用严酷的纪律控制了城市,但是他们一路上干过的烧杀抢掠的事情,在这里却没有发生。于是大家的胆子慢慢大起来了,本地的大商人又重新打起主意想做买卖了。

那时候,法国军队还守着勒阿弗尔港,本地的几个大商人在那里有大笔的投资,他们想从陆地先到第厄普,然后乘船到那个港口去。他们巴结几个熟识的德国军官,居然得到了一张由他们总司令签发的出境证。

有十个人在车行里订了座位,他们订好了一辆公共马车,决定在星期二的清晨出发,天不亮就动身,免得惹人赶来看热闹。

几天来,地面已经冻得很硬,星期一下午三点,从北方吹过来大片大片的乌云,雪纷纷扬扬下个不停。

清晨四点半,旅客们已聚齐在诺曼底旅店的院子里,他们要在那里上车。

他们都睡眼惺忪,虽然披着毯子,还是冻得直哆嗦。在黑暗之中,彼此都看不清楚,这些人身穿层层叠叠的冬衣,望过去像一群肥胖的神父。有两个男人终于互相认出来了,紧跟着第三个人走了过来,大家聚在一起聊天。一个说:"我把我的妻子也带去了。"另一个说:"我也一样。"还有一个说:"我也是的。"第一个又说:"我们不回鲁昂了,如果普鲁士军队到勒阿弗尔,那我们就到英国去。"他们都有这种计划,因为他们都是贪生怕死的人。

套车的人一直没有来,马夫提着一盏小灯在马房两扇小门间出出进进。从马房里传来马蹄踢地的声音,声音不大,因为地下垫了厩草,还有一个男子骂骂咧咧的声音。马房里有人套马具,传来一阵轻微的铜铃声。

铃声不久变成了一种清脆的、不断的颤动声,这个声响是随着马的动作而变化的,一会儿安静下来,一会儿又突然响起来,还伴随着钉马掌的沉闷声音。

门突然关上了,什么声音也听不见了,这些冻僵了的绅士们早已不说话,他们一动不动僵直地站在那里。

鹅毛大雪纷纷扬扬,什么东西都看不清楚了,世界全裹在冰雪里。在这座严寒笼罩着的城市里,只听见雪片降落的窸窣声。

马夫又提着灯出来了,他拉着一匹垂头丧气的马,走到车辕旁边,系上了缰绳,围着马转了半天,才把马具收拾好。因为他用一只手干活,另一只手提着灯。当他准备去拉第二匹马的时候,他看见了这些一动不动的乘客,他们已经变成雪人了。他对他们说:"你们为什么不上车待着去,这样雪就不会下在你们身上了。"

他们原先没想到上车,一听这话都奔了过去。那三个男人先把太太送到车厢里头,然后自己才上去。其他的人也都爬了上去,坐在位子上,谁也没跟谁说一句话。

车厢底板上铺着稻草,乘客的脚都埋在草里。坐在车厢里头的那几位太太,都随手带着小铜脚炉。她们赶紧把炭点起来,低声地列举这种脚炉的优点,说了好半天。

公共马车总算套好了,这种马车本应该只套四匹马的,现在却套了六匹,因为车重路滑不容易拉。车外有人问道:"大家都上车了吗?"车厢里有人回答:"都上来了。"于是车出发了。

车子走得很慢。车轮陷在雪里,车身发出咯吱咯吱的响声。六匹马一步一滑,呼呼地喘着气,全身冒着热气。车夫的大鞭四面八方地飞舞,不停地响着,一会儿卷起来,一会儿伸展开,好像一条细蛇。鞭子一抽到马屁股上,那匹马就猛地一用力,把屁股高高抬起。

不知不觉,天渐渐亮起来了,雪也停了。大地上一会儿出现一行裹着白霜的大树,一会儿出现一所顶着积雪的茅屋。天上覆盖着浓黑的云,大地白茫茫一片,十分耀眼。这时,云间透出一片朦胧的光亮。

在车厢里,借着黎明时的光亮,人们好奇地互相打量着。

车厢里头最好的位子,坐的是大桥街的葡萄酒批发商鸟先生夫妇,他们正面对面地打瞌睡。鸟先生从前给人当伙计,老板破产以后,他就把店铺盘了过来,发了大财。他做的买卖是以极低的价格把劣质葡萄酒批发给乡间小贩,因此认识他的人都说他是个奸商。他诡计多端,爱说爱笑,是个典型的诺曼底人。

他在当地臭名昭著,本地的名人杜尔奈先生——一位文笔尖刻的作家——曾经在省政府的晚会上嘲笑过他。鸟先生出名还有另外一个缘故,就是他善于恶作剧,爱开玩笑,不管是恶毒的还是无伤大雅的玩笑,在他都无所谓,所以任何人一谈到他,都会说这样一句话:"这个鸟,真是有钱也买不到的宝贝。"

他个子矮小,挺着一个皮球似的大肚子,通红的脸,灰白的胡子。

他的妻子是一个高大、强壮、意志坚强的妇人,说话大嗓门,主意来得特别快,她在店铺里是秩序的化身。多亏他不停地开玩笑，店里才有点生气。

在这对夫妇旁坐着更高贵的人物，卡雷·拉玛东先生，他是一个了不起的人物，在棉纺业界地位崇高，他有三座纺织厂，得过荣誉勋章，是省议会的议员。在整个帝国时期的议会里，他始终是一个两面三刀的角色。他喜欢先攻击对方，然后再附和对方，以此得到更高的报酬。卡雷·拉玛东太太比她丈夫年轻很多，那些驻扎在鲁昂的军官们常常在她身上找到安慰。此刻她和丈夫面对面坐着，蜷缩在皮大衣里，又小巧，又娇柔，又漂亮，睁着一对沮丧的眼睛看着车厢四周。

坐在她旁边的是于贝尔·德·布雷维尔伯爵夫妇。他们的姓氏是诺曼底省最古老、最高贵的姓氏。伯爵是一位派头很大的老绅士，他费尽心机在服装上修饰，显示他和亨利四世的相像。根据他家里的光荣传说，亨利四世普使布雷维尔家族中一个女子怀了孕，这女子的丈夫因此晋封伯爵并担任了省长。

于贝尔伯爵也在省议会，和卡雷·拉玛东先生是同僚。他怎么会和南特城一个小船主的女儿结婚，这一直是个谜。不过伯爵夫人气派雍容，待人接物很能干，并且还和路易·菲力普的王子传出过绯闻，所以贵族阶层都很买她的账。她的客厅在本地首屈一指，保持着旧日的风流情调，被她邀请是很荣幸的事。

德·布雷维尔家有大量的不动产,据说每年的收入有五十万法郎。

这六人是车上的主要乘客,他们每年都有稳定的收入,生活安定,是一些信奉宗教、有权有势的上等人。

很凑巧,三位太太同坐在一条长凳上。伯爵夫人旁边还坐着两位修女,她们手持念珠,口中默念着圣经。其中的一个年纪大的,满脸麻子,好像被霰弹打中似的。另一个身材瘦小,面带病容,好像患有肺病。

在这两位修女的对面,坐着一男一女,大家的眼光都注意着他们。

男的大家都认识,是外号"民主党"的高尼岱,他是一切有身份的人最怕碰见的人。二十年来,他总是出入于民主派的咖啡馆里,把他的黄色大胡子甩来甩去。

他的父亲当年是个糖果商,给他留下一份不菲的产业,他却带着他的弟兄们把它吃个精光,然后迫不及待地等候共和国的降生,以便获得更高的地位。拿破仑三世倒台之后,他听信了别人的玩笑,以为自己被任命为本省的省长。可是他上任就职时,办公室的侍役们却拒绝承认他,硬是把他逼退位了。好在他是个好好先生,从来与人无争,喜欢帮助别人,因此他又鼓起热情,从事本地的军事防卫工作。他叫人在平原上挖坑,把附近树林中的小树砍倒,在公路上埋伏了许多陷阱。他对自己的工作很满意,所以等敌人快来的时

候，他立刻赶回城里。如今他以为，到勒阿弗尔去更能为国效力，在那个地方新的防御工事会成为迫切的需要。

那个女的是一个妓女，因为身体过早发胖而出名，外号"羊脂球"。她身材矮小，浑身上下圆圆的，肥得流油，十个手指头也都肉鼓鼓的，只有骨节周围才凹进去，好像几串短短的香肠。她的皮肤绷得紧紧的，发着亮光，丰满的胸脯隔着衣服向前高耸。然而她却一直有很多人追，因为她那鲜艳的神色很讨人喜欢。她的脸蛋好像一只红苹果，又像一朵含苞待放的芍药。她的眼睛是黑色的，睫毛很长，她的嘴唇也很妩媚。

据说，她还有许多无法估计的本领。

当大家认出她是什么人后，那几位正经女人便起了一阵耳语，什么"婊子"啦，"社会耻辱"啦，尽管她们是低声说的，还是让很多人听见了。羊脂球抬起头来，冷冷地看了她们一眼，眼光里含着挑战的意味。大家立刻都把头低下，不再出声了，只有鸟先生还偷偷看着她，神态颇为轻佻。

可是过不了多久，三位太太之间的谈话又开始了，车里有了这个妓女，使她们突然间成了知己。她们觉得，在这个无耻的卖淫女面前，她们必须把有夫之妇的尊严拧成一股劲，因为合法婚姻总是看不起自由爱情的。

那三个男的，也因为高尼岱在车里，保守派的本能使他们更加靠拢，他们现在正用一种看不起穷人的口气谈论着金钱。于贝尔伯爵谈的是普鲁士军队给他带来的财产损失,他摆出一副满不在乎的样子,好像这种损害不过给他带来一年半载的不方便罢了。卡雷·拉玛东先生在棉纺业曾经受过很大的损失,因此他留了一份心,早就往英国汇了六十万法郎,以备不时之需。至于鸟先生呢,他已安排妥当,把酒窖里剩下的酒全部卖给了法国后勤部,这样一来,政府欠了他一笔惊人的巨款,他现在准备到勒阿弗尔去领取。

这三位都用友爱的目光互相望着。他们虽然彼此社会地位不同,可是他们都是有钱人,所以还是很能说到一块去的。

车子走得很慢,上午十点,还没走出四法里。在遇到上坡的时候,男人们多次下车步行。大家有点着急,原定在多特吃中饭,现在看来天黑以前到达那里都没有希望了。每个人都向窗外看着,希望最好能在大路边发现一个小酒馆。可就在这时,马车却陷进一个大雪堆里,费了两个钟头时间才拖出来。

肚子越来越饿,大家心慌意乱,可是看不见一个小饭馆,因为普鲁士军队越来越近,饿着肚子的法国队伍不断经过,所有的买卖都吓得停止了。

车里的先生们都跑到路旁的农庄去找吃的,可是他们连面包也找不到,因为农民生怕被士兵抢劫,早就把所有的物品都藏起来了。

下午一点钟,鸟先生对大家说,他感到胃里空得发慌,大家也感到同样的痛苦,肚子饿得发慌,连谈话的劲也没有了。

不时有人打哈欠,一个人打完,马上就有另一个人跟着打,并且人人轮流着都打起来。各人的性情、礼貌和社会地位不同,哈欠打得也不一样:有的张着嘴大声打,有的很谦虚地拿手挡住往外冒的热气。

羊脂球好几次弯下腰去,在裙子底下找什么东西。每次她都踌躇一下,看看身旁那些人,然后又若无其事地直起腰。那些人的脸都是苍白的。鸟先生说他肯出一千法郎买一只肘子。他的妻子动了一下,好像表示反对,但是却没有出声。她一听说浪费金钱,心里就不舒服,甚至于连开玩笑的话,也会信以为真。伯爵说:"说实话,我也饿得受不了,我怎么没想到带点吃的来呢?"于是每个人都开始埋怨起自己。

高尼岱带着满满一壶朗姆酒,请大家喝一点,大家都冷冰冰地拒绝了。只有鸟先生接受这番好意喝了一点点,还酒壶的时候他道谢说:"这酒真不错,身子暖和了,也忘了饿了。"趁着酒兴,他开玩笑说眼看大家都要死,不如吃那个最肥胖的旅客,这是在说羊脂球。那几位有教养的人听了这样的玩笑感到刺耳,谁也不搭理他,只有高尼岱微微一笑。那两位修女停止念经,双手抄在肥大的袖管里,一动不动,使劲地低头看着地,默默地祈祷,仿佛在感激上天降给她们的苦痛。

三点钟,他们来到了一片广漠的平原,周围一个小村子都没。羊脂球弯下腰,从长凳底下抽出一只蒙着白布的大篮子。

她先从篮子里拿出一只陶瓷碟,一只小银杯,还有一只大罐子,里面装着两只切开的仔鸡。大家睁大了眼睛。篮里还有不少别的好东西,肉酱啊,水果啊,糖啊。这些食物是为三天旅行准备的,可以让她三天之内不去餐馆吃饭。在那些食品包中还露着四个酒瓶颈。她拿起一个鸡翅膀,慢慢吃起来,一边吃鸡一边吃小面包。

所有的眼睛都盯着她看。香味一散开,大家馋得口水直淌。那几位太太对这个妓女的轻蔑更加厉害了,她们恨不得把她杀死,或者扔下车去,抛到雪地里,连她的酒杯、篮子以及那些食物一起丢下去。

鸟先生的眼睛盯着那盘鸡不放。他说:"真是太好了,这位太太比我们想得周到。有的人总是想得这么周详。"她抬起头,望着他说:"您吃一点吗,先生?从早上一直饿到现在可真不好受啊。"鸟先生连忙说:"老实说,我还真拒绝不了,我实在支持不住了。太太!"他朝四周瞟了一眼,又接着说道:"遇到现在这种时候,能碰见好心肠的人,真让人高兴啊!"他把一张旧报纸摊开,从袋里掏出一把小刀,用刀尖挑起一只喷香的鸡腿大嚼起来,他嚼得那么津津有味,在车里引起了一片失望的叹气声。

羊脂球又用温和的声音邀请两位修女来吃点东西。两位马上就答应,眼皮也不抬,嘟囔几句道谢的话后,很快地吃起来。高尼岱也没有拒绝羊脂球的邀请,同修女一起,各人把报纸摊在膝上,拼成了一张饭桌。

几张嘴不停地咽啊,嚼啊,吞啊。鸟先生在自己的角落里吃得十分起劲,并且低声劝他的妻子也来吃。她拒绝了好半天,后来实在坚持不住了。于是鸟先生用极委婉的措辞请问他们"可爱的旅伴"能否允许他拿一小块鸡给鸟太太吃。羊脂球说:"可以,当然可以,先生。"她和蔼地微笑着,把罐子递了过来。

第一瓶红葡萄酒打开以后,出现了一个难题,酒杯只有一只。大家只好把杯子口擦一下,互相传递着喝。只有高尼岱不擦酒杯,故意找羊脂球唇迹未干的地方喝,他是有意向她献媚呢。

德·布雷维尔伯爵夫妇和卡雷·拉玛东夫妇眼睁睁地看着周围的人都在吃东西,食物的香味把他们逼得喘不过气来。忽然,那个棉纺厂主的年轻太太长叹了一口气,引得大家都转过脸来。她的脸色跟车窗外的雪一样白,她眼皮一合,头一低,晕过去了。她的丈夫吓得不知怎样办好,请大家帮忙。人人都束手无策,这时,那个年老的修女扶起了病人的头,把羊脂球的酒杯轻轻放在她唇边,喂了她几滴葡萄酒。那位美丽的太太微微一动,睁开眼睛,面露一丝微笑,有气无力地说,她现在觉得很舒服了。不过,为避免再晕过去,那位修女逼着她又满满地喝了一杯葡萄酒,对大家说:"是因为饿极了,没别的缘故。"

羊脂球的脸涨得通红,显出很为难的样子。她望着四位饿着肚子的旅客,吞吞吐吐地说:"天啊,要是不怕冒昧的话,真想请这两位先生和两位太太也……"她不再往下说了,怕惹出一场无趣。鸟先生说话了:"唉!这种时候,四海之内皆兄弟,应该互相帮助。来吧,太太们,别客气了,凭什么还要拒绝?我们能不能找到一个地方过夜都还不知道呢。像这样的走法,明天中午肯定到不了多特。"可是他们还在犹疑不决,谁也没有说一声"好吧"。

后来还是伯爵解决了问题。他转过脸望着那个不知所措的胖姑娘,摆出了一副老绅士的架子说:"好的,我们非常感激您,夫人!"迈出第一步是很困难的。第一道关口一过,大家就毫不客气了,狼吞虎咽地把一篮子好吃的东西都吃了个精光。

吃了这个姑娘的东西,就不能不和她说话,于是大家就聊起天来。一开始大家都很矜持,可是她说话很有分寸,大家也就不再拘束了。德·布雷维尔太太和卡雷·拉玛东太太都是擅长交际的人,知道怎样对她表示和气而又不失身份。

特别是伯爵夫人,她显出一种屈尊俯就的和蔼态度,对羊脂球格外和气。但是肥胖的鸟太太,仍旧是一幅高贵不可侵犯的样子,她说得少,吃得多。

他们很自然地谈起了战争。他们讲了许多普鲁士军队的残暴行为和法国人的英雄事迹,这些人自己在逃跑,却钦佩别人的勇敢。很快,大家讲起各自的经历,羊脂球把她离开鲁昂的情形讲给他们听,她无比愤怒地说:"我本来以为我可以留下不走。我家里存着很多食物,供养几个士兵的吃喝总比离乡背井好些。可是等到我真见着那些普鲁士士兵,我就控制不住自己了。他们把我的肚子都气炸了,我哭了一天。如果我是男人的话,那就好办了!我从我的窗口望着他们,这些头戴钢盔的大肥猪,我真想把我屋里的家具丢下去砸他们,但我的女仆紧紧抓住我的手,不让我扔。后来他们要住到我家来,我扑上去掐住一个士兵的脖子,我想掐死他。要不是他们拉住我的头发,这家伙一定被我结果了。事后我只好藏起来了,我找了个机会离开那儿,到了这辆车里来。"

大家狠狠地夸奖她一番,她的这些旅伴们都没有像她这样勇敢,在他们眼里,她变得高大起来了。高尼岱一直带着微笑听她讲,他的微笑是圣徒脸上那种微笑,一位神父听见虔诚的教徒颂扬上帝,表情就是这样的。因为爱国是这些民主党人独家经营的专卖品,正如宗教是那些教士们的专卖品一样。他说话了,他用说教者的口吻,用大字报上慷慨激昂的语气说了一长串。最后,他搬出来一段演说词,把拿破仑三世狠狠地痛骂了一顿。

可是羊脂球立刻勃然大怒了,因为她是崇拜拿破仑皇帝的。她脸色涨得通红,气得说话都结巴了。她说:"你们这些人,有本事你们坐到他的位子上去试试看!那就不知成什么样子了!他是被你们给出卖了!要是你们这些人上台治理法国,我早就离开法国了。"

高尼岱很镇静,脸上还带着一丝轻蔑的、自以为高人一等的微笑,但是大家却感到他快要骂街了。这时伯爵挺身而出,用权威的态度宣称,一切真诚的意见都是应该受到尊重的,他费了好大的劲,才让这个义愤填膺的姑娘安静下来。这时,伯爵夫人和那位棉纺厂主的太太不由自主地觉得这个妓女很可爱了,因为作为一个有身份的人,她们对共和国抱着没有理由的憎恨,并且对一切专制政府天生怀有爱慕之情。她们发现,在政治立场上,她们和这个妓女居然惊人的相似。

那一篮子东西很快吃光了,十个人吃一篮东西实在是毫不费力。大家觉得遗憾的是,篮子实在是小了一点。东西吃完之后,谈话稍稍冷淡了一些。

夜幕降临,天色一点一点黑了下来,人在消化食物的时候,对寒冷的感觉格外敏锐,尽管羊脂球身体肥胖,也不免一阵一阵打寒战。德·布雷维尔太太把脚炉借给她,脚炉里的炭一天里已经换过好几次了。羊脂球立刻就接了过来,因为她觉得她已经冻得冰冷。卡雷·拉玛东太太和鸟太太也把自己手中的脚炉递给两位修女。

车夫已经点上车灯。灯光照出辕马屁股上的汗蒸气,大路两旁的雪也在灯光下向后移动。

车厢里什么也看不清楚,在羊脂球和高尼岱之间突然有一点动静,鸟先生的两眼在黑暗里隐约看见高尼岱的身体向一旁歪斜,似乎挨了不声不响打过来的很结实的一拳。

大路前方出现星星点点的火光。多特到了,路上一共花了十四个小时。车开到镇上,在旅馆前停了下来。

车门开了。一阵熟悉的声音使所有的旅客吃了一惊,他们听见的是刀鞘碰撞地面的声音。紧跟着一个德国人在高声喊叫。

车已经停住不动,可是没有一个人下车,好像预料到一走出去就会被屠杀似的。这时,车夫出现了,手里提着一盏车灯,灯光一直射到车厢尽头,照见了旅客们一张张惊慌失措的脸。他们都张着嘴,睁大了眼睛。在车夫身旁,站着一位德国军官,他是一个高个子的青年,身材瘦长,头发金黄,穿着紧身的军服,好像女子裹着胸衣一样。他歪戴着军帽,那样子有点像英国旅馆里的侍役,嘴上两撇长得出奇的胡子,一根根向两旁伸展。这两撇胡子好像很有分量,垂在嘴角,把脸往下耷拉,嘴唇被拉成了两头向下的一道弧线。

他用阿尔萨斯口音的法语请旅客下车,语气很生硬:"先生们和太太们,你们还不下来吗?"

两位修女首先下车了,她们是惯于服从一切命令的圣洁女子,非常驯顺。伯爵和伯爵夫人也走了出来,后面跟着棉纺厂厂主和他的妻子,接着是鸟先生和被他从后面推着的大个子老婆。他脚一挨地就对那军官行了个礼,说:"你好!先生!"与其说是表示礼貌,不如说是出于谨慎。有权势的人总是傲慢无礼的,那个军官也不例外,只低头看了他一眼。

高尼岱和羊脂球虽然坐在车门口,却是最后下来的,在敌人面前,他们显出严肃高傲的气概。那位胖姑娘竭力控制着自己,竭力保持冷静,那位民主党人不住地用手搓着自己的长胡子,手有点哆嗦了。他们两人想要保持自己的尊严,他们知道在这种场合下,每个人多多少少代表着自己的祖国,看见旅伴们的那种恭顺态度,他们心生反感。所以她竭力显出她比那些女伴们更加自负,而他呢,感到自己应该树立榜样,于是也努力摆出一副倨傲的样子,使自己更像当初在大路上挖洞刨沟的抗敌英雄。

他们走进旅馆宽大的厨房里,遵照德国军官的命令,各自提交了总司令签发的出境证。每人的姓名、相貌、职业,证件上都写得清清楚楚,德国人一面看证件,一面看本人,把这批人端详了好半天。然后说:"好了。"说完他就走了。

大家这才喘了一口气。因为肚子很饿,他们赶紧叫旅馆准备晚餐,在等候晚饭的时间里,他们去看房间。他们的房间集中在一条长廊里,长廊尽头有一扇玻璃门,门上标着一百号,那是旅馆的公共厕所。

到了要坐下吃饭的时候,旅馆的老板弗朗维先生出来了。他以前是马贩子,后来改行了。他是一个有哮喘病的胖子,喉咙里不停地发出嘶嘶声。他问道:

"谁是伊丽莎白·鲁塞小姐?"

羊脂球不由得一惊,转身答道:"我就是。"

"小姐,普鲁士军官要跟您谈话。"

"跟我?"

"是的,如果您就是伊丽莎白·鲁塞小姐。"

她先是一阵为难,考虑了一秒钟,断然地回答:

"也许是找我,但是我不去。"

她的四周起了一阵骚动,大家议论纷纷,研究这个命令是怎么回事。伯爵走了过来,对羊脂球说:"夫人,您这样做是不妥的,因为您这样一拒绝,可能引起很大的麻烦,不仅对您不利,对所有的旅伴们也很不利。和强大的人作对是不明智的。我看你去见见他不会有什么危险,一定是有什么手续忘记办了。"

大家也都附和着帮伯爵说话,又是央求,又是逼迫,又

是讲大道理。因为大家都害怕她的轻举妄动会造成麻烦。终于,她说了这样一句话:

"好,我去,这可是为了大家我才去的。"

伯爵夫人赶紧握住她的手说:

"所以我们都很感激您呀。"

她出去了,大家等着她回来吃饭。每人心里都有点发愁,那个普鲁士军官为什么要请这位脾气暴躁的姑娘呢?如果请到自己该怎么办?他们都默默准备了一套说辞,以便轮到自己时好用。

可是过了十分钟,她回来了,喘着气,脸涨得通红。她怒气冲冲,嘴里不停地嘟哝着:"这个浑蛋!这个浑蛋!"

大家都想知道是怎么回事,可是她什么也不说。伯爵再三追问,她却义正词严地回答:"不,这和你们不相干,我不能说。"大家围着一个大汤盆坐下,盆里冒着白菜香味。虽然经历了这场惊慌,这顿饭吃得很高兴。苹果酒很好,鸟先生夫妇和两位修女为了省钱都喝苹果酒,其他各位都要了葡萄酒,高尼岱要了啤酒。他喝啤酒,有他自己的一套方法,怎样开瓶子,怎样让酒起泡沫,怎样歪举着杯子端详,都和别人不一样。最后他把杯子高高举起,借着灯光仔细鉴赏了一番酒的颜色,这才喝下去。他喝酒的时候,他的大胡子不停地颤动,他的一双眼睛斜盯着啤酒杯一刻也不肯放松,仿佛这是他人生中的唯一使命。他毕生只有两大爱好,啤酒和革命，而且这两者之间从不冲突。

弗朗维先生和他的妻子坐在另一头吃饭，男的像个破火车头那样呼哧呼哧喘着气，光顾着埋头吃饭，可是女的却说个不停。先讲普鲁士人一到本地时，她对他们的印象，再说他们都干了什么，所以她恨他们。首先是因为他们害她花了不少钱，其次是因为她有两个儿子在军队里打仗。她特别爱跟伯爵夫人聊天，跟一位有身份的贵妇人说话，她感到很荣幸。

后来她把嗓子放低，谈起一些不能随便说的事，她的丈夫赶紧阻拦她："弗朗维太太，你最好还是少说两句。"不过她一点也不理会，继续说下去：

"是的，太太，这些家伙不吃别的东西，只吃土豆和猪肉。他们一点不讲卫生，到处拉屎撒尿。您看过他们操练吧？一操练就是几个小时，全都待在空地里：向前走，向后退，向左转，向后转。这些人如果去种地，或者回到家乡去修路，那都很不错呀！可是，太太，这些军人对谁都没有好处！可怜的老百姓养着他们，他们什么也不学，却学会了屠杀！不错，我只是个没受过教育的老婆子，可是看见他们从早到晚这样踏来踏去，一个个踏得筋疲力尽，我心里总会这么想：人们发明创造，为的是造福他人，可是另一批人呢，他们吃尽辛苦，却只是为了伤害别人，这难道是对的吗？杀人是丑恶事，不管杀的是普鲁士人，还是英国人，还是波兰人,还是法国人。人家伤害了你,你就要报复,这是不对的,所以你要受惩罚。可是拿着枪屠杀我们的年轻人,跟杀畜生似的,那样做就对吗?如果不对,为什么还要把勋章颁给杀人最多的人呢?这是怎么回事?我简直弄不明白!"

高尼岱提高嗓子说话了:

"如果是攻击一个与世无争的邻国,那样的战争是野蛮行为,如果是保卫自己的祖国,那就是一种神圣的职责。"

那个老婆子低下头,然后说:

"是的,要是为了自卫,那是另一回事,不过那些为了寻欢作乐而打仗的帝王,是不是应该把他们都杀个干净呢?"

高尼岱的眼里闪出了火光,他说:

"说得真好,女公民!"

卡雷·拉玛东先生不免沉思起来。虽然他一向崇拜那些名将,但是这个乡下女人的见识却使他想到这样一件事,就是这么多人空着手不做事,自然会坐吃山空,如果让他们全都好好做工,能给国家带来多大的财富啊!

这时鸟先生已经离开座位,走过去低声和旅店老板谈话。那个胖子一会儿笑,一会儿咳嗽,一会儿吐痰,听了对方说的笑话,他的大肚子一起一伏地跳动,他向鸟先生订购了六桶红葡萄酒,等春天普鲁士人走了再交货。

经过长途旅行,大家都累得腰酸背痛,晚饭吃完,就立刻回去睡觉了。

可是有些事，鸟先生却已看在眼里，他把太太服侍上床以后，便把耳朵贴在锁孔上听，一忽儿又伸着头，把眼睛贴着锁孔张望，想发现"走廊上的秘密"。

差不多过了一个钟头，他听见一阵窸窸窣窣的声音，他一看，原来是羊脂球。她穿着一件镶着花边的羊绒睡衣，显得格外肥胖，她端着一只蜡台，向走廊尽头的公共厕所走去。离他不远处有一扇门推开了一条缝。等了几分钟羊脂球回来了，高尼岱跟在她后面，上身只穿着衬衫。他们低声说了几句话，站在走廊上不走了。好像羊脂球在坚决阻止他进她的房间。鸟先生听不见他们说什么话，不过到最后他们声音高了起来，他总算听到了几句。是高尼岱在一个劲地央求，他说：

"瞧，您怎么这么傻，对您来说，这有什么关系？"

她显然是生气了，回答：

"不行，我的先生，有些时候，这种事是做不得的。再说，在这儿，简直是可耻的事。"

他仿佛一点也不明白其中的道理，还在问她什么缘故。她于是大发雷霆，嗓子也提得更高了：

"什么缘故？您不知道是什么缘故吗？普鲁士人就在这栋房子里，也许就在隔壁屋子里呢。"

他不再说话了。敌人在身旁，这个妓女便不肯接受男人的爱抚，这种爱国主义情操唤醒了他的自尊心，他只抱住她吻了一下,便蹑手蹑脚回到自己的房间了。

鸟先生心里跟火烧一般,离开了锁孔,在屋子中央跳了几下。他戴上棉布睡帽,掀起盖在他妻子身上的被子,吻了她一下,把她弄醒,然后低声对她说:"亲爱的,你爱我吗?"

整所房子都无声无息,可不久以后,不知从哪儿,也说不清是从什么方向,也许是从地窖里,也许是从阁楼里,传来一种有力的、单调的、有规则的打鼾声,好像汽锅憋足了气在抖动。原来是弗朗维先生睡着了。

他们原来决定第二天上午八点钟动身,到了时间,大家都聚在了厨房里,可是那辆马车却孤零零地停在院子中央,既没有马,也没有车夫,篷布顶上盖着一层雪。马房里、草料房里、车房里都找过了,哪儿也找不着车夫。男人们决定到镇上去找他,他们一齐走了出去。来到了广场上,广场正面是一座教堂,两旁都是低矮的房子,里面都有普鲁士士兵。他们看见一个士兵在削土豆皮。再过去一点,又看见一个士兵在替理发店洗刷屋子。还有一个满脸胡子的士兵正在亲一个哭着的小孩的面孔,他把孩子放在膝上摇晃,哄他别哭。那些胖胖的村妇们——男人们到军队打仗去了——正在用手势指挥那些顺从的战胜者们做他们应该做的工作,劈柴,给面包片浇汤,磨咖啡等等。有一个士兵竟在替他的房主人洗衣服,房主人是一个手脚不灵的老太婆。

伯爵非常吃惊。恰好一个教堂职员从神父的家里出来，他于是问他。这个虔敬的信徒说："噢！他们可不是坏人，听说，他们不是普鲁士人，他们住得还要远些，我也说不清是什么地方，他们把妻儿丢在家乡，他们并不喜欢打仗。我敢肯定，那边也有人哭哭啼啼地挂念他们。他们跟我们一样，将来也会穷得走投无路。现在，本地人还没有吃苦，因为他们并不干坏事，他们跟在他们家里一样干活做事。看见没有？先生，穷苦人之间就该互相帮助……要打仗的是那些大人物。"

高尼岱看见在战胜者和战败者之间的友好情谊，感到非常气愤，马上走开了，他宁愿回到旅馆里一个人待着。鸟先生说了一句笑话："他们正在补充人口。"卡雷·拉玛东先生也说了一句话，倒还严肃："他们正在补偿损失。"可是车夫还是没人影。最后才在镇上的咖啡馆里把他找到，他正和普鲁士军官的勤务兵坐在一张桌上，亲如兄弟一般。

伯爵很不客气地问他：

"没吩咐你八点钟套车吗？"

"吩咐过，不过后来我又另外接到了一道命令。"

"什么命令？"

"叫我不要套车。"

"谁给你下的这道命令？"

"那还用问？是普鲁士指挥官。"

"为什么下这样的命令?"

"我不知道,你们去问他吧。他们不准我套车,所以我就不套车。事情就是这样。"

"是他亲自对你说的吗?"

"不,先生,是旅店老板替他向我传的命令。"

"什么时候?"

"昨天晚上,我正要去睡觉的时候。"

三个男子心里十分不安,回到旅馆。

他们去找弗朗维先生,可是女仆说弗朗维先生有气喘病,十点钟以前是从不起床的。他严禁任何人提前把他叫醒,除非是发生火灾。

他们想见军官,可那是万万办不到的,尽管他就住在旅馆里,他只允许弗朗维先生一个人向他汇报。只好等着吧。女人们回到各自的房间,做一些无关紧要的事。

高尼岱在厨房的壁炉前坐下,壁炉里烧着一大堆火。他叫人搬来了一张小方桌,外带一瓶啤酒,然后叼起烟斗抽烟。在一些民主党人中间,他那只烟斗几乎和他本人一样受敬重,好像它为高尼岱服务的同时也在为祖国服务。那是一只漂亮的海泡石烟斗,积了厚厚的烟垢,和主人的牙齿一样黑。烟斗香喷喷的、弯弯的、亮光光的,和主人的手混得很熟,有了这个烟斗在手,主人才显得神气十足。高尼岱坐在那里一动不动,两只眼一会儿盯着炉里的火苗,一会儿盯着

杯中的泡沫,每喝一口,都带着得意的神色。他伸出瘦长的手指头掠一下头发,同时用嘴吸吮胡子上挂着的泡沫。

鸟先生借口活动活动腿脚,跑到本地各家小酒店去推销他的葡萄酒。伯爵和棉纺厂主在一起谈论政治。他们正在推测法兰西的前途,这一个把希望寄托在奥尔良党人身上,那一个指望出一个大救星,一个在千钧一发之际挺身而出的英雄。也许会出来一位杜·盖克兰,一位贞德吧?或者是另一位拿破仑一世呢?如果皇太子不是那么小,该有多好啊!高尼岱听着他们说话,暗暗发笑。他不停地抽烟,把厨房熏得喷香。

敲十点钟的时候,弗朗维先生出现了。大家马上问他是怎么回事。可是他只是重复着说:"军官对我说:'弗朗维先生,你必须告诉车夫,明天不准给这些旅客套车,没有我的命令,他们不能动身,你听明白了?好,行了。'"

他们要求见军官。伯爵拿出自己的名片,卡雷·拉玛东先生还在伯爵的名片上附上自己的姓名和所有头衔。普鲁士军官派人传话给他们,说他可以接见这两个人,可是得等他吃完午饭,也就是说下午一点左右。

太太们又下楼来,大家虽然都提心吊胆,还是胡乱吃了一点东西。羊脂球好像病了,而且显得很不安。

喝完咖啡,勤务兵来找这两位先生。鸟先生跟着两个人一起去了,他们还想把高尼岱拉去,以便使他们的这番活动显得格外隆重,可是他很高傲地声称,他决不和德国人发生任何交往,他坐到壁炉下面,又要了一瓶啤酒。

那三个人上了楼,被领到旅馆中最漂亮的房间里,军官就在那里接见他们。他躺在一张靠背椅上,双脚架在壁炉上,抽着一根长烟斗,他穿着一件鲜艳夺目的睡衣,一看就知道是在一个趣味低级的市民家里偷来的。他也不起来,也不打招呼,甚至连看也不看他们一眼,完全是打胜仗的军人那副蛮横无理的样子。

过了半天,他终于发了话:

"你们有什么事?"

伯爵赶紧发言:"我们想动身,先生。"

"不行。"

"我可以不可以请问,为什么您不让我们走?"

"因为我不愿意。"

"我们恭敬地提醒您,先生,您的总司令曾经发给我们到第厄普的通行证,我们没有做错什么事,不应该受到您的严厉对待。"

"我不愿意……没有别的原因……你们可以下去了。"

三个人都鞠躬,然后出来了。

下午过得很愁闷。谁也不明白这个德国人为什么会这样,每个人心里都产生了最离奇的想法。他们全都待在厨房里,讨论个不休。也许要把他们留下当人质?还能有什么其

他的原因呢？莫非要把他们当俘虏带走？还是向他们勒索一大笔赎金？一想到这个，他们吓坏了。越是有钱的害怕得越厉害，他们好像看见自己为了赎命把一袋一袋金钱倒在这个蛮横无理的大兵手里。他们费尽心机，想一些可以让人相信的话，来隐瞒他们的财富，冒充穷人，冒充很穷很穷的人。鸟先生赶紧把表链摘下来藏在衣袋里。天色黑下来了，这更增加了他们的恐惧。灯已点上，吃晚饭还要等两小时，鸟夫人提议打扑克牌，这是解闷的好方法。大家都同意了，连高尼岱也出于礼貌，熄灭了烟斗，跟他们玩了一圈。

伯爵洗牌，分牌，羊脂球一上来就得了三十一点。很快大家都专心打牌，心中的恐惧平息了下去。不过，高尼岱发觉鸟先生夫妇俩串通好了作弊。

他们正要去吃晚饭，弗朗维先生来了，他用痰堵着喉咙的声音说："普鲁士军官叫我来问伊丽莎白·鲁塞小姐，她是不是还没有改变主意？"

羊脂球一听这话，呆住不动了，她满脸通红，气得说不出话来。最后她才一下子嚷了出来："去对这个无赖，这个下流的东西，这个普鲁士死尸说，我决不答应，你听听清楚，我决不，决不，决不答应！"

胖老板一出去，大家就围着羊脂球打听起来，要她把她去见军官的秘密说出来。她先不肯说，过不多久，她再也压不住心里的愤慨，大声喊道："他想干什么？……他想跟我睡觉!"这样的粗话,竟没有人觉得刺耳,因为大家都义愤填膺。高尼岱使劲把酒杯往桌上一扔,酒杯砸碎了。大家对这个普鲁士军官一片暴怒,一片谴责,仿佛他对羊脂球的侮辱使每个人都受到了伤害。伯爵愤慨地说,这些人的行为简直和古代的野人一样。特别是那几位太太,更对羊脂球显出怜惜爱护的样子。那两位修女是只有吃饭才下楼的,此时她们低下头,一言不发。

一阵狂怒过去之后,大家还照常吃晚饭,不过不怎么说话了,因为都在想心事。

妇人们很早就回房间去了;男人们抽着烟组织牌局,他们邀请弗朗维先生参加,想要从他身上打听有什么办法能够改变军官的决定。可是他一心打牌,什么也不听,什么也不答,只是不停地说:"打牌吧!先生们,打牌吧!"他那么专心,连吐痰都顾不上,胸腔里不断传来呼哧呼哧的嘶哑声音。

他的太太熬不住困,找他去睡觉的时候,他不肯上楼。太太只好一个人走了,因为她是"值早班的",太阳一出就要起床,而他呢,是"值晚班的",随时都可以和朋友们熬夜。"你把我那罐牛奶熬蛋黄放在火边上煨着。"他说完又打起牌来。大家看出来从他身上什么也打听不出,就宣布散局,各人都回去睡觉。

第二天他们还是老早都起了床,心里都抱着模糊的希望，想尽快动身，他们很怕在这个丑恶的小旅馆里再待一天。

唉！拉车的马还是留在马房里，车夫还是无影无踪。他们无事可做，就在车的周围绕来绕去。

那餐午饭吃得闷闷不乐，大家对羊脂球有点冷冰冰的，因为夜晚常常叫人深思，过了一夜，他们的看法有点变了，他们现在都有点怨恨这个女人，为什么她不偷偷地跑去找那个普鲁士人？这样一来，她不就可以给她的旅伴们带来一个意外的好消息吗？还有比这更简单的吗？而且这种事，又有谁知道呢？她的面子是可以顾全的，只要对军官说她是因为可怜她的旅伴们才答应的。对她说来，这种事也没什么了不起！

不过这些想法，还没有人说出来。

下午，大家都闷得要死，伯爵提议到镇子附近去散散步。各人穿戴整齐，一起出发了。只有高尼岱不去，他只想留在旅馆里烤火；那两位修女也不去，她们白天不是在教堂里就是在神父的家里待着。

天气冷得厉害，冻得耳朵和鼻子像针扎似的，脚也冻得疼，每走一步简直就是受一次罪。他们看见了田野，望过去一片白茫茫，景色凄怆悲凉，大家立刻感到寒入骨髓，愁上心头，赶紧掉头。四个妇人走在前面，三个男人在后面跟着。

鸟先生把情况看得很清楚，忽然说，这个"臭婊子"是不是要害得他们在这样一个地方长久地待下去。伯爵永远是彬彬有礼的，他说不能逼一个女人做这样的牺牲，这种事只能听她自愿。卡雷·拉玛东先生也说话了，他说如果真像大家说的那样，法国人要从第厄普攻过来，那么两军对阵的地方只能是多特了。另外两个人听了这话，心里可就着急了。鸟先生说："那咱们就徒步逃走吧。"伯爵耸了耸肩膀说："这样大的雪，又带着几位太太，怎么可能呢？他们马上会追上来的，用不了十分钟就会把我们抓住，当俘虏带回来，那就只能听凭这些大兵摆布了。"他的话说得在理，大家都不作声了。太太们谈的是打扮，可是她们之间好像有些拘束，谈不到一起去。

忽然在街口出现了那个普鲁士军官。他穿着那身制服，身体像细腰蜂一般，站在一望无边的雪地上。他走起路来膝盖总是两边撇开，这是军人特有的走法，防止弄脏了刚擦亮的长靴。

他在妇人们面前经过时，哈了哈腰，可是对那些男人却十分轻蔑，看也不看一眼。这些人也颇知自爱，并没有脱帽，只有鸟先生做了一个仿佛要摘帽的手势。

羊脂球脸红到耳根，那三位有夫之妇则感到一种很大的耻辱。她们觉得可耻的是和妓女一起散步时偏偏让军官碰见了，而这个妓女又是那个军官看上的。

她们接着谈起了这个军官来，谈他的身段和容貌。卡雷·拉玛东夫人结交过许多军官，对鉴别军官很有眼力。她说这个军官很不错，她甚至惋惜他不是法国人，否则倒是一个很漂亮的轻骑兵，所有的女人都会对他着迷的。

回到旅馆，大家都不知道干什么好。他们为一些琐事争吵，言语都非常尖刻。晚饭不声不响地吃了，吃得很快。然后大家都上楼睡觉去了，他们希望快快睡着让时间过去。

第二天早上下楼，大家都显得很疲惫，而且都怀着满腔的怒火。几位太太几乎不跟羊脂球说话了。

钟声响了。教堂里有孩子要接受洗礼。羊脂球曾经生过一个孩子，寄养在依弗多的农民家里。她一年也难得去看他一次，平常也从不想他，可是听说这里也有个孩子要受洗，心里忽然产生一种强烈的母爱。她于是不顾一切，要去参加这个仪式。

她刚一走，大家先是你看看我，我看看你，然后把椅子往一块儿挪，因为他们都感到，已经到了拿出一个办法的时候了。鸟先生灵机一动，他主张向军官提议，把羊脂球一个人留下，让别的人走路。

弗朗维先生担任了这个传话的使命，可是他几乎马上就下来了。那个德国人是深知人类本性的，所以把他赶出来了。他说，他的愿望一天得不到满足，所有的人都别想走。

鸟夫人的下流脾气一下子爆发出来了："我们总不能老

死在这儿啊。跟男人上床是妓女的本分，我认为她没有权利拒绝这个人或接受那个人。我倒是听说，在鲁昂无论是碰到谁，哪怕是马车夫，她都是来者不拒的。是的，太太，她接过州长的马车夫！这个事，我知道得很清楚，那马车夫就在我们店里买葡萄酒。可是今天，要她帮我们解决困难了！她这个肮脏女人，倒假充起正经人来了！这个军官，我觉得他是个正派人，他可能是太久不近女色了，所以才会有这种要求。我们三个女人当然比羊脂球更惹他喜爱，可是他没有打我们的主意，他只想把这个人尽可夫的妇人弄到手。他对有夫之妇还是很尊重的。你们想一想，他可是此地的主人。他只要开口说一声'我要'，就可以叫他的士兵们把我们压上去给他强暴的。"

那两个妇人打了一个寒战。漂亮的卡雷·拉玛东夫人眼里闪出光芒，脸色有点发白，好像觉得自己已经被那个军官强暴了似的。

男人们在一旁商量，现在都走过来了。鸟先生怒气冲天，主张把这个"贱货"连手带脚捆起来，交给敌人。伯爵好歹是贵族出身，而且他自己又天生一副外交家的气派，他主张运用计谋，他说还是应该好好地劝她。

于是他们秘密地商量起来。

妇人们挤得更紧了，说话的声音放得很低，大家议论纷纷，发表各人意见，而且话说得都很体面。尤其是这些太太们寻找了一些委婉的说法和文雅的措词来讲述这么猥琐的事。他们的话都说得那么含蓄，要是有局外人闯进来的话，一点都听不懂。这些正经的妇女越说越来劲，提到这件下流的事，她们个个都忍不住心花怒放，觉得异常开心解闷，简直是如鱼得水。她们好像是在热心地为别人撮合，好像一个馋嘴的厨子正在为另一个人做晚餐一样。

到最后，这个故事在他们眼中，显得那么有趣，大家都轻松愉快起来。伯爵想出了一些相当大胆的话，但是他说得那么巧妙，并不下流却引得大家发笑。鸟先生说的话比较粗鲁，大家听了也不觉得难过。他的太太直截了当地表示了她的看法，得到在座所有人的赞同，她说："既然这个姑娘就是干这行的，她为什么对别人来者不拒，却偏偏要拒绝这个人？"那位可爱的卡雷·拉玛东夫人也有同样的想法，她说如果她是羊脂球，她宁肯拒绝别人也不会拒绝这个军官的。

他们花了很长的时间商量游说羊脂球的办法，好像在联手对付一座被围困的要塞。每个人都安排好了任务，想好了要耍什么手段，讲什么话。大家共同商讨进攻的计划，每一步都想到了。只有高尼岱始终躲在一边，丝毫不过问这桩事。

大家的注意力都很集中，没有一个人听见羊脂球回来了。幸亏伯爵轻轻地嘘了一声，大家才抬起头来，她已经来到大家跟前。他们突然闭上嘴，感到十分尴尬，不知道说什

么好。伯爵夫人究竟比别人更擅长交际,赶紧问她:"这次洗礼好玩吗?"

胖姑娘心里的激动还没有平息下去,她把一切都讲给他们听。她都看见了哪些人,那些人是什么态度,甚至教堂里的外观,她都跟大家讲了。最后她还对大家说:"偶尔祷告一次很有好处。"

一直到吃午饭,这几位太太都对她很和气,为的是取得她的信任,让她能够听从她们的劝告。

一坐上饭桌,他们的进攻就开始了。他们首先说起的是献身精神。他们说古代有许多女英雄,她们把所有敌军将领先后引到自己床上,使他们像奴隶一样俯首听命。他们列举了许多人,凡是曾经阻挡过征服者,把自己的身体作为武器的女人,凡是用自己的爱抚战胜丑恶敌人的女人,凡是曾经为复仇与效忠而牺牲贞操的妇人,他们都一一举了出来。

他们甚至还用含蓄的词句谈到英国的一个名门闺秀,她故意染上一种可怕的传染病,准备传给拿破仑,靠天保佑,幸亏拿破仑在幽会的时候突然感到身体不适,才算得救。

这一切都是用一种很得体、很有分寸的方式讲出来的。大家不时对这样的英雄行为热烈赞赏,好像她们的英雄事迹值得每一个人学习。

听了他们说的,你最后简直会相信,妇女在世界上唯一的使命就是不断地牺牲自己的身体,无休无止地听从坏蛋恶人的任意摆布。

那两位修女好像陷入沉思之中,什么也没听见。羊脂球也一句话都没有说。

整个下午,他们都不打扰她,让她仔细考虑。不过,说不清为什么,大家都改口称她"小姐"而不像以往那样称呼她"夫人",好像是要把她从受尊敬的地位往下拉,让她感觉到她的身份是不体面的。

汤刚刚送上来,弗朗维先生又来了,还是头天晚上那句话:"普鲁士军官叫我问伊丽莎白·鲁塞小姐,她是不是还没有改变主意。"

羊脂球冷冷地回道:"没有,先生。"

但是在吃饭的时候,同盟军的力量减弱了。鸟先生说了几句话,效果都很坏。大家搜肠刮肚地寻找新的例子,也是枉费心机。伯爵夫人希望对教会表示一点敬意,向那位年长的修女打听圣人们的丰功伟绩。修女说许多圣徒都曾干过犯罪的事,不过他们做这些坏事都是为了天主的光荣或是他人的利益,于是教会便宽恕了他们的罪行。这是一个有力的证据,伯爵夫人马上加以利用。双方仿佛有了默契,或者是一方在偷偷配合另一方,也有可能这个修女真的是傻,总之这位老修女给他们的阴谋帮了一个大忙。大家本以为她胆小怕羞,哪知她很胆大,话说得又多又激烈。她意志坚定,信念执着,她的良心也从来没有任何不安的时候。她觉得亚伯拉罕杀子祭天没有丝毫可惊奇的地方，因为如果上天命令她杀死自己的父母，她也是会毫不犹豫地执行的。在她看来，只要意图正当，做任何事情天主都是会谅解的。她的言论是有神圣权威的，伯爵夫人乘机利用，想让她对"但问结果不问手段"那句道德格言做一番解释。她是这样问修女的：

"那么，嬷嬷，您认为天主允许一切方法？只要动机纯洁，我们的恶行就可以得到天主的原谅吗？"

"有谁能怀疑这个呢，太太？本身应该受谴责的行为，常常因为善良的动机而变得可敬可佩。"

她们就这样继续说下去，她们判断天主的意愿，估计天主的决定，迫使天主操心许多与他实在毫不相干的事情。

这一切都说得含而不露，既巧妙，又得体。不过这位戴元宝帽的圣女说的每一句话，都使那个妓女的抵抗力受到损伤。随后，谈话稍稍转移方向，老修女谈到了她们教会的各个修道院，谈到她的院长，谈到她自己和那个年轻的名叫圣尼赛福尔的同伴。她们是应召到勒阿弗尔的医院去看护几百名身染天花的士兵的。她跟大家讲述了那些可怜人的病情。可是因为这个普鲁士军官任性横行，她们被截在半路上。这么长时间很多法国人可能已经送了命，她们如果在那里，本来是可以把他们救活的，照料军人是她们的专长。克里米亚、意大利、奥地利她都去过。她向大家讲述她参加过的每一场战役，这些修女好像生来就随着兵营奔走，在战争的漩涡中不断抢救伤兵。她们比军官还能干，能够一句话便制服那些不守纪律的老兵。她真是一个军队中的修女，她那张满是斑点、满是窟窿的脸，似乎是战争破坏力的真实写照。

她这番话产生了很好的效果，所以别人也就不再说什么了。

饭一吃完，大家都很快回到各自的房间去，第二天早晨下来得相当晚。

午饭平平静静地过去了。他们耐心等待着，头天晚上播下的种子需要抽芽结果的时间。

午后，伯爵夫人提议大家出去散步，伯爵按照预定计划，挽着羊脂球的胳膊，和她一起走在最后面。

他跟她谈话，用的是稳重的男人对卖笑女子的那种口吻，亲热随便，慈祥和蔼，多少还带点儿轻蔑，他称呼她"我的孩子"。他居高临下，单刀直入，一下子就进入主题：

"这么说，您是宁愿让我们陪着您留在这里，一直等到普鲁士军队吃败仗以后，也不肯随和一点，答应做您过去经常做的事？"

羊脂球什么话也不回答。

他耐心地对他说理，用感情打动她。他殷勤献媚，恭维夸奖，做出十分可爱的样子。他告诉她，她可以帮他们多么大的忙，他们将如何感激她，然后突然笑嘻嘻地说道："你知道，我亲爱的，他将来还可以夸耀，说他曾经尝过一个他们国内不多见的美女的滋味呢。"

羊脂球一语不答,她追上了其余的人。

回到旅馆,她立刻上楼到自己的房间去,再也没有露面。大家都忧心忡忡。她到底想怎么办呢?如果她打算抗拒到底,那可真是糟糕啊!

吃晚饭的时间到了,大家等她没有等到。后来弗朗维先生走进来,对大家说鲁塞小姐身体有点不舒服,大家可以先吃。大家都紧张起来,伯爵走到老板身旁,低声问道:"她答应了吗?""嗯。"老板说。为了顾全面子,他对同伴们什么也没说,只是朝他们微微点了点头。所有的人立刻如释重负,深深地叹着气,脸上露出轻松愉快的表情。鸟先生大声喊道:"他奶奶的!我请大家喝香槟酒,这旅馆里不知有没有?"鸟太太却不免心惊肉跳,因为老板马上拿着四瓶酒重新走进来了。每一个人都突然变得爱说爱笑,爱吵爱闹,各人心里都充满了快乐。伯爵好像发现卡雷·拉玛东夫人风韵十足,而那个棉纺厂主则不住向伯爵夫人献殷勤。大家谈笑风生,妙语连珠。

忽然鸟先生满脸惊恐,他高举双臂,嚷了起来:"都别作声了!"大家吃了一惊,又开始害怕了,所有的人停止了谈话。鸟先生竖起耳朵,双手拢着嘴发出一声"嘘",抬起眼睛望着天花板,他又用心听了一会儿,恢复了本来的嗓音说道:"放心吧,没事。"

最初大家有点莫名其妙,但是很快都露出了微笑。

一刻钟之后,这出滑稽剧他又重演了一次,并且整个晚上他不停地做些奇怪的表演。有时他装出愁眉苦脸的样子,叹着气说:"可怜的女孩子哟!"要不就怒气冲冲地咬牙嘟囔:"混账的普鲁士人!"最后大家谁都不想提这件事了,他却提高了嗓子连喊几声:"够啦!够啦!"然后仿佛自言自语地说:"但愿我们还能见到她的面,可别叫这个坏蛋给收拾死啊!"虽然这些玩笑话趣味低级,不堪入耳,但是没有一个人感到生气,大家还都觉得好玩。

吃点心水果时,妇人们也说了些很俏皮但是很含蓄的笑话。大家的眼睛都亮闪闪的,因为酒喝了不少。只有伯爵即使在吃喝玩乐的时候,也保持着他那庄重的外表,他作了一个比喻,颇受大家欣赏,他说,北极的寒冬已经过去,一群被困在冰冻中的难民看见通往南方的道路已经打开,因此非常快乐。

鸟先生正在兴头上,他站了起来,手中举着一杯香槟,说道:"为庆贺我们的解放,干了这一杯!"大家都站了起来,向他欢呼。几位太太拼命劝酒,那两位修女也同意把嘴唇在起泡沫的酒里抿一抿。她们说有点像柠檬汽水,不过味道好得多。

鸟先生环顾四周,对大家说:

"可惜这里没有钢琴,不然我们可以开场舞会。"

高尼岱一直没有说话，也没有动一动。他一直在沉思，并且表情严肃，有时他狠狠地扯着自己的大胡子，仿佛想把它拉得更长一些。快到十二点的时候，大家要散了，喝得东倒西歪的鸟先生，忽然在高尼岱的肚子上轻轻拍了一下，口齿不清地说："您今晚什么话也不说，为什么不高兴，公民？"哪知高尼岱突然抬起了头，用雪亮的目光把在座所有的人扫视了一遍，说道："告诉你们，你们刚才干的事简直无耻透顶。"说完站起身来，走到门口，又说了一声"无耻"，这才走了出去。

　　大家都感到扫兴。鸟先生冷不防碰了个钉子，也目瞪口呆，可是当他恢复平静以后，突然弯了腰大笑起来，口里不住念叨："葡萄太酸了，老伙计。太酸了。"大家不明白他这句话是什么意思，他于是把"走廊里的秘密"讲给他们听。于是大家又兴高采烈起来。几位太太乐得跟疯子一样。伯爵和卡雷·拉玛东先生笑得直流泪。他们不相信会有这种事。

　　"怎么！您没弄错吧？他真想……"

　　"我是亲眼看见的。"

　　"她居然不答应……"

　　"那是因为普鲁士人就住在隔壁房间里。"

　　"哪儿会有这种事呢？"

　　"我向你们发誓！"

　　伯爵笑得喘不过气来。卡雷·拉玛东先生两手捧着肚子。鸟先生继续说：

"你们明白了吧，今天晚上，他笑不出来了，一点儿也笑不出来了。"

三个人又哈哈大笑，笑得肚子痛，笑得气都透不过来，笑得直咳嗽。

大家终于散场了。鸟太太的性格是死不饶人的，夫妇俩一上床，她就告诉丈夫，卡雷·拉玛东太太这个泼妇整晚上都在苦笑。"你知道，女人们要是看中了穿军服的，不管是法国人或普鲁士人，全都欢迎。这还不够丢人吗？我的天啊！"

这一夜，黑暗的走廊里似乎总有轻微的颤动，轻得几乎听不见的、像喘息似的声音悄悄地响着，还有光脚在地板上走路的咯咯声。大家都很晚才睡着，因为很久以后还有灯光从那些卧室的门下透出来。这一切都是香槟酒的效果，据说香槟酒会打扰人的睡眠。

第二天，天气晴好，明媚的阳光照耀着白雪。公共马车总算套上马，在门外等着了，一大群白鸽挺着胸脯，一本正经地在六匹马的脚下绕来绕去，啄食冒着热气的马粪。

车夫围着一块羊皮，在座上抽着烟斗，旅客们心花怒放，忙着叫人给他们包扎食物，带着在路上吃。

只等羊脂球一个人了。她终于露面了。她好像有点激动，有点羞惭，她怯生生地向旅伴们走过来，这些人一齐转过脸去,就像没看见她一样。伯爵搀着太太的胳膊,把她领到一边,躲开这种不干不净的接触。

胖姑娘十分诧异,她停住脚步,随后才鼓足勇气对棉纺厂主的太太打招呼,很谦恭地说了一声"早安,太太"。对方只是极其傲慢地点了点头,像一个贞洁的女人受到了侮辱似的朝她望了一眼。人们仿佛都很忙碌,并且都离她远远的,仿佛她的裙子里带着什么传染病。后来大家都急忙朝车子奔过去,把她丢在最后,她独自一人爬上车,一声不响地坐到之前坐过的位子上。

大家仿佛没有看见她这个人,也不认识她。可是鸟太太满脸怒气,远远地望着她,低声对她的丈夫说:"幸亏我不坐在她的旁边。"

笨重的马车晃动起来,旅行又开始了。

最初谁也不说话,羊脂球头也不敢抬。她对这些旅伴感到气愤,同时感到羞愧,她后悔自己没有坚持到底,被他们假仁假义地推到这个普鲁士人的怀中,被他所奸污。

伯爵夫人很快打破这种难堪的沉寂,她转过脸对卡雷·拉玛东夫人说:

"您大概认识德·哀特莱尔夫人吧?"

"认识,我们还是朋友呢。"

"她多么有气质啊!"

"她太招人喜欢了!她真是个高雅的人,学问好,又多

才多艺,她的歌唱得很好,画画也很棒。"

棉纺厂主和伯爵一起聊天,在车窗玻璃的格格声中,不时可以听见他们说到息票啦,到期啦,溢价啦,限期啦等等。

鸟先生和他的太太在玩牌,牌是他们从旅馆里偷出来的,那副牌很旧了,上面满是油腻。

两位修女把念珠拿在手里,在胸口划着十字祈祷,嘴唇快速地动着,叽里咕噜地念念有词,还不时亲吻一块圣像牌,吻完又划十字,然后嘴唇又不停地动起来。

高尼岱一动不动,不知道在想什么心事。

走了三个钟头以后,鸟先生收好纸牌。"肚子饿了!"他说。

他的太太拿来一个细绳捆好的纸包,从里面取出一块冷牛肉。她很利落地把它切成薄而整齐的片儿,两个人吃起来。

"我们也吃,好不好?"伯爵夫人对伯爵说。她把她准备的食品也打开来,她拿出一只椭圆形的盆子,盆盖上印着一只野兔。盖子一打开,里面装着滋味鲜美的熟肉,有兔肉、有猪肉,还拌着别的剁得很碎的肉。此外还有一大块奶酪,是用一张报纸包着的,报上的"社会新闻"四个字印在油汪汪的奶酪上。

两位修女从纸包里拿出了一截香肠,发出诱人的香味。

高尼岱两手同时插进外套的大口袋里,从一只口袋里掏出四个煮鸡蛋,从另一只口袋里掏出一段面包。他剥掉了蛋壳,扔在脚下的稻草里,狼吞虎咽地吃起来,蛋黄的碎屑落在大胡子上,好像一颗一颗的星星。

羊脂球是匆匆忙忙起床的,她什么也没有准备,看见这些人若无其事地吃着东西,不觉气上心头。她先是一阵狂怒,她想把他们好好地教训一顿,一大堆辱骂的话已经涌到了她的嘴边,可是她说不出来,怒火是那样强烈,竟然锁住了她的嗓门。

没有一个人看她,没有一个人想到她。她觉得自己淹没在这些正直的恶棍的轻蔑里,他们先是把她当作牺牲品,然后像抛弃一件垃圾一样把她扔掉。她想起了她那只装满了食物的大篮子,他们贪婪地把它吃了个精光,她想起了她那两只冻得亮晶晶的小鸡,她那些肉酱、梨子,她那四瓶波尔多红葡萄酒。她的愤怒如同一根绷紧的琴弦,一拨就断了,再也发作不起来,她忍不住要哭出来了。她拼命地忍,像孩子一样把泪水咽下去,可是眼泪还是涌上来了,亮晶晶地挂在眼圈边上,一会儿工夫两颗大泪珠离开了眼睛,顺着脸颊流了下来。她的眼泪越来越多,好像岩石里渗出来的水珠,一滴一滴落在她圆鼓鼓的胸膛上。她挺直了腰,眼睛一动不动,脸色是严肃而苍白的,只希望别人不要看她。

可是伯爵夫人偏偏看出来了,并且向他的丈夫使了一个眼色。伯爵耸了耸肩膀,仿佛说:"有什么法子呢?这不能怪我啊。"鸟夫人得意洋洋地笑了,她嘟囔着嘴说:"她在痛哭自己做了丢脸的事。"

两位修女把吃剩的香肠卷在一张纸里,又念起经来。

高尼岱正在消化刚刚吃下去的几个鸡蛋,他把两条长腿伸到对面的长凳下面,向后一靠,叉着双臂半躺着,好像刚刚找到捉弄人的办法似的,他面带微笑,用口哨吹起《马赛曲》的调子。

所有的人都涨红了脸。毫无疑问,同车的那些人是不喜这首人民军歌的。他们听了都觉得烦躁、愤怒,想要大嚷大叫,就好像狗听见了手风琴的声音总要狂吠一样。

他看见了这种情形,口哨就吹个不停,甚至把歌词也哼了出来:

> 热爱,对祖国的神圣热爱,
> 快来领导、支持我们复仇的手,
> 自由,最亲爱的自由,
> 快来跟保卫你的人们一同战斗!

雪地很坚硬,车子也越走越快了。在漫长的旅途中,在颠簸震动的车厢里,不管是黄昏的时候,还是天黑的时候,他一直这样执拗地吹着带着复仇意味的调子,一直吹到第厄

普为止。其他的乘客尽管筋疲力尽,心情愤怒,却不得不一遍又一遍地听着,听到把每一句歌词都记得烂熟。

羊脂球一直在哭,有时在两段歌声的中间,突然插进来一声呜咽,那是她没能忍住的一声悲啼。

项　链

　　世上有这样一些女子，她们长得非常漂亮，但被造化安排错了，出生在普通家庭里。她便是其中一位。她没有嫁妆，没有可以指望的遗产，没有任何办法去结识一个有钱有地位的男子，让他了解她，爱她，娶她。她只能嫁给教育部的一个小科员。

　　她没钱打扮，穿着朴素，但是心里非常痛苦，好像贵族下嫁了一样。其实女人本来就没有固定的阶层或种族，她们的美貌就是她们的出身和门第。只要足够聪明，脑筋灵活有魅力，哪怕是百姓家的姑娘，也可以和出身名门的贵妇并驾齐驱。

　　她总觉得自己生来就是为了享受豪华生活的，因而无休止地感到痛苦。她的家是那样的简陋，墙上一点装饰都没有,椅子凳子都是那么的破旧,衣服也没有一件好看的。这些情形,对她这个阶层的其他女人看来,可能都不是个事儿,但给她的痛苦却很大很大,常常使她莫名气愤。她看了那个替她料理家务的布列塔尼省的小女人,心中便会产生许多忧伤的感慨和美妙的幻想。她想象着四壁蒙着东方绸缎、青铜高脚灯照着、静悄悄的接待室,接待室里站着两个穿短裤长袜的高大男仆,家里开着暖气,一片暖洋洋的,她躺在宽大的靠背椅上昏昏欲睡。她会想象四壁蒙着古老丝绸的大客厅,客厅里摆着精致的家具和珍贵的古玩。还有香气扑鼻的内客厅,那是下午的时候跟亲密男友聊天的地方。那些男友当然都是所有妇女们仰慕的知名之士。

当她坐到那铺着脏桌布的圆桌旁吃饭时,她的丈夫揭开盆盖,心满意足地说:"啊!多么好吃的炖肉!世上没有比这更好吃的东西了……"这时候,她便想到那些精美的筵席、发亮的银餐具和挂在墙上的壁毯,上面织着古代人物和仙境森林中的珍禽异兽。她想象那些盛在名贵盘碟里的佳肴,她想象着她一边吃着粉红色的鲈鱼肉或松鸡的翅膀,一边带着微笑听对面的男友向她诉说绵绵的情话。

她没有漂亮的衣服,没有珠宝首饰,什么也没有。而她爱的却偏偏就是这些。她觉得自己生来就是为享受这些东西的。她希望自己能讨男人的欢喜,让女人羡慕,风流动人,到处受人欢迎。

她有一个有钱的女友，那是在学校时的同学，现在呢，她再也不愿去看望她了，因为每次回来她总感到很痛苦。每次她都伤心、懊悔、绝望，痛苦得哭好几天。

有一天晚上，她丈夫回家的时候手里拿着一个大信封，满脸得意之色。

"拿去吧！"他说，"这是专为你预备的东西。"

她赶忙拆开信封，从里面抽出一张请帖，上边印着：

罗瓦赛尔先生、夫人：

兹订于一月十八日（星期一）在本部大厦举行晚会，敬请准时莅临。

教育部部长乔治·朗蓬诺暨夫人

她并没有像她丈夫希望的那样欢天喜地，而是赌气地把请帖往桌上一丢，撇着嘴说：

"我要这个有什么用呢？你也不替我想一想。"

"可是，我亲爱的，我以为你会很高兴的。你从来也不出门，这可是一个千载难逢的好机会！我好不容易才弄到这张请帖。大家都想要，很难得到，一般是不给普通职员的。在那儿你可以看见很多上流社会的人。"

她眼中冒着怒火，不耐烦地说：

"可是你叫我穿什么到那儿去呢？"

这个他倒从未想过，于是吞吞吐吐地说：

"你看戏时穿的那件衣服呢?我觉得,那件就很不错啊。"

他说不下去了,他看见妻子已经哭了,他又是惊奇又是慌张。两大滴眼泪从他妻子的眼角慢慢地向嘴角流下来。他结结巴巴地问:

"你怎么啦?你怎么啦?"

她使劲儿把苦痛压了下去,擦拭着脸上的泪水,用一种平静的声音说:

"没什么事。不过那样的舞会,我没有合适的衣服首饰,当然不能去。你哪位同事的太太有晚礼服的,你就把请帖送给他吧。"

他感到很窘,于是说:

"这样吧,玛蒂尔德,买一套像样一点的晚礼服要花多少钱?以后遇着机会你还可以再穿的,稍微便宜一点的?"

她想了几秒钟,心里盘算了一下,同时也考虑到提出怎样的一个数目才不至于当场被这个俭朴的科员拒绝,也不至于把他吓得叫出来。

她终于吞吞吐吐地说了:

"我也说不上到底要多少钱,不过花四百法郎,大概能买一件差不多的了。"

他脸色有点发白,因为他正巧存下了这样一笔款子,打算买一支枪,夏天可以和几个朋友一起去南泰尔平原去打打猎。

不过他还是说：

"好吧，我就给你四百法郎。可是你得想法子去做一件漂漂亮亮的衣服。"

晚会的日子快到了，罗瓦赛尔太太却又伤心起来。她的衣服已经齐备了。一天晚上，她的丈夫问她："你怎么啦？这几天你的脾气一直都这么古怪。"

"我心烦得很，我既没有首饰，也没有珠宝，实在是太寒伧了。我简直不想参加这次晚会了。"

他说："你可以戴几朵鲜花呀。在这个季节里，这是很漂亮的。花十个法郎，你就可以买到两三朵非常好看的玫瑰花。"

这个办法一点也没有把她说服。

"不行……在那些贵妇中间，显出一副穷酸相，再没有比这更丢脸的了。"

她的丈夫忽然喊了起来：

"你可真是糊涂！为什么不去找你的朋友福雷斯蒂埃太太呢，去跟她借几样首饰，你跟她这么多年交情，这点小事是可以开口的。"

她高兴地叫了起来："这倒是真的。我竟一点儿也没想到。"

第二天她就到她朋友家里，把自己的苦恼讲给她听。

福雷斯蒂埃太太立刻走到她的大立柜跟前,取出一个大首饰箱,拿过来打开,对罗瓦赛尔太太说:

"挑吧!亲爱的。"

她首先拿起几只手镯,再便是一串珍珠项链,还有一个镶嵌着宝石的金十字架,做工极其精细。她戴着这些首饰对着镜子左试右试,犹豫不定,舍不得摘下来还给主人。嘴里还老是问:

"你还有别的了吗?"

"有啊。你自己找吧,我不知道你都喜欢什么?"

忽然她在一只黑缎子的盒里发现一串非常美丽的钻石项链,顿时她的心怦怦直跳,她拿它的时候手直打哆嗦。她把它戴在脖子上,对着镜中的自己看得出了神。她心里十分焦急,犹豫不决地问道:

"你可以把这个借给我吗?我只借这一样。"

"当然可以啊。"

她一把搂住朋友的脖子,亲热地吻了她一下,带着宝贝回家去了。

晚会的日子到了。罗瓦赛尔太太非常成功。她比所有的女人都美丽,又漂亮又妩媚,面带微笑,快活极了。

所有的男人都盯着她,打听她的姓名。大家都盼着能和她跳一支舞,就连部长也注意她了。

她陶醉在备受瞩目的欢乐之中,什么也不想,只是兴奋

地、发狂地跳舞。她的美丽战胜了一切，她的成功充满了光辉，所有的男人都对她殷勤献媚，垂涎欲滴，这是一个女人所能拥有的最甜美的胜利，她在幸福的云端欢快地舞着。

直到早晨四点，她才准备离开，她的丈夫从十二点起就在一间没有人的小客厅里睡着了。客厅里还躺着另外三位先生，他们的太太也在舞池里尽情欢乐。

他怕她出门受寒，把带来的衣服披在她肩上，那是她平时穿的衣服，那种寒伧气和漂亮的舞装非常不相称。她马上感觉到这一点，为了不叫旁边那些裹在豪华皮衣里的太太们注意，她急匆匆地往门外冲去。

罗瓦赛尔拉住她，不让她走：

"你等一等啊。到外面你要着凉的。我去叫一辆马车吧。"

不过她并不听他的话，飞快地走下了楼梯。等他们走到街上，发现没有出租马车经过，他们于是找起来。远远看见马车走过来，就追着向车夫大声喊叫。

他们向塞纳河走去，浑身哆嗦，非常失望。最后在河边找到了一辆做夜间生意的旧马车，它是那么寒伧，白天出来好像会害羞。这辆车一直把他们送到殉道者街，他们的家门口，他们凄凉地爬上楼回到自己家里。她感到美好的时光终于结束，他呢，他想到的是十点钟就该到部里去办公了。

她脱下了披在肩上的衣服，对着镜子再一次看看笼罩在

光荣中的自己。但是她忽然大叫起来。她发现挂在颈子上的项链不见了!

她的丈夫刚刚把衣服脱了一半,问道:"你怎么啦?"

她已经吓得发慌了,她转身对丈夫说:

"我……我……我把福雷斯蒂埃太太的项链丢了!"

他惊慌失措地站起来:

"什么!……怎么!……这不可能!"

他们在裙子的褶层里、大氅的褶层里、衣袋里到处搜寻,哪儿都找不到。

他问:

"你确实记得在离开舞会的时候,你还戴着吗?"

"是啊,在前厅里我还摸过它呢,不过如果是在街上掉下来的话,我们总该听见响声的啊,大概是掉在车子里了。"

"对,这很有可能。你记下车子的号牌了吗?"

"没有。你呢,你也没有注意号牌吗?"

"没有。"

他们你看我,我看你,面色十分狼狈。最后罗瓦赛尔重新穿好了衣服,他说:

"我先把我们刚才步行的那一段路再去走一遍,看看能不能找得着。"

说完他就走了。她呢,连上床睡觉的气力都没有了,穿着晚会的新装倒在一张椅子上,既不生火也不想什么。七点钟丈夫回来了，他什么也没找到。

他随即去了警察局和各报馆，请他们公告悬赏，他又把出租马车的每一家车行都跑了个遍，总之，凡是有一点希望的地方他都去了。

她呢，整天在家里等候着，面对着这样一个可怕的灾难，她一直处在担惊受怕的状态中。

罗瓦赛尔傍晚才回来，脸也瘦了，面色发青。什么结果也没有。他说：

"只好给你那位朋友写封信，告诉她你把链子的搭扣弄断了，现在正找人修理。这样我们就可以有应付的时间了。"

他说她写，两个人把信写了出来。

过了一星期，他们已经没有任何希望了。

罗瓦赛尔一下子老了五岁，他说：

"只好想法买一串赔她了。"

第二天，他们拿了装项链的盒子，按照盒里印着的字号，找到了那家珠宝店。珠宝商查了查账说：

"太太，这串项链不是在我这儿买的，只有盒子是在我这儿配的。"

他们于是一家一家地跑起珠宝店来，凭着记忆寻找，两个人急得快要病倒了。

在王宫附近的一家店里，他们找到了一串钻石的项链，看起来跟他们丢掉的那一只完全一样。这件首饰标价四万法郎，老板说如果他们要的话，可以打折，三万六卖给他们。他们请求店主三天内不要卖掉它。他们还跟店主说好，如果在二月底之前找到原物，这一串项链便以三万四千法郎的价格由店主收回。

罗瓦赛尔手边有他父亲给他的遗产一万八千法郎，其余的只能借了。他于是到处借钱，跟这个人借一千，跟那个借五百，在这儿借几十法郎，在那儿借几十法郎。他签了不少借据，还和放高利贷的人打交道，背了一身的债。他葬送了他们下半辈子的生活，不管能不能偿还，他都冒着风险先把钱借到。他们想到将来的忧患，想到即将压在身上的贫困，各种物质缺乏和精神上的痛苦，他们心怀恐惧，把三万六千法郎放到那个商人的柜台上，买下了那串新项链。

等罗瓦赛尔太太把首饰给福雷斯蒂埃太太送去的时候，这位太太有点不高兴地对她说："你应该早点儿还我呀，因为我可能要戴呢。"她并没有打开盒子来看，她的朋友担心的就是她会当面打开。因为如果她发现项链掉了包，她会怎么想呢？会怎么说呢？会不会把她当作一个贼呢？

罗瓦赛尔太太尝到了穷人生活的可怕。好在她已经痛下决心，做好了思想准备。这笔骇人听闻的债务是必须偿还的，她一定要把它还清。她们辞退了女仆，搬了家，租了一间屋顶上的小阁楼。

各种繁琐的家务活，厨房里烦人的工作，她都尝到了滋

味。碗碟锅盆都得自己洗刷，在油腻的盆上和锅子底上，她磨坏了自己漂亮的手指甲。脏衣服、衬衫、抹布也都自己洗，晾在一根绳上。每天早晨她必须把垃圾搬到街上，然后把水拎到楼上。每上一层楼都要停一停，喘喘气。她穿着平常老百姓的衣服，挎着篮子上水果店，上杂货店，上猪肉店，跟人家讨价还价，忍受着别人的骂声，一个铜子一个铜子地保护她那点可怜的钱。

他们每个月都要还几笔债，有一些则要延期。她的丈夫从傍晚开始替一个商人抄账目，一直抄到深夜，抄一页挣五个铜子。

这样的生活过了十年。

十年之后，他们把债务全部还清，确实全部还清了，高利贷的利息、利滚利的利息也都还清了。

罗瓦赛尔太太变老了，她变成了穷苦家庭里敢做敢当的妇女，又坚强，又粗暴，头发随便一扎，裙子歪系着，两手通红，高喉咙大嗓子地说话，用大盆水洗地板。不过有几次当她丈夫还在办公室里办公的时候，她坐到窗前，回想起当年那一次舞会，在那次舞会上她曾经是那么美丽，那么受人欢迎。

如果她没有丢失那串项链，今天又该是什么样子呢？谁知道？谁知道？生活就是这么古怪，这么变化莫测！一点微不足道的小事就能把你断送或者把你拯救出来！

一个星期天,她上街去散步,劳累了一个星期,她要消遣一下。这时,她忽然看见一个女子带着孩子在街上散步。这个女子是福雷斯蒂埃太太,她还是那么年轻,那么美丽,那么动人。

罗瓦赛尔太太非常激动,她上前去跟她说话。当然要去喽,既然债务都已经还清了,她可以把一切都告诉她,为什么不可以呢?

她于是走了过去。

"您好,让娜。"

福雷斯蒂埃太太一点也认不出她来了,被这位贫民妇女这样亲密地叫唤,她觉得很诧异,便吞吞吐吐地说:

"可是……太太……我不认识您……您大概认错人了吧。"

"没有,我是玛蒂尔德·罗瓦赛尔。"

她的朋友喊了起来:

"哎哟……是我的可怜的玛蒂尔德吗?你怎么变成这个样子啦!"

"是的,自从上一次跟你见面之后,我日子过得可艰难啦,不知遭受了多少穷困……而这一切都是因为你啊……"

"因为我……这是怎么回事啊?"

"你还记得你借给我参加宴会的那串钻石项链吧?"

"是啊,那又怎么样呢?"

"那又怎样？我把它丢了。"

"哪儿的话！你早已还给我了。"

"我还给你的是另外一串完全相同的。这笔钱我们整整还了十年，你知道，像我们这样什么也没有的人，这可不是一件容易的事……现在总算还完了，我太高兴了。"

福雷斯蒂埃太太站住不走了。

"你是说，你曾买了一串钻石项链赔我吗？"

"是的，你没有发觉吧，是不是？这两串是完全一模一样的。"

说完她脸上显出了微笑，因为她感到一种自豪的、天真的快乐。

福雷斯蒂埃太太非常激动，她一把抓住了她的双手："哎哟！我的可怜的玛蒂尔德！我那串项链是假的呀，最多也就值五百法郎……"

月　光

　　马里尼昂长老完全配得上他这个富有战斗意义的姓氏，他是一个高高瘦瘦的神父，具有狂热的信仰，他的心灵永远兴奋激昂，他为人正直。他的信仰十分坚定，从来没有动摇过。他真心地认为自己了解天主，能够领会天主的意旨。

　　他迈着大步，在他教堂门口的乡间小路上散步，脑子里时常会涌出这样一个疑问：天主为什么会这样做？他设身处地地为上帝着想，努力寻找原因，几乎每次都能找得到。很多人都会仰慕上帝，喃喃地念叨着："主啊，您的意图是不可知的。"可是他心里却这么想："我是天主的仆人，我应该知道他行动的理由，如果不知道，就应该把它猜出来。"

　　在他看来，大自然中的一切都是按照一种奇妙的逻辑创造出来的。有一个"为什么"，就会有一个"因为"，它们永远是互相对应的。天主创造晨曦,是为了使人们一觉醒来感到身心舒畅;创造白昼,是为了使庄稼成熟;创造雨水,是为了浇灌庄稼;创造黄昏,是为了促进睡意;创造黑夜,是为了让人安眠。

四季完全适应了农业上的各种需要,这位神父坚信大自然中的任何东西都是有用处的,也绝对相信一切有生命的东西都得服从时间、气候的必然规律。

但是他憎恨女人,不自觉地憎恨她们,本能地蔑视她们。他经常重复基督说过的那句话:"女人,在你我之间有哪点共同之处?"并且还补充这么一句:"可以说,天主也对他自己的这一创造感到不满意。"在他看来,女人是不纯洁的,夏娃勾引了亚当,并且一直在干这种诱人下地狱的工作,她们是软弱的、危险的、不可思议的、迷惑人的生物。他恨她们引人堕落的肉体,更恨她们多情的灵魂。

他常常感到她们对自己心怀柔情,虽然他知道自己是攻不破的,但是看到她们身上颤动着这种爱的需要,他还是要义愤填膺。

在他看来,天主创造女人仅仅是为了诱惑男人,考验男人。所以跟她们接近的时候必须保持警惕。她们向男人伸出胳膊,张开嘴唇的时候,就跟一个陷阱完全一样。

只是他对修女们还比较宽容,她们许过愿、发过誓不会伤害人了,但是他对待她们还是很严厉的,因为他感觉到爱和柔情被禁锢在她们内心的深处,随时可能复活,甚至还朝他流露出来,尽管他是个神父。

这种柔情,他能在她们湿润的眼光里感觉到,他能在她们对基督的热爱中感觉到,正是这种爱慕使他气愤,因为这毕竟是女人的爱,肉体的爱。在她们驯顺的态度里,在她们温柔的说话声中,在她们低垂的眼睛里,在她们受到责备时忍着委屈流出来的眼泪中,他都能感觉到这种可怕的柔情。

每次走出女修道院,他都要抖一抖道袍,迈开大步匆匆走开,好像是要逃避什么危险似的。

他有一个外甥女,和她的母亲住在附近的一所小房子里。他决心要让她当修女。

她长得很美,很天真,喜欢嘲笑人。长老训斥她的时候,她就嘻嘻地笑;他要是对她发怒,她就使劲地吻他,热烈地拥抱他。这时候他就竭力从拥抱里挣脱出来,然而这个拥抱还是使他享受到一种甜蜜的快乐,在他的心坎里唤醒了沉睡着的父爱。

他常常和她一起在田野的路上散步,他跟她谈论天主,她几乎不听他说。她望着天,望着草,望着花,从她的眼里可以看出她生活得很幸福。有时候她扑过去,捉住一只飞着的虫子,兴奋地喊道:"看啊,舅舅,它多么美丽啊,我真想吻它一下。"这种吻飞虫的想法使神父感到不安和愤怒,因为他从这里又发现了女人心坎里无法根除的温情。

圣器室管理员的老婆替马里尼昂长老做日常家务。有一天，她委婉地告诉他说，他的外甥女有了情人。

他当时正在刮脸，感到万分气愤，板着那张涂满肥皂沫的脸，半天连气都喘不过来了。

等到他镇定下来，能说话以后，他高声喊了起来："这不是真的，你撒谎，梅拉尼！"

可是那个乡下女人把手按在心口上说："我要是撒谎，让天主惩罚我。告诉您，每天晚上您的姐姐一睡下，她就出去了。他们在小河边上碰头。您只要在晚上十点到十二点的时候，去河边看看就知道了。"

他不刮脸了，急急匆匆地踱着步子，在严肃思考的时候，他总是这样走来走去。等到他再想起来去刮胡子，他接连在脸上割破了三刀。

一整天他都满肚子怒火，一句话都不说。因为作为神父，他对于爱情本身就很反感。此外，他还是道义上的家长和监护人。现在这个女孩子欺骗他，隐瞒他，捉弄他，他更加生气了。女儿瞒着父母在外面找情人，父母常常是会很生气的。

吃过晚饭，他试着读一点书，但是办不到，他越来越愤怒。十点刚敲过，他就拿起他的手杖，一根可怕的橡木棍子。他微笑着看了看这根粗大无比的木棍，使出一股蛮力，气势汹汹地抡了几个圈儿，然后他突然举起棍子，狠狠地打

在一把椅子上,椅背顿时裂开,倒在了地板上。

他推门出去,却忽然在门口停住了。那是一片几乎从来没有见过的皎洁的月光,使他感到无比的惊讶。

他具有一种敏感的灵气,古代教会里的那些富于梦想的哲人们,就有这样的灵气。眼前一片白茫茫的夜色,那种崇高而宁静的美一下子打动了他,使他心神不定。

他的小花园沉浸在温柔的光芒里,排列成行的果树把树枝的阴影投在小径上,爬在墙上的大忍冬藤,吐着美妙芳香的气息,这种香气在温和明朗的夜色里飘浮着。

他大口大口地呼吸,像醉汉喝酒似的喝着空气。他慢腾腾地往前走,心里充满了喜悦和惊奇,几乎忘掉了他的外甥女。

他来到田野上,停下来欣赏整个平原,大地沉浸在温柔的光辉里,淹没在宁静的夜色中。青蛙不住地叫唤,远处的夜莺唱出美妙的歌声,月光下那诱人的清脆颤音,简直像是为了接吻而欢唱的。

长老又走动起来,不知道为什么,他竟然失去了勇气。他觉得自己好像忽然衰弱了,一点气力也没有了,他只想坐下来,坐在大地上,从天主的作品中去认识、去赞美天主。

远处,沿着曲折的河流,有一行杨柳蜿蜒排列着。在河岸的周围,悬着一片薄雾,一片白色的水汽。月光穿过它,使它变成银白色,闪闪地发光。那弯弯曲曲的河道像是包在一片轻飘、透明的棉絮里。

神父又停了下来，他心灵深处的感动越来越强烈，使他无法抵挡。

可是他还有一种疑虑，一种莫名的焦虑，他心里又出现了一个问题，这是他经常自己问自己的问题：

天主为什么要这样做？既然黑夜是为了睡眠，为了无思无虑，为了休息，为了忘掉一切而造的，为什么要把它造得比白昼更可爱，比黎明和黄昏更温柔呢？挂在夜幕中的月亮，比太阳更加富有诗意，它那么皎洁，把黑暗照得通明透亮。

为什么鸟雀中最善于唱歌的，不像别的鸟儿一样休息，偏偏在这种使人动荡的阴影里歌唱呢？

为什么要在大地上投下这半明不暗的薄纱？为什么有心弦的颤动、灵魂的感慨和肉体的疲惫？

既然夜晚人们睡在床上，看不见了，为什么还要造出这些诱人的东西？这崇高的美景，这从天而降的诗情画意究竟是为什么人安排的呢？

长老实在理解不了了。

他看见远处的草地边上，在亮闪闪的薄雾笼罩中，两行大树的树荫下，出现了两个人影，他们肩并肩地走着。

男的个子比较高，搂着女伴的脖子，不时地吻她的前额。周围的美丽景色，好像是专为他俩安排下的一个美妙的背景,把他俩包围起来,他们的出现突然使那些景致有了生气。他们两个人好像合成了一个人,这宁静而沉寂的夜正是为这一个人预备的。他们朝着神父缓缓走来,好像一个活的答案,正是天主答复他那个问题的答案。

他站在那里,心怦怦跳着,不知所措了。他仿佛看见了《圣经》上的爱情故事,天主的意志在这一幕景色中实现了。他的脑子里嗡嗡响起了《雅歌》中的诗句,响起了热情的呼声,肉体的召唤,那部诗集热烈的篇章,都在他心中吟唱。

他对自己说:"上帝造这样的夜晚也许就是为了把人间的爱情掩护在理想的意境里。"

他在这一对边走边吻的恋人面前后退了,那个女孩正是他的外甥女。他忽然觉得,他们并没有违背天主的意旨。天主既然用了这样的光辉围绕着爱情,难道还会禁止爱情吗?

他逃走了,不但心慌意乱,而且几乎感到羞愧,就仿佛他曾经闯入了一座他无权进入的庙堂。

女疯子

"瞧!"玛蒂厄·德·昂多兰说,"山鹬使我想起了战争期间一段十分悲惨的往事。"

"你们都知道我在哥尔姆依镇的那座房子。普鲁士人打来的时候,我正好住在那里。

"当时我有个女邻居,她是一个疯子,她是在命运的打击下神经错乱的。在她二十五岁那一年,她在一个月里失去了父亲、丈夫和刚生下来的孩子。

"死神一旦闯进哪家人家,几乎总是会立刻再次光临,就像认识了这家人的家门似的。

"可怜的女人被痛苦击倒了,病在床上,整整讲了一个半月的胡话。后来,疲乏代替了来势凶猛的急性发作,她一动不动地躺着,几乎不吃不喝,只有两只眼睛还在转动着。

别人每次想叫她起来,她都不停喊叫,好像别人要谋杀她似的。大家只好让她一直躺着,只有替她换衣服、翻床垫的时候,才把她从被窝里抬出来。

"一个老女佣留在她身旁,不时逼着她喝点什么,或者吃点冷牛肉。她心里面在想什么呢?谁也不知道,因为她没有再开过口。她在思念那些去世的人吗?她沉陷在忧伤的梦中,忘掉过去了吗?还是她的头脑已经被摧毁,像一潭死水一样静止不动呢?

"她就这样关在家里,不死不活地躺了十五年。

"战争来了,十二月初,普鲁士人入侵哥尔姆侬。

"就像是昨天发生的事,我记得清清楚楚。当时天气非常冷,连石头都冻得开裂了。我因为痛风病发作不能动弹,正躺在沙发上,忽然听见了有节奏的、沉重的脚步声。我从窗口看到普鲁士军队走过去。

"队伍长得没完没了,他们都长得一模一样,那种提线木偶似的动作正是他们所特有的。长官把士兵分配到居民家里居住。我家里分到十七名。我可怜的女邻居,那个女疯子,分到十二名。其中有一个指挥官,是真正的兵痞,又残酷,又粗暴。

"开始几天一切都很正常,有人告诉这位军官说,女主人有病。他也没有把她放在心上。可是,过了几天,这个女人一直不露面,他非常生气。他询问她的病情,别人说,他的女主人遭受过极大的痛苦，已经在床上躺了十五年了。他不相信，以为那个可怜的疯子是出于自尊心，不愿意看见普鲁士人，不愿意跟他们说话，不愿意跟他们交往，才装病不起床的。

"他要见见她。于是有人把他领进她的卧房，他很不客气地说：

"'太太，请你起来，到楼下去，让大家见见你。'

"她转过脸来，呆呆地望着他，她那双没有表情的眼睛空洞无神，她什么也没有回答。

"他又说：

"'我不能忍受傲慢无礼。你要是不情愿，我有办法让你起来。'

"她没有任何表示，就像没有看见他似的，仍旧一动不动。他勃然大怒，恶狠狠地对她说：

"'明天你要是不下楼……'

"接着他走了出去。

"第二天，老女佣惊惶失措，想给女主人穿衣服。但是她拼命挣扎，拼命叫喊。那军官连忙跑上楼来。女佣'噗通'一声跪下，大声说：

"'她起不来，老爷，她起不来！请您饶了她吧，她太不幸啦！'军官感到为难，尽管在气头上，还是不敢叫他手下的人把她从床上拖起来。忽然他笑了起来，用德语下了几道

命令。

"不久,一队士兵像抬伤员似的抬着一个床垫出来,铺盖都原封不动,女疯子像平常一样默不作声,安安静静地躺着,对周围发生的一切漠不关心,因为别人并不叫她起来。一个士兵跟在后面,拎着一包女人衣服。

"军官得意地搓着双手说:

"'让我们看看你是不是能够自己穿衣服起来走路!'

"随后,我们看见那一队士兵朝着伊莫维尔森林的方向走去,两个小时以后,那些士兵空着手回来了。

"从此以后我们再也没有看见那个女疯子。他们怎么处置她的,他们把她抬到哪里去了,谁也不知道。

"大雪日夜不停地下着,用一张巨大的白色裹尸布,把平原和树林全部包了起来。狼一直跑到我们的门口来嗥叫。

"我一直惦记着那个失踪的女疯子。为了得到她的消息,我几次和普鲁士当局打交道,差点被枪毙了。

"春天回来了。占领军撤走以后,我的女邻居的房门一直关着。园子里的小径长满了野草。

"老女佣在那年冬天死了,再没有人关心这件事。只有我一个人还不断地想着。

"他们怎么处置这个女人的?她穿过树林逃走了吗?会不会有人收留了她,把她送进了医院,但是又没法从她嘴里了解情况?我的疑问一直得不到解决。时间渐渐平息了我心里的忧虑。

"那年秋天，山鹬大批地飞来，我的痛风病暂时缓解，我可以拖着脚步，勉强走到森林里去打猎。我已经打死四五只这种长嘴鸟，后来我又打中了一只，它落到一条堆满枯树枝的沟里不见了，我只好下去寻找。我发现它掉在一个死人头骨旁边，这时，我心口好像挨了一拳，我猛地回想起那个女疯子。在那个凶险的年头，死在这片树林里的人也许不少，但是不知为什么，我觉得遇到的这只头颅是那个可怜的女疯子的，我对此深信不疑。

"我一下子全明白了，我推测出来，他们把她连同床垫抛弃在寒冷荒凉的森林里，而她呢，连手脚都没有动一动，就被冻死在像羽绒被一样厚的大雪之下。

"接下来狼把她吃了。

"那些鸟用床垫里的羊毛做它们的窝。

"我一直保留这不幸的遗骨。我祝愿我们的子孙们永远不要再见到战争。"

族间仇杀

保罗·萨维里尼的遗孀孤零零地和儿子住在博尼法修城墙边的一所简陋的小房子里。博尼法修这座城市坐落在海边的山崖上，有几处简直像是在海面上悬着，越过礁石林立的海峡，能够望见地势较低的撒丁岛海岸。在城市的另一边，悬崖裂开了，这道裂缝像一条巨大的回廊，几乎把整个城市围了一圈，成为这个城市的港口。意大利或者撒丁岛的小渔船，还有每隔半月开往阿雅克修的老火轮，都可以在两道峭壁之间绕上一个大弯子之后，一直开到城市最前面的几所房屋跟前。

山是白色的，那堆房子的颜色更白。房子看上去就像鸟窝，挂在山岩上，俯瞰着那条险恶的水道。风不停地袭击着大海，袭击着光秃秃的海岸。由于风的侵蚀，海岸上只有稀稀落落的野草。风灌进海峡，蹂躏两岸。澎湃的浪涛在乱石之间拍打，一串串白花花的泡沫挂在黑色的岩尖上，就像在水面漂浮、抖动的破布。

萨维里尼寡妇的房子紧挨着悬崖，三扇窗户对着这片凄凉的景色。

她和她的儿子安托万，还有他们的母狗"欢儿"住在那儿。这条狗又高又瘦，一身粗硬的长毛，是纯种的牧羊犬。年轻人把它当作猎犬使唤。

一天晚上，在一场争执中，安托万·萨维里尼遭到尼古拉·辣沃拉蒂的暗算，被他一刀捅死了。当天夜里，辣沃拉蒂逃到撒丁岛去了。

几个过路人把尸体送回来，老妈妈见了并没有哭，只是一动不动地望着。过了好久，她才伸出布满皱纹的手放在尸体上，发誓要给他报仇。她不要任何人陪伴，关上门，和嗷嗷叫着的狗守灵。那条狗立在床脚边，把头伸向主人，夹着尾巴，接连不断地叫。老妈妈身子俯向尸体，直勾勾地望着，大颗的泪珠滚落下来。

年轻人穿着粗布衣服，衣服的前襟被刺穿了。他仰面躺着，就像睡着了一样。身上到处都是血，衬衫上、坎肩上、短裤上、脸上和手上都是血，胡子和头发上还凝结着血块。

老妈妈张口跟他讲话，她一说话，狗就不再作声了。

"放心吧，放心吧，我会替你报仇的，我的宝贝，我的儿，我可怜的孩子。睡吧,睡吧,我会替你报仇的,你听见了吗?是妈妈答应你的呀!妈妈从来说话算数,这你是知道的。"

她慢慢弯下腰,用冷冰冰的嘴唇吻了吻死人。

欢儿又哀声叫起来。它发出一声悠长、单调、凄厉而又可怕的哀号。

老妈妈和狗一直守到天亮。

第二天,安托万·萨维里尼下了葬。不久以后,博尼法修没有人再提起他了。

他没有亲兄弟,也没有表兄弟。没有给他报仇的男子汉。想着这件事的,只有他的母亲,那个老妇人。

隔着海峡,她从早到晚望着对岸的一个小白点。那是撒丁岛上的一个小村庄,叫隆哥撒尔多。科西嘉的土匪遇到风声紧急,被警察追捕得太紧的时候,就逃到那里去藏身。他们几乎把那个小村庄住满了,他们就在那里,等候时机回到故乡的丛林中去。她知道,尼古拉·辣沃拉蒂就躲在那个村子里。

她整天一个人坐在窗前,眼睛望着隆哥撒尔多,心里盘算着报仇的事。她无依无靠,身体衰弱,活不长久了。她应该怎么办呢?她已经答应报仇了,她曾经对着死人发过誓。她不能放下不管,也不能再等下去。怎么办呢?她夜里睡不着了。她得不到休息和安宁,只是一味地苦苦思索。那条狗在她脚边打盹儿,不时抬起头来,向远处叫几声。自从主人

不在以后,它常常这样叫,仿佛是在呼唤主人,仿佛在这个畜生的心灵里,也有着不可磨灭的记忆。

一天夜里,当欢儿又哀叫起来的时候,老妈妈终于想到了一个主意,这是一个只有报仇心切、凶狠残暴的野蛮人才想得出的主意。她把这个主意整整盘算了一夜,天蒙蒙亮,她起身到教堂去。她跪在地上,匍匐在天主面前祷告,乞求天主帮助她,支持她,赐给她衰弱的身体足够的力量,好为儿子报仇。

然后,她就回家了。她院子里有一只没盖的旧酒桶,搁在房檐底下接雨水。她把它翻倒,把水倒空,再用木桩和石头把它固定在地上,当作狗窝,然后把欢儿拴在上面,自己就进屋去了。

她一刻不停地在屋里走来走去,眼睛一直盯着撒丁岛的海岸,凶手就在那儿。

狗叫了一天一夜。第二天早上,老太太端给它一碗水,可是再不给它别的,没有汤,也没有面包。

又这么过了一天。筋疲力尽的欢儿睡着了,第二天,它两眼闪光,全身的毛一根根竖起,拼命地拽链子。

老太太还是什么也不给它吃,那畜生狂怒起来,嘶哑地叫着。就这么又过了一夜。

天亮以后,萨维里尼妈妈到邻居家里要了两捆麦秸。她取出几件她丈夫当年的旧衣服,塞满麦秸,做了个稻草人。

她在狗窝前的空地上插了一根棍子，把稻草人捆在上面，就像站着一样，然后又用一包旧布做了个人头，狗惊讶地看着稻草人，尽管它饿得不行，却一声也不叫了。

老妇人到肉铺去买了一大串猪血灌肠，回家以后，她就在院子里靠近狗窝的地方，燃起一堆柴火来烧那串灌肠。欢儿发了狂，乱蹦乱跳，口吐白沫，眼睛死盯着烤架，烤灌肠的香味一直往它肚子里钻。

老妈妈拿起这串冒着热气的灌肠，给稻草人做了一条领带。她用绳子把灌肠扎在稻草人的脖子上，扎了半天，把灌肠扎得紧紧的。这样做好以后，她就把狗放开了。

那畜生猛地一跳，狠狠咬住了稻草人的喉咙，两只爪子搭在它的肩膀上，撕扯起来。它叼着一块灌肠跳了下来，随即又扑上去，牙齿咬进绳子，又扯出几块食物，再跳下来，然后又疯狂地扑上去。狠狠地撕扯稻草人的脖子，直到完全撕烂。

老太太一动不动，一声不响地看着，眼睛里闪着亮光。

随后，她又把狗拴起来，饿了两天，重新开始这种奇怪的训练。

一连三个月，她一直教那只狗进行搏斗，教它用獠牙去获取食物。现在，她不再拴它了，只要她做个手势，它就向稻草人扑过去。

她教会了它，即使不在稻草人脖子里放什么食物，它也

会去撕咬。事后她再把那份烤灌肠赏给它。

欢儿只要一看见稻草人就会浑身颤抖，然后回过头来望着女主人。女主人用手一指，尖呼一声："去！"

萨维里尼妈妈认为时机已经成熟了，在一个星期天的早晨，她又去了教堂，虔诚地忏悔，领圣体。然后，她换上男装，扮成一个衣衫褴褛的穷老头子，和一个撒丁渔民讲好价钱，就带着狗渡到海峡对岸。

她的帆布口袋里有一根灌肠，欢儿已经饿了两天。老妇人不时让它闻闻香喷喷的食物来刺激它。

她带着狗走进隆哥撒尔多村。她一瘸一拐地走着，走进了一家面包店，打听尼古拉·辣沃拉蒂的住址。尼古拉·辣沃拉蒂又在干他木匠的老本行了，此时他正独自在铺子里干活。

老妇人推开门，喊他："嗨，尼古拉！"

他刚一转身，她就放开狗，叫道："去，去，咬，咬！"

狗发疯似的扑了上去，一口咬住他的喉咙。那汉子伸开双臂，抱住狗，在地上翻滚。他双脚在地上乱踹，折腾了几分钟，然后就不再动弹了。欢儿在他的脖子上扒来扒去，把脖子抓得稀烂。坐在门口的两位邻居清清楚楚地记得，他们曾经看见一个穷老头子带着一条瘦骨嶙峋的黑狗走出来。那条狗一边走，一边吃着主人给它的一样棕色的东西。

当天晚上，老妇人回到家里，那一夜，她睡得很香。

在乡下

　　两所茅屋并排坐落在小山脚下,和一个有海滨浴场的小城市相距不远。两个庄稼汉为了养活他们的孩子,终年在田里劳动。他们每家都有四个孩子。从早到晚,这帮孩子聚在家门口玩耍。两个最大的孩子六岁了,两个最小的只有十五个月。这两家人结婚以及后来养孩子差不多都同时。

　　两个母亲在这堆孩子里勉强可以认出哪几个是自己的,两个父亲则完全分不出来。八个名字在他们的脑袋里跳来跳去,混杂在一起。他们需要叫某一个孩子的时候,常常会先叫错三个名字。

　　从罗尔波尔的海滨浴场过来,两所房子中,先看见的那一所住的是蒂瓦什夫妇,他们有三个女孩和一个男孩。后面一所住的是瓦兰夫妇，他们有一个女孩和三个男孩。

两家人都勉强靠着菜汤、土豆和新鲜空气维持生活。早上七点、中午十二点和晚上六点，两家的主妇像赶鹅一样，把孩子们吆喝到一块，喂他们吃的。他们按年龄大小坐在那张磨得发亮的木头桌子前。最小的一个嘴刚够得到桌面。每个人面前放一个盆子，盆里盛满用汤泡着的面包，汤是用土豆加上半棵白菜、三棵洋葱煮的。所有的孩子都吃得饱饱的，最小的一个由妈妈喂。星期天，汤里多加上一块牛肉，对大家来说就是一场盛宴了。这一天，父亲会留在饭桌上，迟迟不肯离开，一遍遍地说："以后我们可以每天都吃到这么好的。"

八月的一天下午，一辆轻便马车突然停在两所茅屋前面，赶车的年轻女人对坐在她身边的先生说：

"啊！亨利，你看这堆孩子！他们在尘土里打滚，多么可爱啊！"

男人没有回答，他已经听惯了这种赞赏，对他来说，这种赞赏是痛苦，甚至可以说是责备。

年轻女人又说：

"我要去吻吻他们！啊！我多么希望我也能够有这么一个，就这个，顶小的这个。"

说着，她从车上跳下来，向孩子们跑去，抓住最小的一个孩子，蒂瓦什家的那一个，把他抱起来，亲热地吻他肮脏

的脸蛋、沾满泥土的黄头发和不停挥动的小手。

然后她登上马车，嗒嗒嗒赶着马儿走了。但是下个星期她又来了。她坐在地上，把那个娃娃抱在怀里，喂他吃蛋糕，还把糖果分给其余的孩子。她自己也像个孩子似的跟他们一起玩耍，她的丈夫耐心地坐在轻便马车里等候着。

她又来了一次，和那个孩子的父母认识了，以后她每天都来，口袋里总是装满糖果和零钱。

她叫亨利·德·于比埃尔太太。

一天早上，他们来了以后，她的丈夫跟她一起下车。那些孩子现在已经跟她很熟，可是她却没有在孩子面前停下，而是径直走进了乡下人的茅屋里。

他们在家，正忙着劈柴烧饭。他们大吃一惊，站起身来，搬椅子让他们坐，自己则站在一旁等着。那个年轻女人用发抖的、断断续续的声音说：

"我的好心的人，我来找你们，是因为我想……我想把你们的……你们最小的男孩……带走……"

那两个乡下人吃了一惊，听不懂是怎么回事，也没有回答。她喘了口气，继续说下去：

"我们没有孩子，我丈夫和我很孤独……我们想把他留在身边……你们答应吗？"

那个乡下女人开始明白了。她说：

"您想带走我们的夏洛？不行，绝对不行。"

于是德·于比埃尔先生出来调停了：

"我的妻子没有说清楚。我们是想收养他，不过他以后会来看你们的。从各方面看来，这个孩子以后如果能够有志上进，那他将是我们的财产继承人。如果万一我们有了自己的孩子，他还可以平分财产。不过，如果他辜负我们的一片心意，等他成年以后，我们会给他两万法郎，这笔钱可以立即用他的名义存在公证人那里。我们也替你们两位做了打算，我们要送给你们一笔终身年金，每月一百法郎，你们懂了吗？"

那个农妇勃然大怒，站了起来。

"你们是要我把夏洛卖给你们吗？啊！不行。这种要求根本就不应该对一个做母亲的提出来！啊！不行！那简直是太不像话了。"

那个汉子表情严肃，沉思着，什么也没有说。但是他不断点头，对他妻子的话表示赞同。

德·于比埃尔太太惊慌失措，哭了起来。她朝她丈夫转过身来，用抽抽噎噎的嗓音，结结巴巴地说：

"他们不愿意，亨利，他们不愿意！"

他们做最后一次努力。

"但是，朋友们，请考虑考虑你们孩子的前途，他的幸福，他的……"

那个乡下女人怒不可遏，打断了他的话：

"都看见了,都听见了,都考虑过了……请你们出去吧,以后别让我再在这儿看见你们,我不会允许你们夺走我的孩子!"

德·于比埃尔太太转身走出去,她忽然想起最小的男孩一共有两个,这个不肯轻易罢休的、宠坏了的女人含着眼泪,固执地问:

"那另外一个小的不是你们的吧?"

蒂瓦什大伯回答:

"不是,是邻居家的,你们愿意的话,可以到他们家去。"

说完他就回到自己的屋里,屋里传来了他的妻子忿忿不平的声音。

瓦兰夫妇正在吃饭,饭桌上放着一碟黄油,他们用刀子挑一点,十分节省地抹在面包片上,慢慢吃着。

德·于比埃尔先生又一次提出他的建议,不过这一次他提得比较婉转,比较谨慎,比较巧妙。

两个乡下人摇头拒绝,但是当他们知道他们每个月可以得到一百法郎以后,他们你看着我,我看着你,使着眼色互相询问,决心已经有七八分动摇了。

他们在苦恼中长时间地保持沉默,心里犹豫不决,那女的最后问道:

"孩子他爹,你看怎么样?"

他一本正经地说：

"我看这并不丢脸。"

德·于比埃尔太太急得浑身哆嗦，她跟他们谈起了孩子的未来，他的幸福，以及他以后可能给他们的钱。

那庄稼汉问：

"这一千二百法郎的年金，在公证人面前立字据吗？"

德·于比埃尔先生回答：

"当然，从明天就开始。"

那乡下女人想了想，说：

"每月一百法郎换咱们一个孩子太少了一点。再过几年这个孩子就可以干活儿了，我们要一百二十法郎。"

德·于比埃尔太太已经急得直跺脚，她听了以后立刻表示同意。她想把孩子带走，因此在她丈夫立字据的时候，又额外送了一百法郎。他们请来了村长和一位邻居，他们也很乐意当公证人。

年轻女人欢天喜地，像从铺子里买到一样喜爱的小玩意儿似的，抱着啼哭的小娃娃走了。

蒂瓦什夫妇立在门口，望着他们带着孩子走了，他们一声不响，也许心里有点懊悔不该拒绝他们吧。

从此以后，再也听不到小让·瓦兰的消息了。他的父母每个月到公证人那里去领一百二十法郎。他们和邻居闹翻了，因为蒂瓦什大婶骂他们无耻，挨家挨户地说，除非是丧失人性，才会出卖自己的亲生儿子。这是一件卑鄙龌龊的事，一件伤风败俗的事。

有时候她故意炫耀自己，抱着她的夏洛，好像他听得懂似的，大声对他说：

"我没有卖掉你，我没有卖掉你，我的孩子。我不卖我的孩子。我没有钱，但是我不卖我的孩子。"

许多年过去了，这些年来，蒂瓦什大婶每天都要到门外含沙射影地骂几句，让隔壁这一家人在屋里也好听见。到最后，她竟然相信自己是当地最高尚的人，因为她没有卖掉夏洛。人们谈起她，都说：

"我知道那条件是非常吸引人的。尽管如此，她当时的表现真像个好母亲。"

这件事一直被大家传扬。夏洛已经十八岁了，他从小就听惯了别人不断重复那件事，他也认为自己比他的那些同学都高贵，因为他没有被卖掉。

瓦兰夫妇靠着赡养费，生活得一直挺舒适。蒂瓦什夫妇一直无法平息怒火就是从这一点来的，他们一直很贫困。他们的长子服兵役去了，第二个儿子死了，剩下夏洛一个人和上了年纪的父亲一直在田里辛勤劳动，养活他的母亲和妹妹。

在他二十一岁那年，一天早上，一辆华丽的马车停在两所茅屋门口。一位挂着金表链的年轻先生从车上下来，搀扶着一位白发苍苍的老太太。老太太对他说：

"在那边，我的孩子。第二所房子。"

他走进了瓦兰家的茅屋，就像是他自己家一样。

老妈妈正在洗围裙，身体衰弱的老大爷在壁炉旁边打盹。两个人都抬起了头，年轻人说：

"早安，爸爸，早安，妈妈。"

他们惊讶地站起来。那个乡下女人激动得连肥皂都掉在水里，她结结巴巴地说：

"是你吗，我的孩子？是你吗，我的孩子？"

他搂住她，吻着她，重复着说："早安，妈妈！"这时，老头子全身哆嗦，轻声细语地说："你回来啦，让？"好像一个月以前还见过他似的。

他们相认以后，做父母的一定要领儿子出去见见当地人。他们领着他去见村长，见村长助理，见本堂神父，见小学教员。

夏洛站在自己的茅屋门口，望着他走过去。

晚上吃饭的时候，他对两个老人说：

"你们一定是犯了傻，才会让人家把瓦兰家的孩子带走的！"

母亲固执地回答说：

"我们不愿意出卖我们的孩子。"

父亲什么话也没有说。儿子又说：

"这么好的机会被你们拒绝,真是太可惜了!"

蒂瓦什老大爷生气地说:

"你要责备我们把你留下吗?"

年轻人粗暴地回答:

"对,我当然要责备你们,你们简直是糊涂虫。像你们这样的父母,只会给孩子带来不幸。我当然想离开你们,跟你们在一起简直是受罪!"

老妇人的眼泪哗哗地流到汤盆里。她用勺子舀汤喝,勺子里的汤有一半已经洒掉,她低声哭着说:

"累死累活把孩子们养大了,落这么个下场!"

那小伙子冷酷地说:

"与其像现在这样,还不如不生下来。我刚才看见那一个,肺都要气炸了。我对我自己说:瞧,我本来应该是这个样子的。"

他站了起来。

"我最好还是别留在这儿了,因为我会从早到晚都会责怪你们,我会使你们的日子不好过。你们看吧,这件事我永远不会原谅你们。"

两个老人垂头丧气,流着眼泪,却一声不响。

他接着又说:

"不行,想到这件事太痛苦了。我宁可到别的地方去谋生。"他打开门,一阵热闹的声音传了进来。瓦兰一家正在庆祝孩子归来。

夏洛跺了一下脚,转身朝他父母嚷道:

"土包子!"

他在夜色里失踪了。

皮埃罗

　　勒费弗尔太太是一位乡下寡妇。她是那一种半城半乡的妇女，爱用缎带，爱戴荷叶边帽子，说起话来洋不洋土不土，喜欢在公共场所摆架子。她用花里胡哨的打扮隐藏自己粗鄙的灵魂，正像她的手明明那么粗糙，却偏偏还要整天套着真丝手套。

　　她有一名女仆，一个忠厚的乡下女子，心地纯朴，名字叫萝丝。

　　主仆二人住在诺曼底，科区的中心，公路旁一座有绿色百叶窗的小房子里。

　　住房的前面有一块狭长的园地，她们就在那儿种蔬菜。

　　可是一天夜里，有人偷走了十几颗洋葱。

　　萝丝发现被盗的事情，赶紧跑去报告太太，太太穿着睡裙就下了楼。这真是一件令人伤心又害怕的事情,居然有人偷东西,偷了勒费弗尔太太的东西!这么说,当地有贼了,并且她还被贼惦记上了。

这两个惊慌失措的妇人察看脚印,唠唠叨叨地谈着,作出种种猜测:"他们是从这儿过来的。他们先爬上这座墙,从那儿一跳,跳到了花坛上。"

她们想到以后的日子就感到害怕。从今以后还怎么安安稳稳地睡觉呢!

失窃的消息马上传开了。邻居们都赶来,勘查了现场,议论纷纷,每来一个人,这两个女人都要把她们看到和想到的重新说一遍。

住在附近的一个农庄主给她们出了一个主意:"你们应该养条狗。"

这倒是真的,她们的确应该养条狗,哪怕有什么情况叫两声也是好的。可是不能要大狗,天哪!那可使不得。一条大狗,她们怎么受得了!吃也要把她们吃穷了。只要一条小狗,一条会汪汪叫的小狗,那就行了。

大家走了以后,勒费弗尔太太立刻就商量起养狗的问题。考虑了半天,她想出了许许多多麻烦的事儿。她一想到盛得满满的狗食盆就吓得发呆,因为她是一个精打细算的人,她的衣袋总是装着几分钱,好在路上当着众人的面施舍给穷人,或者在星期天给教堂一点捐款。

萝丝是喜欢小动物的,她提出了种种理由,并且很狡猾地为这些理由作了辩护。最后她们终于决定养一条狗,一条很小的狗。

她们开始找狗了,不过遇到的尽是些大狗,吃起肉汤来能把人吓死。罗尔维尔的杂货店老板倒是有一条很小的狗,不过他要两个法郎作为饲养费。勒费弗尔太太说,她愿意养一条小狗,但决不花钱去买。

面包房老板知道了这件事。一天早上,他从车子里带出来一只长了一身黄毛的小怪物:腿短得几乎跟没有一样,鳄鱼身子,狐狸头,一条向上翘的尾巴活像军帽上的翎饰,长度和整个身子相等。面包房的一个主顾不想要它了,这条看了叫人恶心的小狗,用不着花钱买,勒费弗尔太太却认为很美。萝丝把它抱起来吻了吻,打听它叫什么。面包房老板回答:"皮埃罗。"

它被安置在一只旧肥皂箱子里。给它弄了点水,它喝了。又给它拿来一块面包,它吃了。勒费弗尔太太发了愁,但是转念一想,有了一个主意:"等它在家里待惯了以后,可以把它放养。它在附近一带转转就可以找到吃的了。"

后来她果然把它放养了,但是它仍免不了挨饿。它只有在要东西吃的时候才汪汪地叫,那时候它叫得倒很厉害。园子呢,谁都可以进来。任何人来了,皮埃罗都过去跟他亲热一番,绝对不叫一声。

不过勒费弗尔太太对这条狗也渐渐地习惯了，她甚至有点喜欢它了，有时候还把面包在自己的肉汤里蘸一蘸，一口一口地喂它吃。

不过她从来没有想到还有纳税的问题。"八个法郎，太太！"当有人为了这条连叫都不会叫的小狗来跟她要八法郎的时候，她差点儿昏了过去。

她们立刻决定摆脱这个皮埃罗，可是谁也不肯要。附近十法里以内，所有的住户见了都摇头，实在没有别的办法，她们决定送它去"啃烂泥"。

所谓"啃烂泥"，就是"下泥灰岩坑"。当地的习惯，凡是不要的狗，都叫它去"啃烂泥"。

在一片广阔的平原上，可以看到一种窝棚，或者更准确地说，有一种很小的茅草房顶支在地面上，这就是泥灰岩坑的口。这个陡直的大坑深入地下有二十米，下面有一系列的长坑道。

每年到了用泥灰肥田的时候，才有人下到坑里去。平常日子，它的用处就是充当被判处死刑的狗的坟墓。人们在这个坑口附近走过，常常可以听见哀怨的吠声，狂怒的或是绝望的嗥叫声，凄厉的求援声。

猎户和牧羊人喂养的狗都惊恐地躲开这个怨声不绝的深坑，谁要是俯身朝下望一下，立刻就会有一股难闻的腐臭气味冲上来。

不少可怕的惨剧在黑暗中演出。

每一条狗到了那里面,靠着那些先扔下去的狗的恶臭的尸体做食物,可以挣扎个十一二天,然后又有一条狗被扔下来。这条新扔下来的狗当然比它大,比它强壮。坑底是两条狗了,全都饿着肚子,眼里发光。它们互相窥视着,互相追随着,提心吊胆,迟疑不决。可是饥饿催促着它们,它们互相搏斗,打了很久,最后强的吃了弱的,活生生地把它吃下去。

把皮埃罗送去"啃烂泥"的主意一定下来,她们就立刻去找执行人。养路工人要十个苏,才肯跑这一趟。勒费弗尔太太觉得这实在太过分了。住在附近的那个打短工的,倒是五个苏就行了,但是她还是觉得太贵。萝丝说,不如由她们亲自把它送去,这样在路上它不至于受到虐待,也不会事先知道自己的厄运。她们于是决定,天黑以后两人一同前去。

当天晚上,她们给它准备了一盆很好的肉汤,还加了一点儿黄油,它全部吃光,一滴也没剩。它正摇着尾巴表示满意的时候,萝丝一把将它抱起来,放在围裙里。

她们迈着大步,像两个偷菜的,在平原上匆匆走着,不久她们就看见了泥灰岩坑。到了坑边,勒费弗尔太太俯下身子,听听下面有没有狗叫声。没有,下面没有狗。皮埃罗下去以后,坑里只会有它一条狗。于是泪流满面的萝丝吻了吻它,把它扔了下去,她们两人都俯下身子,竖起耳朵听。

她们先听见一下沉闷的响声,随后是一只受伤的动物凄惨的尖叫声,随后又是一连串低低的叫痛声,最后是绝望的求援声,一条狗抬着头望着坑口哀求的悲呼声。

它叫哟,汪汪地叫个不休!

她们突然感到后悔,感到害怕,感到一种无法解释的极度恐惧,她们跑着逃走了。萝丝跑得快,勒费弗尔太太不住地喊:"等等我吧,萝丝,等等我啊!"

她们一夜都做着可怕的噩梦。

勒费弗尔太太梦见她正坐下吃饭,把汤盆的盖子打开,皮埃罗在里面,它跳了出来,一下子咬住她的鼻子。

她惊醒之后好像听见汪汪的叫声。仔细听了听,才知道是幻觉。

她重新睡着了,这一次是在一条大路上,一条看不到头的路上,她正顺着这条路走着。忽然在路中央,她看见一个篮子,乡下人拎的那种大篮子,丢在那里没人管。这个篮子使她感到害怕。但是她最后还是把盖子揭开,皮埃罗蜷着身子待在篮子里,它一口咬住了她的手,再也不放。她拼命地逃,那条狗不肯松口,一直挂在她的手上。

她几乎发了疯,天刚亮就起来朝泥灰岩坑跑去。

它汪汪叫着,它一直汪汪叫着,它汪汪叫了一整夜。她抽抽噎噎地哭了起来,用许多亲热的名字叫它。它也用各种温柔亲切的声音来回答她。

她决心要把它弄回来,打定主意要叫它一直到死都过快活的日子。

她跑去找挖泥灰的掘井工人,把情形讲给他听。那个人一声不响地听她讲。等她讲完,他说:"您要您的小狗吗?那得四个法郎。"

她吓了一跳,她的悲伤一下子飞到了九霄云外。

"四个法郎!您不怕撑死!四个法郎!"

他回答说:"您以为我把那些绳子、绞车搬过去,架起来,带着我的孩子下去,还保不定被您那条该死的小狗咬一口,仅仅就是为了讨您的喜欢吗?当初您就不该把它扔下去!"

她气冲冲地走了。

一回到家,她立刻叫萝丝,把掘井工人的要求告诉她。萝丝一向依顺惯了,她顺着主人的意思说:"四个法郎!这可是一大笔钱啊!太太。"

然后她又说:"我们可不可以把吃的东西给这条可怜的小狗扔下去,不让它饿死?"

勒费弗尔太太听了十分高兴,她很赞成这个主意。她们于是带着一大块抹黄油的面包又去了。

她们把面包切成小块,一块一块地丢下去,还轮流着跟皮埃罗说话。狗吃完了一块,马上就"汪汪"叫着要求第二块。

她们傍晚又来喂,第二天也来喂,每天都来喂。不过后来一天只喂一次了。

可是,一天早上,她们刚丢下第一块,忽然听见坑里传来可怕的吠声。下面有两条狗了!又有人丢下去一条狗,而且还是一条大狗!

萝丝喊了一声:"皮埃罗!"皮埃罗汪汪叫起来。她们于是把食物丢下去,可是每次她们都清清楚楚地听见一阵可怕的抢夺声,然后是挨了咬的皮埃罗嗷嗷的哀号声,皮埃罗的同伴力气大,丢下去的东西全都被它吃了。

她们尽管说得很清楚:"皮埃罗!这是给你的。"但是毫无用处,很明显,皮埃罗什么也没得到。

这两个妇人不知所措了,你看着我,我看着你,最后勒费弗尔太太用尖酸的口气说:"我总不能把别人丢下去的狗全包下来喂啊!只好不管了。"

她一想到所有这些狗都要靠她喂养,十分生气,拔腿就走,并且还带走了剩下的面包,一路走一路吃着。

萝丝跟在后面,不住用蓝围裙角擦着眼睛。

一个诺曼底人

  我们刚走出鲁昂市区,来到通往朱米埃什的大路上。马儿大步小跑,拉着轻便马车匆匆穿过一片片草地。接着那匹马放慢脚步,爬上康特勒山岗。

  那儿的景致可以说是世界上最美丽的了。在我们背后是教堂之城鲁昂,那些哥特式钟楼看上去像精雕细刻的象牙摆件。在我们面前的是工厂区圣塞威尔,它面对着老城千百座神圣的钟楼,向广阔的天空竖起千百根冒着浓烟的烟囱。

  这边是主教大堂的尖顶,是最高大的古迹。那边是它的对手,蒸汽机的水塔,几乎和它一般高,比埃及最高的金字塔还要高出一米。

  塞纳河波浪起伏,在我们前面蜿蜒流过。河中间布满小岛,右岸是一片被森林掩盖着的白色悬崖,左岸是辽阔的草地，草地的尽头是另一片森林。

河面很宽阔，有许多大船在沿岸停泊。三艘大轮船一艘跟着一艘朝勒阿弗尔驶去。一艘三桅帆船、两艘大双桅帆船和一艘小双桅横帆船连成一串，被一艘冒着黑烟的蒸汽轮船拖着，朝鲁昂方向开去。

我的同伴是本地人，对这样美丽的风景他看也不看一眼，但是他不停地微笑着，好像是在暗暗发笑。忽然他笑出声来："哈哈！您就要看到有趣的东西了，玛蒂厄老爹的教堂，那真是妙不可言，老兄。"

我惊讶地望着他。他接着又说：

"我要让您闻点诺曼底气味，您闻过以后再也不会忘掉。玛蒂厄老爹是全省最有趣的诺曼底人，他的教堂，一点不夸张，是世界上的奇迹之一。不过我得先给您解释几句。

"玛蒂厄老爹，大家也叫他'酒坛子老爹'，是一个退伍的中士。兵油子的爱吹牛皮和诺曼底人的狡猾奸诈，在他身上完美地结合了。他回到家乡以后，靠着多方支持和不可思议的手腕，在一座显圣的教堂当看守。这座教堂受圣母保护，经常来的主要是怀了孕的女孩子。他给教堂的神像起了一个名字叫'大肚子圣母'，用一种既尊敬又嘲弄的方式对待她。

"他亲手写了一篇别具一格的祈祷文，并且印了出来。这篇无心写就的祈祷文后来成了讽刺的杰作，诺曼底精神的

杰作,嘲笑之中包含着对神圣事物的恐惧。他不是很信仰他的守护女神,不过为了慎重起见,他多少还是有一点儿相信她,而且为了策略上的需要,他小心翼翼地供奉她。

"这篇惊人的祷告开头是这样的:

"'我们善心的圣母,童贞女玛利亚,本地和全世界未婚母亲们的守护神,您的女仆一时疏忽犯下了错误,请您保佑她们吧……'

"这篇文章的结尾如下:

"'尤其是在您神圣的丈夫面前请您不要忘记我,请您代我向天主圣父求求情,让他赐给我一个像您丈夫一样的好丈夫。'

"这篇祈祷文遭到本地神父们的禁止,他却偷偷地出售。虔诚的信女们读过之后都相信它有保佑的力量。

"总之,他谈起善心的童贞女,就像仆人谈到主人那样,连最细小的隐私都一股脑儿讲出来。他知道她许多有趣的事,喝了酒以后,他就在朋友之间低声传播。

"您还是自己去看吧。

"守护女神给他带来的收入看来不够他花的,因此他在童贞女的买卖之外又增加了一桩小买卖,销售圣像。所有圣人的雕像他都有。教堂里没有空地方,他就把他们存放在柴房里,信徒们什么时候需要,他就什么时候取出来。他亲手制造这些木头小雕像,模样滑稽可笑,那一年别人来替他漆

房子,他把这些圣像都漆成绿色。您也知道,圣人都会治病,但是各有所长,绝对不可以搞混了。因为圣人有时候会像蹩脚的戏子一样互相忌妒。

"为了不至于弄错,那些老太太来请教玛蒂厄。

"'治耳朵病,哪一位圣人最好?'

"'当然是圣奥西姆好,还有圣庞菲尔也不坏。'

"但是这还不是全部。

"玛蒂厄有点空闲时间,他一空下来就喝酒。但是他像行家那样,喝得很有品味。他每天晚上都要喝醉,但是他心里很清楚。他每天晚上都能记下他酒醉的准确程度。这是他主要的工作,教堂还在其次。

"他发明了,请您听好,听仔细,他发明了一种醉度计。

"这种仪器并不存在,但是玛蒂厄的观测跟数学家一样精确。

"您会听见他不停地说:'从星期一起,我已经超过四十五度。'或者'我当时在五十二度到五十八度之间。'或者'我当时已经有六十六度到七十度了。'或者'真见鬼,我当时以为是五十度,可现在我发现是七十五度。'

"他从来不会弄错。

"他肯定地说他没有达到一百度,但是我们不能绝对相信他的话,因为他自己也承认,超过九十度以后,他的观测就不准确了。

"玛蒂厄承认自己超过九十度的时候,您可以放心,他已经酩酊大醉了。

"遇到这种情况,他的妻子梅莉(她也是个少有的怪人),就会大发雷霆。他回来的时候,她在门口等着。她破口大骂:'你回来啦,你这个坏蛋,畜生,酒鬼!'

"这时候玛蒂厄不再笑了,站在妻子面前,声色俱厉地说:'别说了,梅莉,现在不是谈话的时候。等到明天再说。'

"如果她还继续嚷嚷,他就会走过去,用发颤的嗓音说:'还不给我住口,我已经上了九十度,我不能再量了。小心点,我要揍人啦!'于是梅莉就打退堂鼓了。

"如果她第二天还想重提这件事,他就会当面嘲笑她说:'哪儿的话,哪儿的话!已经说够啦,事情已经过去了。只要我不到一百度,那就不要紧,如果我超过一百度,我就任你惩罚,我说话算数!'"

我们已经到了山顶上。大路钻进了美丽的鲁玛尔森林。

秋天,美妙的秋天,把它的金色和紫色掺混在依然鲜艳的绿色里,好像是太阳融化了,一滴滴从天空淌下来,淌进了浓密的树林。

穿过迪克莱尔以后,我的朋友没有再继续朝朱米埃什的方向走,而是向左转,走上一条小路,钻进一片林场。

从山顶上,我们又看见了美丽的河谷和弯弯曲曲躺在我们脚下的塞纳河。

右边有一座小小的建筑物,石板瓦顶,瓦顶上有一个像阳伞一样高的钟楼。这座小小的建筑物紧靠着一所有绿百叶窗的漂亮房子,墙上爬满金银花和蔷薇。

一个粗大的嗓门嚷道:"朋友来啦!"玛蒂厄出现在门口。他六十多岁,瘦瘦的,蓄着白色的长胡子。

我的同伴和他握握手,把我介绍给他。玛蒂厄把我们带进一间凉爽的厨房,这间厨房他同时当客厅用。他说:

"先生们,我没有那种精致的套房。我不喜欢离我的饭菜太远。那些锅子,您看,它们给我做伴儿。"

接着,他转身对我的朋友说:

"为什么挑了星期四来?你明明知道这是我的圣母治病的日子。今天下午我不能出去。"

他跑到门口,大喊一声:"梅莉——"大概连山谷底下,江上来来往往的水手们都会听见这声可怕的叫喊。

梅莉没有应声。

于是玛蒂厄调皮地眨眨眼睛,说:

"你们看,她在生我的气,因为昨天我上了九十度。"

我的同伴笑了:"上了九十度?玛蒂厄!您怎么搞的?"

玛蒂厄回答:

"我来讲给你们听听。去年我只收了二十筐的苹果,数量不多,不过做苹果酒也够了。因此,我做了一大桶,昨天打开了。要说美酒,这才算得上美酒!波利特正好在我这儿。我们喝了一杯,又喝一杯,还是不过瘾。我们一直喝下去,喝到后来我感到胃里太凉了。我对波利特说:'咱们来一杯白兰地暖和暖和吧!'他完全同意。但是白兰地这种酒到肚子里像火烧一样,因此又重新喝苹果酒。就这样从凉快到暖和,又从暖和到凉快,我发觉我上了九十度;波利特离一百度也不远了。"

门打开了,梅莉进来了,她没有跟我们打招呼,就嚷了起来:"该死的畜生,你们两个人都到了一百度。"

玛蒂厄火了:"不许胡说八道,梅莉!我从来就没有到过一百度。"

他们请我们在门外,在两棵椴树底下,吃了一顿美味可口的中饭。旁边是"大肚子圣母"教堂,面前是一望无际的美景。玛蒂厄给我们讲了一些难以置信的有关奇迹的故事,在他那嘲笑的口气里居然夹杂着信仰的成分,确实令人出乎意外。

我们喝了不少苹果酒,又辣又甜,又清凉又醉人,真是好极了。比起别的酒来,他最爱喝苹果酒。然后我们坐在椅子上抽烟,正抽着来了两个女人。

她们上了年纪,枯瘦干瘪,腰弯背驼。行过礼以后,她们说要见见圣布朗。玛蒂厄眨眨眼睛,对她们回答:

"我来拿给你们。"

他走进柴房。

他在里面待了五分钟,神色慌张地跑出来,举起两双手说:

"我不知道他到哪儿去了,我没有找到,不过我可以肯定我有!"

于是他把双手像喇叭筒似的罩在嘴上,又叫起来:"梅莉——"他的妻子在院子里回答:

"干什么?"

"圣布朗在哪儿?我在柴房里没有找到。"

梅莉说:"会不会就是你上个星期用来堵兔子房上的窟窿眼的那一个?"

玛蒂厄猛地一惊:"哎呀,这倒是很可能!"

接着他对两个女人说:"跟我来。"

她们跟着他。我们笑痛了肚子,使劲忍住,也跟在后面。圣布朗像一根桩子一样插在地上,沾满了烂泥和污垢,堵在兔子房一个角落上的窟窿里。

那两个女的看见了,立刻跪下,划十字,低声念祈祷文。玛蒂厄急忙走过去,说:"等一等。你们跪在烂泥里了,让我给你们一捆麦秸。"

他找来麦秸,让她们跪在上面。接着他看看他那个浑身污泥的圣人,大概是怕影响到他买卖的信誉,又补了一句:"让我替你们把他收拾干净。"

他拎来一桶水,用一把刷子使劲刷洗那个木头人儿,两个妇人一直不停地在祈祷。

刷洗完毕,他说:"现在行了。"接着又领我们回去喝一杯。他把酒杯举到嘴边,停住,有点不好意思地说:"不管怎么样,我把圣布朗放到兔子那儿去的时候,还真以为他不会再替我赚钱了,已经有两年没有人来找过他。但是圣人,你们看,是永远不会过时的。"

他把酒喝下去,又说:"好,让我们再喝一杯。跟朋友在一起,决不应该低于五十度,我们现在连三十八度还不到呢。"

珂珂特小姐

我们正要从疯人院里出来的时候,我看见院子角落里有一个又高又瘦的男人不停挥着手,好像在招呼一条幻想中的狗。他用温柔的嗓音喊着:"珂珂特,我的小珂珂特,到这儿来,珂珂特,到这儿来,我的美人儿。"一边还像人们唤狗那样拍着大腿。我问医生:"那个人是怎么回事?"医生回答说:"啊!这个人没意思。他是个车夫,叫弗朗索瓦,他把他的狗淹死以后发疯了。"

我一再请求,要医生把他的经历讲给我听听。有时候最简单、最平常的事反而最能打动我们的心。

下面就是那个人的遭遇,全部都是从他的同伴,一个马夫那里听来的。

在巴黎郊区有一户有钱人家。他们住在一片大花园中的

别墅里,别墅靠在塞纳河旁。车夫就是这个弗朗索瓦,一个农村小伙子,他虽然手脚有点儿笨,但是心地十分善良,傻乎乎的,很容易受骗上当。

一天晚上,在回主人家的路上,有一条狗跟在他后面。起初他没有注意,但是那只畜生一个劲地老跟着,他很快就转过身来,看看是不是认识这条狗。不,他从来没有见过。

这是一条瘦得可怜的母狗,肚子底下垂着干瘪的乳房。它在他身后慢慢跑,夹着尾巴,耷拉着耳朵,一副饿坏了的可怜相。他停下,它也停下;他走,它也走。

他想把这只瘦得只剩下骨头架子的畜生赶开,大喝一声:"滚,快给我滚开!嘘!嘘!"它躲开几步,蹲下来,等着。车夫一走远,它又跟在后面了。

他假装捡石头。那动物晃荡着松弛的乳房,逃得稍微远一点;但是他刚一转身,它又追上来了。

于是弗朗索瓦动了怜悯心,他转身招呼它。那条母狗战战兢兢地过来,背脊弯成弓形,一根根肋骨都显露在外面。他摸摸狗头,狗显出一副可怜的样子,他十分感动。"好,来吧。"他说。它明白他已经答应收留它,立刻高兴地摇尾巴,它没有停留在新主人的腿肚间,反而在他前面跑起来了。

他把它安置在马房的草堆上,然后跑到厨房去取面包。它吃饱以后,就蜷着腰躺下,睡着了。

第二天车夫告诉了主人们，他们允许他留下它。这是一条很好的狗，亲热而又忠实，聪明而又温柔。

但是过了不久它就让人发现它有一个可怕的缺点。一年到头，它都燃烧着爱情的火焰，在短短的时间里它就认识了当地所有的公狗，它们开始没日没夜地围着它转来转去。它抱着无所谓的态度，一视同仁，跟每条公狗都相处得十分融洽。在它的身后，常常跟着一长串公狗，有的只有拳头那么小，有的却像驴子那么大。它领着它们在大路上不停地转悠，当它在草地上休息时，它们就在它身边围成一圈，伸出舌头，望着它。

当地的人认为它是个怪物，像这样的狗从来还没有人见过，连兽医也弄不懂是怎么回事。

晚上它回到马房里，那群公狗就开始向别墅发动围攻。它们从花园周围的绿篱钻进来，破坏了花圃，拱掉了花草，在花坛上刨出一个个深坑，花匠十分生气。它们整夜在马房周围叫个不停，用什么办法也不能把它们赶走。

白天它们甚至窜到房子里来，这真成了一场入侵，一场灾难。家里的人常常在楼梯上，甚至在房间里，看见翘着尾巴的黄毛小狗、猎狗、獒狗，浑身肮脏的野狗，和孩子们见了会吓得逃走的纽芬兰狗。

当地还出现了一些方圆十里内没人认识的狗，谁也不知道它们是从哪里来的，谁也不知道它们是怎么活下去的，后来它们又不见踪影了。

然而弗朗索瓦非常喜欢珂珂特。他给它取名叫珂珂特，他不断地重复说："这个畜生呀，简直跟人一样，就是不会开口说话。"

他替它定做了一条漂亮的红皮颈圈，吊着一块铜牌，铜牌上刻着这么几个字："珂珂特小姐，车夫弗朗索瓦所有"。

它的身体变得很大了，它从前瘦得出奇，如今却胖得出奇，圆鼓鼓的肚子底下仍旧挂着晃晃荡荡的乳房。发胖以后，它走路都有点困难，叉开腿，张着嘴，呼哧呼哧喘着气，刚跑上两步就累得筋疲力尽了。

此外，它还表现出惊人的生殖力，几乎是刚下崽，肚子里又有了，一年要下四窝小狗，种类各不相同。弗朗索瓦挑出一只留给它"消奶"，其余的用皮布一包，全都扔到河里去了。

但是，过了不久，那个厨娘也跟着花匠一块儿抱怨了。她在她的炉子里、碗橱里、楼梯下面放煤的小储藏间里都发现过狗，它们遇上什么就偷什么。

主人失去耐心了，他吩咐弗朗索瓦把珂珂特扔掉。弗朗索瓦很难过，他想找个地方把它送掉，但是没有人要。他下决心把它丢得远远的，于是把它交给一个赶车的，让他带到巴黎另一边——儒安维尔·勒蓬附近的田野里扔掉。

当天晚上珂珂特就回来了。

必须采取更有效的办法,他花了五法郎,把它交给开往勒阿弗尔的火车的列车长,请他在火车到达以后放掉它。

三天以后,它回到马房里,浑身疲乏,瘦削,身上有很多擦伤。

主人动了怜悯心,不再坚持了。

但是那些公狗很快又回来了,而且比以往更多、更凶。有一天晚上家里举行宴会,一条狗当着厨娘的面把一只刚烤熟的肥鸡叼走了。这是一条看门的大狗,吓得厨娘不敢和它争夺。

这一次主人真的生气了。他把弗朗索瓦叫来,怒气冲冲地说:"明天天亮以前,你要是不把这畜生扔到河里,我就把你赶出去,听清楚没有?"

车夫吓呆了,他上楼,到自己的房间去收拾行李,他情愿丢掉饭碗,也不想舍弃珂珂特。接着他想到,他带着这个惹人讨厌的小畜生,很可能什么地方也不会雇他。他想,他现在住在一个挺好的人家,挣得多,吃得好。为了一条狗,放弃这一切真是不值得啊。他犹豫再三,最后果断地决定,天一亮就把珂珂特扔掉。

他睡得很不好。天一亮,他立刻起来,拿了一根结实的绳子,去找那条母狗。它慢腾腾地爬起来,抖了抖身子,伸了伸腿,过来迎接它的主人。

他一下子失去了勇气,开始亲热地抱它,抚摸它的长耳朵,吻它的鼻子,亲热地叫唤它。

六点的钟声"当当当"敲响了。再不能犹豫了。他打开门说:"来。"那个畜生摇摇尾巴,跟着他出去了。

他们来到陡峭的河岸,他选了一处水比较深的地方。他把绳子的一头拴在那条漂亮的皮颈圈上,又捡了块大石头,拴在绳子另一头。然后他把珂珂特抱起来,像即将离别亲人似的,发狂地吻它。他紧紧搂住它,摇晃它,叫它:"我美丽的珂珂特!我的小珂珂特。"它任他爱抚,高兴地直哼哼。他一次次想扔它,一次次都犹豫了。

他猛然下了狠心,使出全身的力气,把它尽可能扔得远远的。一开始它像给它洗澡时那样试着划水,但是它的头被石头吊着,一点点往下沉。它一边朝它的主人投出慌乱的眼光,充满人性的眼光,一边像溺水的人那样挣扎着。接着前半个身体完全沉下去,只有后腿还在水面上拼命地扑腾,慢慢的后腿也消失了。

足足有五分钟,河水像烧开了似的冒着气泡。弗朗索瓦惊恐不安,心怦怦地跳,他仿佛看见珂珂特在烂泥里扭动。乡下人头脑简单,他惶恐地对自己说:"这个畜生现在一定会怨恨我吧?"

他发傻了,他足足病了一个月,每天夜里他都梦见他的狗,他觉得它在舔他的手,他听见它在汪汪叫,只能请医生来治疗。后来他渐渐地好起来了,到了六月底,他的主人们把他带到鲁昂附近的比埃萨尔，他们在那儿有一片产业。

新的住处依然靠在塞纳河边。他每天早上跟着马夫渡河，还经常在河里游泳。

有一天，他们正在水里打打闹闹。从河的上游远远飘过来一样东西，弗朗索瓦向他的同伴嚷道：

"你们看看漂过来的是什么？我请你们吃炸排骨。"

大家一起游过去，水面上漂来的是一个毛脱光、被水泡胀了的动物尸体。

弗朗索瓦划了几下，游到跟前，继续开玩笑说：

"见鬼！已经不新鲜了，个儿挺大！好家伙，一点也不瘦。"

他远远地围着那具腐烂尸体转来转去，后来他突然不吭声了，他聚精会神，非常仔细地望着它。接着，他又游近一点，想去碰碰它。他目不转睛地察看颈圈，然后伸出胳膊，抓住脖子，把尸体转了个方向，拖到跟前。发绿的铜牌仍旧吊在褪色的皮颈圈上，他念着铜牌上的字："珂珂特小姐，车夫弗朗索瓦所有"。

这条母狗死了以后，在离家六十法里以外又找到了它的主人。

他发出一声可怕的怪叫，拼命朝河边游去，一边游着，一边继续嚎叫。一上岸，他就光着身子，拼命在田野里跑。

他发疯了。

橄榄园

一

在马赛和土伦之间,皮斯卡湾里,有一个普罗旺斯省的小海港,叫加朗杜。有一天,海港上的人看见维尔布瓦长老从海上打鱼回来,急忙走下海滩,帮着把船拉上来。

船里只有长老一个人,他尽管已经是五十八岁的人了,精力却非常充沛。他像一个真正的水手那样划着桨,他袖子卷得很高,露出肌肉发达的胳膊,道袍撩起来,夹在两膝之间,胸前的钮子有几个解开了,三角帽放在身边的长凳上,头上戴着一顶白帆布面的软木铜盆帽。从外表上看,他真像一个热带地区强健而古怪的传教士,这种传教士似乎注定是为了猎奇探险而生的。

他不时地向身后望，辨认靠岸的地点，然后有节奏地用力向岸边划去，再一次让那些蹩脚的南方水手看看北方人是怎样划船的。

小船猛冲过来，碰到水底的沙，在沙上摩擦，仿佛是用龙骨在沙滩上爬行似的。它突然一下子停住，岸上有五个男人一直在望着长老划船，他们一起走过来，个个都和颜悦色，很高兴的样子。

"怎么样，鱼打得不少吧，神父先生？"其中一个人带着很重的普罗旺斯省的口音问道。

维尔布瓦长老把桨抽回船里，摘下铜盆帽，换上三角帽，捋下袖管，扣好道袍的纽扣，恢复了乡村神父的仪表和威严，得意洋洋地回答：

"是啊，是啊，打得可不少，三条狼鲈，两条海鳗和几条纪鱼。"

五个渔夫走到小船旁边，在船边俯下身子，仔仔细细地端详那些死鱼：肥而多肉的是狼鲈，扁平脑袋的是海鳗，这是一种长得很丑的海蛇。还有紫色的，带着金黄色的之字形条纹的纪鱼。

一个人说："我们把这些鱼给您送到您的小别墅去吧，神父先生。"

"谢谢，我的朋友。"

神父和他们握了握手就走了，一个人跟着他走了，其余的都留下来替他收拾小船。

　　他迈着大步缓缓走着,显得精力充沛而且神态威严。刚才划桨他用了很大的力气,身上还觉得热。走到油橄榄的树荫底下时,他不时摘下帽子,让满头又直又短的白发透透气。傍晚的空气虽然还是热烘烘的,但是已经被海上的微风吹得凉爽些了。村子出现在山谷间的一个山岗上,山谷很宽阔,一直延伸到大海。

　　这是七月的一个黄昏。耀眼的太阳眼看着要从锯齿形的群山上落下去。教士的影子变得很长,斜着投在灰蒙蒙的大路上,硕大无比的三角帽在地面上形成一大块黑影,黑影好像在做游戏,遇见每一棵油橄榄树,都要爬上树干,接着跳下来,在树与树之间爬行。

　　在夏天,普罗旺斯省的道路总是蒙着一层看不见的细灰,维尔布瓦长老的脚下扬起的这种细灰,像烟雾似的,散布在道袍的下摆。气温渐渐变得凉爽,他双手插在衣袋里往前走着,他缓慢而矫健的步伐,完全像一个山里人。他望了望村子,在这个村子里他已经当了二十年本堂神父,这是他自己的选择,经上级特别通融派给他的,他指望在这里终其天年。他的教堂在小山顶上,上面有两座大小不同的方形钟楼,四周围是沿着山坡盖的民房。在这个美丽的南方幽谷中,古老的钟楼巍然耸立——看上去不像教堂的钟楼,倒像是古代城堡的塔楼。

今天长老很高兴，因为他打到了三条狼鲈、两条海鳗和几条纪鱼。他在这里很受人敬重，尽管上了年纪，却依然是当地最强健的人，这一次他在教民们面前，又可以夸耀一番了。他枪法很好，能打断花梗儿。有时候，他还跟他的邻居，当年在军队里当过剑术教官的烟店老板比剑，他的游泳本领在这一带海岸上也是没人能赶得上的。

他曾经是德·维尔布瓦男爵，上流社会中的人物，赫赫有名，而且十分风雅。他在三十二岁的时候情场失意，于是出家当了神父。

他出身于庇卡底省的一个拥护王室、笃信宗教的古老家族，几百年来，这个家族曾经为军队、政界、教会提供过许多人才，他最初想听母亲的话投身教会，后来在父亲的敦促下，才决定来到巴黎学习法律，打算将来在法院里担任一个职务。

可是就在他完成学业的时候，他的父亲在沼泽里打猎，染上肺炎死了，他的母亲伤心过度，不久也去世了。他突然继承了一大笔财产，于是放弃了重重职业追求，安享富贵的生活。

他是一个漂亮的小伙子，也很聪明，只是思想上常常受到信仰、传统和原则的束缚，这些东西正如他那一身肌肉一样是祖宗遗传下来的。尽管如此，他还是很讨人喜欢，一些严肃的正经人很器重他，他严谨，富裕，受尊敬。在上流社

会享受着生活的乐趣。

后来在一个朋友家里,他认识了一个年轻的女演员,并且爱上了她。她是音乐戏剧学院的学生,在奥台翁剧院初次登台就红极一时。

他对她的爱情是十分强烈的。她第一次和观众见面,就非常成功;而他呢,看了她那次演出,就深深爱上了她。

她长得美艳,性情阴险,但是外表上带着一种天真烂漫的孩子气,她一下子就把他完全征服了。她使他变得若痴若狂,变成了五体投地的疯狂膜拜者,她的一个眼神就能把他烧死在爱欲的火堆里。他跟她同居了,他让她离开舞台,四年时间,他对她的爱情有增无减。毫无疑问,最后他会不顾门第,不顾家庭的传统观念正式娶她为妻,如果不是有一天,他发觉她和介绍他们认识的那个朋友早就有了私情。

更严重的是她已经怀孕了,而他呢,只等着孩子一生下来就结婚。

他手里拿到了证据,那是在一个抽屉里发现的信件,他十分气愤,粗暴的脾气全部发作了,他责备她不守妇道、阴险奸诈、寡廉鲜耻。

可是她呢,她本来就是巴黎街头的一个堕落女子,既不知什么叫羞耻,也不知什么叫贞节。她觉得什么样的男人她都能搞得定,胆子大得像一个动不动就和人拼命的村妇。她和他顶撞起来,还口出恶言侮辱他。他刚举手要打,她却指着自己的肚子让他看。

他停住手,脸色一下子变了,想到在这个被玷污了的肉体里,在这个下贱的躯体里,在这个龌龊不堪的人的身子里,有他的后代,他的一个孩子!他向她扑了过去,要把两条命一起打死,把这种双重羞耻一扫而光。她害怕了,因为她觉得自己性命难保,她在他的拳头下面滚来滚去,眼看着他要伸腿踹她的肚子,她连忙伸手挡住,大声向他喊道:

"你不要踢死我,那不是你的,是他的!"

他猛地向后一跳,神色十分慌张,他的怒气和他的脚都悬在那里不动了,他结结巴巴地说:

"你……你说什么?"

她从他骇人的眼光和动作里看到自己离死不远,突然害怕得发了狂,又说一遍:

"不是你的,是他的。"

他一下子没了力气,从牙缝里迸出了这几个字:

"你是说孩子?"

"是的。"

"你撒谎!"

他再次提起脚,这时候他的情妇已经爬起来,跪在地上,结结巴巴地说:

"我已经对你说过了,孩子真是他的,如果是你的,那我早就该怀孕了。"

这个理由竟像真理一样打动了他的心。一个人在那种时刻，会觉得一切理由都带着亮堂堂的光辉。他相信了，他深信她肚子里怀着的那个下贱的倒霉孩子不是自己的儿子，于是他如释重负，浑身轻松，几乎恢复了平静，不再想杀掉这个无耻的妇人了。

他用平静的声音对她说：

"站起来滚吧，从此别让我再见到你。"她连忙站起来，灰溜溜地走了。

他从此再也没看见她。

他自己也离开了巴黎，向南方走去。最后他在一个村子旁停住了，这个村子矗立在地中海边的一个小山谷中间。他在一家临海的小旅店住下，在那儿一待就是一年半，他伤心绝望，孤苦伶仃，挣扎在苦痛的回忆中，回忆着那个欺骗了他的女人，还惋惜着不能再得到她的陪伴和爱抚。

他在普罗旺斯省的山谷间荡来荡去，阳光透过灰白色的油橄榄树叶洒下来，照耀在他身上。

在这段痛苦孤寂的生活中，他昔日的宗教观念，他早年的信仰和热忱，又慢慢涌回到他的心里。当初他把宗教看作对付未知生活的避难所，现在他把它看作对付欺骗人、折磨人的生活的避难所。祷告的习惯他一直没有丢掉，如今的悲痛使他更热心祷告了。黄昏时候，他常常跪在昏暗的教堂里祷告，只有圣坛尽头点着一盏灯，那是天主存在的象征。

他把他的苦痛倾诉给天主。他请求天主指点他，怜惜他，帮助他，保护他，安慰他。在他一天比一天虔诚的祷词里，他的激情也越来越强烈。

他那颗受爱情折磨、创伤严重的心并未关闭，依然在悸动着，渴望着爱。现在祈祷的次数多了，隐士生活的时间长了，他的精神与天主之间建立了更加紧密的联系。渐渐地，他对天主的爱战胜了世俗的爱。

他重新回到他最初的计划上，决定把他破碎的生命贡献给教会，他本来是应该把纯洁的生命献给它的。

他当了神父。靠了家庭和朋友的关系，他得到委任，在这个他无意中碰到的村里当本堂神父。他把家产的一大部分捐出来办慈善事业，只留下一小部分，随时准备救济和帮助穷人，从此他开始了侍奉天主和关心他人的平静生活。

他是一个眼界不广，但是心地善良的神父，他是一个具有军人气质的导师。在生活的森林中，人的本能和欲望是使人迷失的歧路，他总是用强迫的方法把迷失在森林中的人们引到康庄大道上来。但是旧日的兴趣依然留在他身上。他喜爱激烈的运动、高尚的娱乐和各种武器，但是他憎恨女人，他看到女人就像孩子面对不可知的危险一样心怀恐惧。

二

跟在神父后面的那个水手完全是南方人的脾气，舌头发

痒,总是想开口说话。但是他不敢说话,因为长老在他的教民心目中有很大的威望。最后,他冒险试了一下。

"那么,"他说,"您待在您那所小别墅里挺舒服的吧,神父先生?"

他所谓的小别墅,其实就是那种小而又小的房屋,普罗旺斯城乡的居民到了夏天为了乘凉常常搬去住。神父的住宅紧贴着教堂,挤在教区的中央,实在太小了,他因此租下了这所坐落在田野里的小房子,离他的住宅有五分钟的路。

即使是在夏天,他也不常住在这乡下,他只是过一阵子来住几天,过一过万绿丛中的生活,打打靶。

"是的,我的朋友。"神父说,"我住得挺舒服。"

这所矮房子出现了,它盖在树丛中,墙壁漆成玫瑰色,从油橄榄树的枝叶间望过去,房子好像被划成长条,被剁成碎末,被切成小块。在这片没有围墙的橄榄园里,它仿佛是从地下长出来的一只蘑菇。

他们远远看见一个高个子女人在门前走来走去,她正在布置一张小饭桌,在桌上摆一份刀叉,一个盘子,一块餐巾,一块面包,一只酒杯。她头上戴着本地款式的小软帽,不知道是绸子还是黑绒的,尖顶上缀着一个白球。

长老走近房屋,向她喊道:"喂!玛格丽特!"

她停住脚步一看,认出是她的主人,便叫道:

"是您吗,神父先生?"

"是我。我给你打来了好多鱼,你马上给我煎一条狼鲈,用黄油煎,明白吗?"

那个女仆走过来,睁大眼睛端详水手带来的那些鱼。

"不过我已经做了一只白米饭烧鸡了。"她说。

"那有什么法子呀!隔夜的鱼不如新鲜的鱼好吃。我要好好美餐一顿,这不是常有的事,并且罪过也不算大。"

那个妇人挑好狼鲈带走,忽然又转身说道:

"啊!神父先生,有一个男的来找过您三趟。"

他随随便便地问道:

"一个男的?什么样的人?"

"看上去不像个靠得住的人。"

"什么?是个叫花子?"

"也许是的,我不敢确定。我看多半是个'马乌法唐'。"

"马乌法唐"是普罗旺斯土话,意思是坏人、流浪汉。维尔布瓦长老听了哈哈大笑,因为他知道玛格丽特胆子小,她住在这所小别墅里,从早到晚,特别是夜里总想到他们会被人杀害。

他拿了几个铜子给水手,水手走了。当年上流社会生活养成的卫生习惯,他都保持着,他说:"我先去洗个脸洗个手。"

这时候,玛格丽特拿着刀刮狼鲈的背脊,带着血迹的鱼鳞像银屑似的纷纷落下来。她忽然在厨房里喊了起来:

"看,他来了。"

长老转身朝大路望去,果然看见一个人迈着小步向房子这边走来,远远望去衣冠不整。他站着等他过来,面带微笑,笑他的女仆这么胆小。他心想:"说真的,她说得不错,他的确像个'马乌法唐'。"

陌生人双手插在衣兜里,眼睛盯着神父,不慌不忙地走过来。他还年轻,蓄着卷曲的胡子,帽子底下露出几绺打卷的头发。那顶帽子又脏又硬,谁也猜不出本来是什么颜色,什么形状。他穿着一件栗色的长外套,裤脚磨得跟狗牙似的。脚下蹬着一双绳底帆布鞋,走起路来软绵绵的,没有声响,他的步子也是流浪汉那种鬼鬼祟祟的步子。

等他走到离神父只有几步远的时候,他摘下他那顶遮着前额的破帽,像演戏似的脱帽行礼,露出了一个憔悴的、放荡的但并不难看的脑袋,头顶有点脱发,这是过度疲劳或是纵欲过度的特征,因为这个人的年龄绝不会超过二十五岁。

神父也脱帽行礼,他察觉出来这不是普通的流浪汉、失业的工人或是经常出入监狱的惯犯。

"早安!神父先生!"那个人说。

神父只说了声"您好",他不愿意对这个形迹可疑、衣衫褴褛的过路人称呼先生。他们互相仔细地打量着,这个流浪汉的眼神使维尔布瓦长老感到慌乱和激动,就像遇到了一个不知底细的敌人似的,他打了一个冷颤,心里充满了不

安。

最后那个流浪汉终于说:

"怎么样,您认出我来了?"

神父大吃一惊,回答:

"没有,没有,我不认识您。"

"啊!您不认识我。请您再仔细看看我!"

"看也没用,我从来没见过您。"

"这倒是真的。"那个人带着嘲弄的神气说,"不过我可以让您看一个您更熟悉的人。"

他重新戴上帽子,解开外衣的纽扣。外衣里面就是赤裸的胸膛。瘦肚子上束着一条红色裤腰带。

他从衣袋里掏出一个信封,这个信封脏得要命,上面有各种各样的污迹。这种信封经常夹在流浪汉的衣服夹层里,不管什么文件,真的或假的,偷来的或合法的,凡是在碰到宪兵时能够用来保护自己的文件,都收藏在里面。他从信封里抽出一张照片,这是一张跟信封一样大的硬纸板,上面粘着照片。因为长期丢来丢去,又被这个人贴肉的热气熏蒸,现在已经变得又黄又破,暗淡无光。

他把这照片举在自己的脸旁,问道:

"这个人,您认识吗?"

长老向前走了两步,仔细一看,大惊失色。那是他自己的照片,是在他遥远的爱情时代里为"她"拍摄的。他没有

回答,因为不明白究竟怎么回事。

那个流浪汉又说:

"这个人您认出来了吗?"

神父结结巴巴地说:

"认出来了。"

"是谁?"

"是我。"

"真的是您?"

"当然。"

"好!现在请看看我们两个,您的照片和我。"

这个可怜的人,他已经看出来了。照片上的人和面前的这个人,就跟两兄弟似的相像,但是他还是不明白,于是结结巴巴问道:

"您究竟想干什么?"

那个乞丐凶狠地说:

"我想干什么?我要您先承认我!"

"您到底是谁?"

"我是谁?您到大路上去问问随便哪一个人,不妨先问问您的女佣,您要是愿意的话,咱们一起去问问村长,把这个东西给他看看,我敢担保,他就会立刻笑出来。啊!您不愿意承认我是您的儿子,我的神父老爸?"

老人举起了双手,做出在绝望中哀求天主的姿势,叹息

着说：

"这是没有的事。"

年轻人走上前去，面对面地紧挨着他：

"啊！这是没有的事！啊！长老，别再继续撒谎了，听见没有？"

他一脸凶相，两手握着拳头，说话时满怀信心，使得神父一面不住往后退，一面思忖着，他们两人之中究竟是谁搞错了？

然而，他又一次肯定地说："我从来没有过孩子。"

那个人马上反驳："连情妇也没有，是吗？"

老人断然地回答：

"有过。"

"这个情妇被您赶走的时候，没有怀着孕？"

二十五年压抑着的怒火，并未压灭，只是封闭在这个痴情男子的心底里，被信仰、虔诚心境筑起的拱顶覆盖着，如今它一下子冲破了拱顶，他暴跳如雷，大声叫道：

"我赶走她是因为她欺骗了我！因为她怀着的孩子是别人的，不然的话，我早就把她打死了，把她和孩子一起打死了。"

那年轻人有点踌躇，神父这种出于真诚的愤怒使他感到意外，于是他比较温和地问道：

"谁告诉您那是别人的孩子？"

"是她,是她跟我吵架时候亲口说的。"

那个流浪汉并不反驳这句话,却用流氓无赖评断别人是非的随便口气说:

"那么,就是妈妈跟您吵架的时候,她自己也弄错了。就是这么回事。"

长老在这一阵狂怒过去之后,重新控制住自己,他询问对方:

"可又是什么人告诉您,说您是我的儿子呢?"

"是她,临死的时候,神父先生……还给了我这个东西。"

他把那张照片送到神父眼前。

老人把照片接了过来,忧心忡忡,慢慢地、久久地把这个陌生人跟自己当年的照片作了比较,他不再怀疑了。的确是他的儿子。

他心里感到一阵强烈的苦痛和说不出的激动,非常难受,如同对往日罪恶的忏悔。他有点明白了,其余的情况也能猜到,分手时的粗暴场面又出现在眼前。在受辱的男人的威胁下,那个女人,那个不忠实的坏女人,为了捡回自己的性命,对他撒了这个谎。谎言成功了。他的亲骨肉生下来了,长大成人了,变成了这个肮脏的流浪汉,跟山羊满身膻味一样,他满身都是堕落腐朽的臭气。

他低声说:

"跟我走一会儿吧,让我们好好谈谈,行不行?"

那个人冷笑了一声:

"当然好!我就是为这个才来的。"他们并肩在橄榄园里走着。太阳已经落下,黄昏凉气给田野罩了一件看不见的寒冷外衣。长老打着寒颤,他不知不觉地抬起眼睛,看见四周到处都有圣树的小叶子在天空下簌簌抖动,这圣树曾经用它稀疏的树荫笼罩过基督最大的痛苦,基督一生中仅有的一次软弱。

他不由自主地祷告起来,那是在心里面默默的祷告,信徒常常用这种方式哀求天主:

"啊,上帝啊,请你救救我吧!"

随后,他转脸望着他的儿子:

"这么说,您的母亲死了?"

在说"您的母亲死了"的时候,他感到一阵新的悲伤,一下子揪紧了他的心。他感到一种不可思议的痛苦,是他往年遭受的折磨的残酷回声。也许还不止于此,因为她已经死了。他感到了青年时代那种令人发狂的幸福悸动。而如今,他的青年时代除了回忆的创伤以外,什么也没有留下。

年轻人回答:

"是的,神父先生,我的母亲已经死了。"

"已经很久了吗?"

"是的,已经有三年了。"

神父又起了疑心：

"那您为什么早不来找我呢？"

那个人有点犹豫。

"我遇到了别的麻烦……请原谅我暂时不想说这些事，以后我再把这些秘密讲给您听，多详细都可以，现在我得告诉您，从昨天早晨到现在，我什么都没有吃过呢。"

一阵怜悯心震动了老人的全身，他伸出两手。

"我可怜的孩子！"他说。

年轻人握住伸过来的手，他的手细长、潮湿。老人把他的手紧紧握住。

他用那种改不掉的玩世不恭的神气说：

"很好！说真的，我开始相信咱们会谈得拢了。"

神父迈步走了。

"我们去吃晚饭吧。"他说。

他心里忽然产生一种本能的、异样的愉快。想到他刚打鱼回来，再加上米饭烧鸡，这对这个可怜的孩子来说，算得上是一顿丰盛的晚餐了。

那个阿尔县的女人很不放心，她一直在门口等着，嘴里不停地嘀咕。"玛格丽特！"长老喊道，"把桌子搬进去，放到屋里，快点，快点，摆两份餐具，要快点！"

女仆一想到主人要跟这个坏人一起用餐，吓得愣在那里。维尔布瓦长老于是亲自动手，把餐具带到楼下的客厅里去。

五分钟以后，他已经和那个流浪汉面对面地坐下，面前放着满满的一盆白菜浓汤，汤盆上升起一片热气。

三

等到两人的盘子里盛满菜汤后，那个流浪汉狼吞虎咽地吃起来。长老已经不感到饿了，只一小口一小口喝着香喷喷的浓汤，让面包留在盘底里。忽然他问道：

"您姓什么？"

那个人肚子已经填饱了，他感到很满意，听了这话笑了起来。

"既然我一直没有父亲，"他说，"不能姓别的，只好姓我母亲的姓，这个姓您也许还没有忘记。可是我的两个名字，那可不是我的意思，叫做菲利普·奥古斯特。"

长老脸色煞白，嗓子发哽，问道：

"为什么给您起这两个名字？"

流浪汉耸了耸肩膀。

"您猜也猜得出。妈妈离开您之后，就想让您的情敌相信我是他生的，一直到我十五岁以前，他还差不多相信。可是后来我长得实在太像您了，这个混账东西就不承认我是他儿子了。但是他的两个名字菲利普·奥古斯特已经给我了。如果我运气好，谁也不像，或者我是第三个没有露面的混蛋生的,那么今天我就可以叫做菲利普·奥古斯特·德·普拉瓦隆子爵,是参议院普拉瓦隆伯爵的养子了。因此我自己给我起了个名字叫'不走运'。"

"这些事,您是怎么知道的?"

"因为他们当着我的面争吵,并且吵得很凶,唉!见鬼啊!就是这样我明白了什么是生活。"

一种东西压得神父透不过气来,他感到痛苦,感到憋闷,而且越来越厉害!他担心自己会被憋死。之所以会这样,并不是因为刚才所听到的事情,而是由于那个无赖讲述事情的方式和那副流里流气的下贱面孔。他开始觉察到,在这个人和他之间,在他的儿子和他之间,有一道精神上的污秽的坑,而这对心灵来说是致命的毒药。这个家伙真是他的儿子吗?他不能相信。他需要所有的证据,他需要知道一切,了解一切,什么都听一听,什么都忍受一下。他再一次想到环绕着小屋的那些油橄榄树,他又喃喃地祷告:"啊!我的主呀,救救我吧。"

菲利普·奥古斯特把汤喝完了,问道:

"没别的吃啦,长老?"

厨房在房子外面,玛格丽特听不见神父的叫声。他有什么需要的时候,就在挂在墙上的中国铜锣上敲几下。

他于是拿起皮包头的锤子敲起锣来。锣声想起来,开始很弱,随后响亮起来,变成了尖锐、刺耳、可怕的声音,仿佛是挨了打的铜器在哭诉。

女仆出现了。她紧皱着眉头,怒气冲冲地看着这个"马乌法唐"。就像一只忠心耿耿的狗,已经预感到降临在主人身上的悲剧。她手里端着的煎好的狼鲈,发出喷鼻的香味。长老用调羹把鱼从头到尾划成两半,把鱼背那一半给了他的儿子。

"这是我刚才捕来的。"他说。在痛苦之中仿佛流露出一点儿得意。

玛格丽特没有走开。

神父又说:

"拿酒来,要好的,科西嘉海角的白葡萄酒。"

她几乎要做出反抗的手势,他板起面孔再说一遍:"去吧,拿两瓶来。"请人喝酒,这在他是不常有的乐趣,因此他也要请自己喝一瓶。

菲利普·奥古斯特这下高兴了,喃喃地说:

"妙啊!我好久没有这么吃过了。"

两分钟之后,女仆回来了。长老觉得这两分钟简直长得没有尽头,因为他需要知道一切,这种需要像地狱中的烈火,在他心中灼烧。

酒瓶打开了,可是女仆没有走开,两眼直勾勾地盯着那个人。

"你去吧。"神父说。

她假装没听见。

他几乎用斥责的口气说:

"我已经吩咐过,请你走开。"

她这才走出去。

菲利普·奥古斯特狼吞虎咽地吃着鱼,他的父亲看着他。在这张和自己如此相像的面孔上,竟会有这么多下流的东西,他感到惊奇,也愈加伤心。维尔布瓦长老把鱼送到唇边,忽然嗓子眼发紧,咽不下去了。他久久地咀嚼着,他心里琢磨,在一堆涌到脑海里的问题中,哪一个是他希望尽快得到答案的。最后他低声问道:

"她是什么病死的?"

"肺病。"

"病了很久吗?"

"差不多一年半。"

"怎么得的病?"

"不知道。"

两人都不说话了。长老在思索。这么多的事压在他心头,自从他把她赶走的那一天起,他一直没有听到她的任何消息。当然他也并不想知道,因为他曾经断然把她和自己的幸福日子都扔进了忘却的鸿沟里去了,可是现在她已经死了。突然之间,他的心里产生了一种好奇的愿望,一种含着妒意的愿望,几乎是一个情人才有的愿望。

他继续问道:

"她不是单独一个人,对不对?"

"对,她一直是跟他在一起。"

老人不由得打了个哆嗦。

"跟他?跟普拉瓦隆吗?"

"当然。"

他想了一下,欺骗他的这个女人跟他的情敌一起过了三十多年。

他结结巴巴地问道:

"他们在一起幸福吗?"

年轻人冷笑着回答:

"幸福,有时很幸福,有时候差一点。如果没有我那就好啦。什么事都是因为我变糟了。"

"怎么会呢?为什么?"神父说。

"我已经跟您讲过啦。在我十五岁以前,他一直以为我是他的儿子。不过这个老头儿,他并不傻,他发现了我像谁以后,就常常跟她吵。我呢,就在门外偷听。他责备妈妈不该让他上这个圈套。妈妈就反驳:'那怪我吗?你要我的时候,明明知道我是别人的情妇!'那个别人,就是您。"

"啊!他们有时候也谈起我?"

"是的,不过当着我的面,他们从没有说出您的姓名,只是到了后来,到了最后,妈妈知道自己不行啦,在临死的

那几天才说出来。不管怎么样,他们是存着戒心的。"

"那么您……您早就知道您母亲干了不正当的事了吗?"

"当然!我,我又不傻,我从来就不傻。从我懂事起,这些事情都被我猜到了。"

菲利普·奥古斯特一杯接一杯地自斟自饮,两眼闪着亮光,饿得时间太久,醉得也快。

神父看出他醉了,本想阻拦他,后来转念一想,喝醉的人会不顾后果,口无遮拦,于是拿起酒瓶,又给年轻人把酒杯斟满。

玛格丽特端来了白米饭烧鸡。她把菜放在桌上,又瞪着眼睛看着那个流浪汉,然后气哼哼地对主人说:

"您倒是看看啊,他已经醉了,神父先生。"

"别管我们。"神父说,"你走开吧。"

她砰地关上门走了。

他问道:

"您母亲都说过我什么?"

"还不是一个女人寻常说她甩掉的男人那套话,什么您脾气难对付啦,叫女人感到讨厌啦,霸道啦,女人跟着你没法过日子啦……"

"她经常这么说吗?"

"是的,有时候为了不叫我听懂,故意不说明白,但我全都猜出来了。"

"您呢，在那个家庭他们是怎么对您的？"

"对我吗？开始很好，后来很坏。当妈妈看出来我坏了她的事以后，她就把我撵走了。"

"怎么会这样呢？"

"怎么会这样？很简单。在十六岁那年，我干了一件荒唐事，这些坏蛋为了拔掉我这个眼中钉，就把我送到管教所里。"

他两肘往桌上一支，手捧着脸。完全醉了，他神智迷糊，颠颠倒倒，这种时候，醉汉们总是会感到一种不可抵抗的愿望，想谈谈自己。

他和悦地微笑着，唇上带着一种女性的媚态，这是一种邪恶的媚态，神父一看就认得。当年他曾经被这种媚态征服过，堕落过，他不但认得而且还感到它既可恨又让人舒服。这个孩子长得更像他的母亲，不是相貌上像她，而是那副虚伪的眼神像她，特别是骗人的微笑更像她，他唇上的微笑就像是打开了嘴的一道门，要把一肚子坏水放出来似的。

菲利普·奥古斯特讲起来了：

"哈！哈！哈！自从我进过管教所以后，我的那种生活啊，真是稀奇古怪的生活，一个伟大的小说家肯定会出大价钱来买的。大仲马在他的《基督山伯爵》里，也没有写出比我的经历更古怪的事情。"

说到这里，他停了下来，想了一会儿，然后又慢慢地说

了起来：

"要是打算让一个孩子变好，不管他干了什么事，千万别把他送到管教所去，因为他在那里可以学会好多坏事。我呀，我开了一个挺有趣的玩笑，可是结局太坏了。有一天晚上，大概九点多钟，我跟三个同学在福拉克渡口的大街上闲逛，我们四个人都喝醉了，忽然遇见一辆马车。赶车的和坐在车里的一家人都睡着了，他们是玛蒂农附近的居民，在城里吃完晚饭然后回家。我抓住马的缰绳，把它引到船上，把船往河心里一推。赶车的家伙听见响声惊醒了，什么都不看，举起鞭子一挥，马猛地迈步，拖着车子掉进河里，全淹死了。同学们告发了我。当初他们在我开玩笑的时候都哈哈大笑。说真的，我真没想到事情会搞得这么糟。我们原来只想让他们洗个澡，跟他们开个玩笑。

"从那以后，我干了不少更厉害的事，为的是报仇，因为就为那件事实在犯不着把我送进管教所里。不过这些都不值得讲给您听。我只把最后一件给您说一说，因为这一件您听了一定会高兴。我替您报仇啦，爸爸。"

长老十分紧张地望着他的儿子，他什么也不吃了。

菲利普·奥古斯特正准备说下去，神父说：

"不，现在先别说，等一会儿。"

他转身敲了一下铜锣。

玛格丽特马上就来了。

她的主人声音严厉，她吓得低下了头。他命令她：

"把灯还有你准备好的食物都拿上来，以后我不打锣，你就不要再进来。"

她走了出去，把一盏白瓷灯，一大块干酪，还有水果放在桌布上，走了。

长老对他说：

"现在，讲给我听吧！"

菲利普·奥古斯特在自己的盘里装满水果，把酒杯斟满。两瓶酒都快喝完了，虽然神父一点也没碰。

年轻人嘴里含着吃的，再加上酒喝多，舌头已经不听使唤，他结结巴巴地接着讲下去：

"最后一件事是这样的。那可是大事啊。我回到家里……就赖着不走，他们尽管不愿意，也无可奈何，因为他们怕我……啊！我这个人，可不是好惹的，要是把我惹急了，我什么都干得出来……您知道……他们说是在一起过日子，其实也不在一起过日子。他有两个家，一个是参议员的家，一个是情妇的家。不过他在妈妈这个家待得多，回自己家待得少，因为他离不开她。啊！妈妈，她真能干！她懂得怎样让一个男人听话！她把他整个身心都拴住了，一直到死都是。男人多傻啊！总之，我回到家了，他们怕我，对我服服帖帖。我这个人到了必要的时候是足智多谋的，耍坏，使心计，动拳头，我样样在行，我谁也不怕。可是后来妈妈病

倒了,他把她安置在默朗附近的一所房子里,周围的花园跟森林一样大。她病了一年半……这个我已经对您说过了。后来她的死期已经不远了,他每天都从巴黎来看她,他很悲痛,真的很悲痛。

"一天早晨,他们在一起谈了一个钟头的话,我正在想他们有什么可谈的,他们把我叫进去了。妈妈对我说:

"'我快死啦,有一件事,虽然伯爵不愿意,我还是要告诉你。就是你的亲生父亲的名字,他现在还活着。'她提到他的时候总是称呼他伯爵。

"我曾经问过她不下一百次……一百多次……我的父亲叫什么名字……一百多次……她总是不肯告诉我。我记得有一天为了叫她开口,我还打了她几个耳光,可是没有一点用处。后来为了免得我再闹,就对我说您已经死了,一个子儿也没留下。她说您是个没出息的人,说她年轻的时候一时荒唐,一时大意。她说得天花乱坠,我就信啦,相信您已经死了。

"她对我说道:

"'我要告诉你的就是你父亲的姓名。'

"那一位坐在一把扶手椅上,一连这样说了三遍:

"'不应该说的,不应该说的,不应该说的,罗塞特。'

"妈妈坐在床上,颧骨通红,眼睛发亮,她当时的神情我现在还记得,因为不管怎么样,她还是很爱我的。她对他说：

"'那么您帮我照顾他吧，菲利普。'

"直接和他说话的时候，她叫他菲利普，我呢，她就叫我奥古斯特。

"他跟疯子似的喊了起来：

"'照顾这个下贱的东西？休想，他是个下流胚子，是个惯犯，这个……这个……这个……'

"他说出了一大堆恶名来，好像他一辈子没有做别的事，光在搜寻这些名称似的。

"我正要发脾气，妈妈拦住了我。她对他说：

"'那么您是想叫他饿死？我是一个钱也没有了呀！'

"他一点也不慌张，沉着地说：

"'罗塞特，三十年来，我每年给您三万五千法郎，加起来有一百多万了。您靠着我过着衣食无忧的幸福生活，这个恶棍毁了我们最后这几年，我没有什么对不起他的地方，他也别想我给他留什么。不用争辩了，您愿意把那个人的姓名告诉他，那随您的便。我很遗憾，但是我不再管了。'

"妈妈朝我转过脸来。我心想：'好！这回我可以找到我真正的父亲了！他如果是个有钱人，我就得救了。'

"她接着说：

"'你的父亲，德·维尔布瓦男爵，现在叫维尔布瓦长老，是离土伦不远，加朗杜那里的本堂神父。他是我以前的

情夫。'

"接着,她把一切都告诉我了,只是没提在怀孕这件事上她是怎样哄骗您的。可见,女人是从来不说实话的。"

他冷笑着,一肚子肮脏的话冲口而出,他还继续喝酒,脸上总是笑眯眯的:

"过了两天,妈妈就死了。我和他,我们两人跟在棺材后面,把她送到坟地……奇怪不奇怪,您说,我和他两个人……还有三个仆人……再没别人了。他哭得跟泪人一般……我们并排走着……就像是爸爸带着儿子。

"随后我们回到家里。只剩了我们两个人。我心想:'不走不行了,可是身上一个子儿也没有啊。'当时我身上只有五十法郎。我能想什么法子来报这个仇呢?

"他碰了碰我的胳膊,对我说:

"'我有话要和你谈谈。'

"我跟他走进书房。他在桌前坐下,眼泪汪汪地对我说,他并不想像他对妈妈说过的那样狠心地对我,他劝我不要来打扰您。他给了我一张一千法郎的钞票……一千法郎……一千法郎……像我这样一个人,一千法郎有什么用处?我看见抽屉里还有钞票,一大堆钞票。一看见钞票,我就起了动刀子的念头。我向他伸手,可是没有接受他的施舍,却一步蹿过去,把他摔倒在地上,掐住他的脖子,一直掐到他翻了白眼。后来我看他要死过去了,才松开手,然后拿东西塞住他的嘴，把他捆起来，剥掉衣裳，翻过来背朝着天，然后……哈！哈！哈！……我替您报仇了！"

菲利普·奥古斯特说到这里，高兴得透不过气来，他咳嗽起来，嘴角依然带着残忍而得意的笑。维尔布瓦长老在这张笑脸上又看见了当初使他神魂颠倒的那个妇人。

"后来呢？"他问。

"后来呀……哈！哈！哈！……壁炉里生着旺火……当时是十二月……天气非常冷……生的一炉煤火……我拿起了火钩子……我把它烧得通红……然后在他背上烫了几个十字，是八个还是十个，我现在说不上来了，然后我把他翻过来，在他肚子上也烫了一样多的十字。您说，这有多妙啊，爸爸！从前就是这样给苦役犯烫印记的。他的身子像鳗鱼一样扭来扭去……但是我把他的嘴塞得很严实，他叫不出来。然后我拿起钞票，一共是十二张，加上我原有的一张，十三张，这数目没给我带来好运气。我临走的时候吩咐那些当差的，晚饭以前别打扰伯爵老爷，他在睡觉。

"我当时以为他不会说出去的，因为他是参议员，怕丢脸。可是我想错了，四天之后，我在巴黎的一家饭店里被人逮住，在牢里蹲了三年。我没能早点来找您，就是因为这个原因。"

他又喝酒，然后嘟嘟囔囔，含糊不清地说下去：

"现在……爸爸啊……神父爸爸！……有一个神父做爸

爸,这多么滑稽啊!……哈哈!你对儿子可得客气点啊,因为儿子可不是一般人啊,他已经干过一桩非同小可的事了,对不对?……一桩非同小可的事……对付那个老头子……"

当年在不忠的情妇面前,维尔布瓦长老曾经燃起一股使他发疯的怒火,现在在这个凶恶的流浪汉的人面前,那股怒火又涌了上来了。

过去在听忏悔时,许多人都曾低声把卑鄙可耻的事情说给他听,他都以天主的名义宽恕了,如今这种事情降临到自己头上,他却没有丝毫的怜悯和仁慈,他也不再去求助那位有求必应、慈悲为怀的天主,因为他明白这么坏的坏蛋,无论上天或人间的庇护都无法拯救他了。

他的心胸本是热情的,他的血性本是狂暴的,他心中存在的那股力量,原已被神父的职务磨得熄灭了,如今又猛烈地燃烧起来,变成一股不可抗拒的憎恨。他憎恨这个万恶之徒居然是他的儿子,憎恨他像自己,又像那个卑贱的母亲,她把他孕育成和她自己一样的坏蛋,他憎恨命运把这个无赖牢牢地钉在他这个做父亲的脚上。

二十五年来他一直处在虔诚敬神的平静中,在这个打击下,他醒过来了,他敏锐地看清楚了局面,并且预见到了一切。

他觉得,要让这个恶人有所忌惮,必须对他强硬些。必须给他一个"下马威"才行。他不管他是不是已经烂醉,咬

牙切齿地对他说：

"现在，您把一切都对我讲了，该听听我怎么说了。明天早上您就走！您以后就住到我指定的地方去，没有我的命令不许离开。我可以给您一笔生活费，够您用的，不过数目很少，因为我没有多少钱。只要有一次您违背我的命令，那一切就都完了，到那时您就会知道我的厉害！"

菲利普·奥古斯特虽然已经醉得糊里糊涂，但是这个威胁他听得懂，他身上潜伏着的犯罪念头一下子冒出来了。他打着酒嗝对神父说：

"啊！爸爸，别跟我来这一套。你是本堂神父……你掌握在我的手心里……你也会跟别人一样老老实实的！"

长老吃了一惊，这个年老的大力士恨不得冲上去把这个怪物抓住，像折筷子似的把他折断，叫他知道不让步是不行的。

他将饭桌向那个人的胸口推去，大声叫道：

"啊！当心！我谁也不怕……"

那个醉鬼失去了重心，在椅子上摇晃，他觉得自己快要跌倒了，随时会被神父制服，于是眼中露出了杀人犯的凶光，伸手拿起桌上的一把刀子向长老伸过去。维尔布瓦长老看见了这个动作，使劲一推桌子，他的儿子翻倒在地上。灯滚下去熄了。

几秒钟的工夫，黑暗中响起了一阵轻微的玻璃杯的碰撞声,然后有柔软的身躯在石板地上爬动的声音,以后就什么声音也没有了。

突然来临的黑暗笼罩着他们俩,黑暗来得那么快,那么出人意料,那么浓厚,他们都被吓住了。醉鬼蜷缩在墙边,不再动弹,神父依然坐在椅子上,沉浸在黑暗里、黑暗淹没了他的怒火,打断了他的狂怒,他心中那股邪火熄灭了,他产生了别的念头,跟黑夜一般黑,一般凄凉的念头。

一片沉寂,像坟墓里一样沉寂,沉寂中好像没有任何东西活着。外面也没有任何声息传进来,远处没有车声,没有狗吠,甚至没有穿过树枝或掠过墙头的风声。

过了很久很久,也许有一个小时。铜锣突然响了。铜锣只敲了一下,又重,又猛,又响。紧跟着有什么东西倒了下来,椅子也被撞翻了。

玛格丽特时刻注意着动静,一听见锣声就奔来了,可是她打开门,眼前一片漆黑,吓得她直往后退。她浑身战栗,心怦怦跳,上气不接下气地低声叫道:

"神父先生,神父先生!"

没有人回答,也没有任何动静。

"上帝啊,上帝啊。"她心里念叨着,"这是怎么啦?出了什么事啦?"

她不敢往前走,也不敢回去拿灯,她想逃走,想喊叫,她感到自己两腿发软,眼看着就要倒下去了。她一遍又一遍地叫：

"神父先生！神父先生！是我，我是玛格丽特！"她虽然害怕，可是却出于本能想要援救她的主人。她在惊恐中一下子大胆了起来，她跑到厨房，端回一盏油灯。

她在门口站住了。她先看见那个流浪汉，挨着墙直挺挺地躺着，他睡着了，或者说，看上去像睡着了。接着她看见那盏打碎的灯，桌子下面维尔布瓦长老的两只黑脚和两条穿着黑袜子的腿，他大概是仰面倒下来的，头碰到了铜锣。

她吓得心怦怦跳，两只手哆嗦着，一遍遍说：

"我的天啊！我的天啊！这是怎么啦？"

她迈着小步慢慢向前走，忽然脚踏在什么滑腻腻的东西上，差点儿摔倒了。

她弯下腰，只见红色的石板地上，有红色的液体在流动，在她两脚周围蔓延，向门口流过去。她猜到这是血。

她发了疯，撒腿就逃，把灯一扔，什么也不想再看了。她越过田野朝村子奔去，两眼盯着远处的灯光，喊叫着朝前跑，还撞着了许多树木。

她的尖锐的叫声像猫头鹰一样凄厉，在黑夜中散开，她不停地喊着："马乌法唐……马乌法唐……"

她一口气跑到村口，人们慌张地走了出来围住她，她拼命挣扎，一言不发，因为她的神智已经不清楚了。

最后大家才弄清楚，神父住的地方出了事。一群人带着

武器赶去援救。

　　橄榄园里的小别墅在深沉的夜里变得乌黑，看不出来了。从窗口射出的灯光熄灭以后，这所房子就淹没在黑暗中，迷失在一片漆黑中，不是本地人休想找到它。

　　过了一会儿，人们点着灯，穿过树丛朝这所房子走来。干枯的草地上出现了一长条黄色的亮光。在这些游移不定的亮光下，油橄榄树弯曲的树身有时像怪物，有时像地狱里纠结在一起的毒蛇。灯光在黑暗里照出了一样模模糊糊的白东西，小房子的矮墙很快地在许多灯笼前面又恢复了它本来的颜色。几个乡下人手提灯笼走在前面，后面跟着两个握着手枪的宪兵、森林看守人、村长还有被人搀扶着的玛格丽特，她已经衰弱不堪了。

　　屋门敞开着，他们犹豫了一会儿。宪兵班长抓过一个灯笼，走了进去。其他人都跟在后面。

　　女仆没有撒谎。地上的血已经凝住了，跟地毯似的盖在地面的石板上。血流到那个流浪汉身旁，他的一条腿和一只手都泡在血里。

　　父亲和儿子都睡着了。父亲的喉咙割断了，长眠不醒了；儿子是酩酊大醉，睡着了。两个宪兵猛扑过去，没等他醒过来，手铐已经套在他的手腕上。他大吃一惊，揉了揉眼睛，还醉得糊里糊涂呢。可是等他看见了神父的尸首，他好像害怕了，而且困惑不解，什么都不明白。

"他怎么没逃跑呢?"村长说。

"他醉得太厉害了。"宪兵班长回答。

大家都同意他的意见,因为谁也没有想到维尔布瓦长老会自杀。

小酒桶

　　希科老板是在埃佩维尔镇上开客店的,他把马车停在玛格卢瓦尔老婆婆的庄门前。他是一个大个子,四十岁,满面红光,腆着大肚子,本地人都知道他阴险狡猾。

　　他把马拴在栅栏门的木桩上,进了院子。卢瓦尔老婆婆家有一块地和他家紧挨着,他早就对这份产业垂涎三尺。他曾经不下数十次地想把它买下来,可是老婆婆总是固执地拒绝:"我生在这块地上,我也要死在这块地上。"

　　他进去的时候,她正在门前削土豆。她七十二岁了,满脸皱纹,全身干瘪,伛偻着腰,可是精神却跟年轻姑娘一样,永远不懂什么叫累。希科跟好朋友似的拍拍她的背,坐在她旁边的一张小矮凳上。

　　"喂!老婆婆,身子骨儿还是这么硬朗?"

"还算不错,您怎么样,普罗斯佩老板?"

"唉,唉!就是有点儿风湿病,其他都挺好的。"

"那太好了,太好了。"

她什么也不再说了,希科看着她干活。她的手指像钩子似的,满是筋疙瘩,从筐子里拿起一只只灰色的土豆,飞快地转动,另一只手拿着一把旧刀子削着,长条的皮挨着刀刃掉下来了。土豆整个都变成黄色时,她就把它扔在一个水桶里。三只胆大的老母鸡一个跟着一个走过来,一直走到她的裙子底下啄土豆皮,叼到土豆皮就急急地逃开了。

希科好像很为难,迟疑不决,心神不定,他话已经到了嘴边,却又不便说出口来。最后,他下了决心:

"我说,玛格卢瓦尔老婆婆……"

"你有什么吩咐?"

"这座农庄,您还是不肯卖给我?"

"不行。您就别指望了。已经说过的事,别再啰嗦了。"

"可是我想出了两不吃亏的办法。"

"什么办法?"

"是这样的,您把地卖给我,可是还归您保管。您不明白吗?我想慢慢解释给您听。"

老婆婆停止了削土豆,起皱的眼皮缓缓张开,露出一双闪闪发亮的眼睛,盯着客店老板。

他接下去说:

"是这样的。我每个月给您一百五十法郎。听清楚了吧!每个月我都坐我的马车来给您送钱。送三十枚五法郎一个的银币。可是一切都照旧,您还住在您的家里,我这方面,丝毫用不着您操心,您什么也不欠我的。您只管拿我的钱就是了。这样行吗?"

他说完很愉快地,心平气和地看着她。

老婆婆不放心地打量他,琢磨这里头有没有什么圈套。她问道:

"这是我这一方面,您那方面呢,这座农庄,您还是不能到手啊!"

"这个,您不用操心。老天爷让您活一天,您就在这儿住一天。这是您的家。不过您得到公证人那儿去给我立张字据,等您百年之后,农庄就归到我名下所有。您没有亲生儿女,只有几个侄子,跟您也不常走动。这样行吧?您生前保留着您的产业,我每月给您三十枚五法郎一个的银币。这完全是您的赚头儿。"

老婆婆感觉惊奇,忐忑不安,有点心动了。

她回答说:

"这倒不是不可以。不过我得在这件事上好好琢磨一下。下星期您再来一趟,咱们谈一谈,我再把我的决定告诉您。"

希科老板起身走了,他非常高兴,就像一个国王刚刚征服了一个国家。

玛格卢瓦尔老婆婆心事重重。当夜她就没睡着。整整四天,她拿不定主意,非常苦恼。她确实感到这里面有对她不利的地方,可是一想到每月有三十个银币,白花花的银币流到自己的围裙兜里,什么事也不用做,天上掉下这笔钱来,贪心就跟虫子似的乱咬了。

她跑去找公证人,把事情说给他听。他劝她答应希科老板的建议,不过应该要求五十个银币,而不是三十个,因为她的农庄起码值六万法郎。

"如果您再活上十五年,"公证人说,"按照这种付款的方式,他只需要付出四万五千法郎。"

老婆子一听说每个月可以收入五十枚五法郎一个的银币,惊喜得直打哆嗦,不过她还是不放心,既怕那些预料不到的事,又怕里面藏着阴谋诡计,她始终不肯走,一直待到天黑,不停地问长问短。最后,她叫公证人预备字据,头昏脑涨地回了家,仿佛喝了四罐新酿的苹果酒。

等希科再来的时候,她先是装腔作势,说自己不答应,可是心里悄悄地犯嘀咕,生怕他不同意给五十枚五法郎一个的银币。后来他软磨硬泡,不肯罢休,她于是把她的希望提了出来。

他失望得跳了起来,一口回绝。为了说服他,她讲了好多道理,说她可能活不了多久。

"我顶多再活个五六年。我现在快七十三了,身子骨儿

并不结实。有天晚上,我以为我要死了。就好像有人把我身体里的东西掏空了,后来人家只好把我抬上床去。"

不过希科不上她的当。

"别说了,别说了,您这个老滑头,您的身体跟教堂的钟楼一样结实,您至少可以活到一百一十岁。您一定死在我后头。"

一整天的时间就消磨在这种争论中。老婆婆始终也不让步,最后,客店老板只好答应给她五十枚银币。

第二天,他们在字据上签了字。老婆婆还额外要了十枚银币作酒钱。

三年过去了,这位老太太非常健壮。她好像一天也没见老,希科失望极了。他觉着这笔钱好像已经付了半个世纪,他觉着自己受骗了,上当了,破产了。过一阵子他就去看望一下老婆婆,就好像农民在七月天到地里看麦子,看看是不是已经熟得可以收割了。她用狡猾的眼光接待他,她因为自己能够这样捉弄他而洋洋得意,他呢,立刻就回到他的小马车上走了,嘴里嘟嘟囔囔地说:

"你这个老不死的贱骨头!"

他束手无策,一看见她,就恨不得把她掐死。他对她怀着强烈的恨意,是乡下人被偷以后的那种恨。

他开始想办法。

终于有一天,他又来看她了,他摩拳擦掌,像第一次来

谈买卖时那样高兴。

聊了几分钟,他说:

"我说,老婆婆,您到埃佩维尔去的时候,为什么不上我那儿吃顿饭呢?外边有人说闲话了,说咱们的交情破裂了,我心里很难受。亲爱的老婆婆,上我那儿去吃顿饭吧,我请客,您知道我一向是很大方的。您只要想到就过来,别客气,尽管来好啦,我会很高兴的。"

玛格卢瓦尔老婆婆用不着第二次邀请,第三天,她坐着她的马车,让长工塞勒斯坦赶着,上市场买东西,毫无顾忌地把马放在希科老板的马棚里,叫他们喂着,然后理所当然的到店主家去吃饭。

客店老板心花怒放,像招待贵妇人似的招待她,又是子鸡,又是灌肠,还有鱼、羊腿和肥牛烧白菜。可是她什么也没有吃,因为她从小过着俭朴的生活,每顿饭只吃一点汤和一块黄油面包。

希科大失所望,一个劲儿地劝她吃。可是她什么也不喝,就连咖啡也不肯喝。

他问道:

"您可以喝一点白兰地吗?"

"这倒行,可以的。我不拒绝。"

他使足了劲,向客店的那一头喊道:

"罗萨丽,快拿白兰地来,要上等的,最纯的!"

女侍出现了,手里拿着一个长瓶子,瓶子上贴着一张葡萄叶形的商标。

他斟了两小杯。

"尝尝这个吧,老婆婆,这可是好东西。"

老太太慢慢地喝起来,一小口一小口地喝着,慢慢地品味。等把那杯酒喝完,她把剩下的几滴也倒在嘴里,然后说:"一点不错,真是好酒。"

她话还没说完,希科就给她斟上了第二杯。她想拒绝已经来不及了,她跟喝第一杯一样品了好久。

他请她喝第三杯时,她拒绝了。希科继续劝酒说:"你看,这简直就是牛奶嘛,我喝十杯、十二杯,都不费劲,跟吃糖一样的,既不胀肚,也不上头,在舌尖儿上就化成气了。对身体只有好处,没有坏处!"

她原来就很想喝,所以也就没有坚持拒绝,不过她只喝了半杯。

这时,希科忽然变得非常慷慨,他说:

"既然您这么喜欢这种酒,我就送您一小桶吧。不为别的,就为让您看看,咱们始终是好朋友。"

老太太没有说不要,就走了,她已经有点醉了。

第二天,客店老板来到玛格卢瓦尔老婆婆的院子,从车子里拉出一个箍着铁圈的小木桶。他要她当面尝一尝,来证明这是和昨天她喝的一模一样的上好白兰地。他们每人喝了三杯，他走的时候说：

"您要是喝完了，我那里还有。您跟我不用客气，我不是斤斤计较的人。您喝得越快，我越高兴。"

然后他跳上小马车走了。

四天以后，他又来了。老婆婆正在门前切面包。他走到跟前，和她问好，他几乎挨着她的鼻子和她说话，为的是闻闻她哈气的味道。他闻出了酒香，于是眉开眼笑了。"您就不请我喝一杯了？"他说。

他们于是一起碰杯，喝了两三杯。

可是过不了多久，当地就传说开了，说玛格卢瓦尔老婆婆常常独自一人喝得烂醉如泥。有时候她躺在家里的厨房里，有时候躺院子里，有时候躺在附近的路上，一动不动地跟死尸一样，别人只好把她抬回去。

希科不再上她家去了，有人跟他谈到这个乡下女人，他愁容满面地嘟囔着说：

"她这把年纪，竟沾上了这种嗜好，这不是太不幸了吗？你看，一个人上了年纪，就没有控制力了。早晚她得倒个大霉的。"

果然，她倒了大霉。第二年冬天，快到圣诞节的时候，她喝得烂醉，跌在雪地里死了。

希科老板继承了农庄，他对人说：

"这个乡下佬，要是不贪杯，总还有十年好活吧。"

马丹姑娘

这件事发生在星期日做完弥撒之后。他从教堂出来,沿着小路回家,马丹姑娘正好走在他的前面,也是回家去的。

马丹姑娘的父亲趾高气扬地走在她身边。他不喜欢布罩衫,穿着一件貌似西服的灰呢衣服,戴着一顶宽边圆顶礼帽。

她呢,穿着紧身胸衣,紧身胸衣的带子一个星期只束一次。她腰细,肩宽,屁股翘,挺胸迈步,身体轻轻地摆动。

她头戴一顶带花的帽子,那是依佛多女商人的帽店里制作的。她的颈背露出来,结实、丰满、柔软,金黄色的长发随风舞动。

他名叫伯努瓦,他只看见她的后影儿,就知道是她了,他还从来没有这样仔细地看过她呢。

他猛地对自己说:"见鬼,马丹姑娘是一个这么漂亮的姑娘啊。"他望着她,边走边看,突然对她产生了爱慕,他觉得心里燃烧起一股欲望。他两只眼睛直勾勾地盯住她的腰,大声地自言自语:"见鬼,真是个漂亮姑娘。"

马丹姑娘向右转弯,走进马丹农场,农庄属于她父亲让·马丹。她回头朝后望了望,看见了伯努瓦,觉得他的样子很怪。她大声叫道:"你好,伯努瓦。"

他回答:"你好,马丹姑娘,你好,马丹老板。"

接着他就走了。

他回到家里,汤已经放在饭桌上。他在母亲对面坐下,身边是一个长工和一个小伙计。女长工去拿苹果酒了。

他吃了几勺子,就把盘子推开。母亲问道:

"你不舒服吗?"

"不,我肚子里好像装满了粥,一点儿也不饿。"

他看着别人吃饭,偶尔切一小决面包,慢慢送进嘴里,慢慢咀嚼着。他在想马丹姑娘:"她真是个漂亮姑娘啊。"他以前一点也没有注意到这件事,如今他突然发现,心里翻滚激荡,连饭都吃不下了。

炖肉他也没有碰。母亲说:

"来,伯努瓦,吃一口,这是炉羊排,对你有好处。胃口不好就该勉强吃点。"

他吃了几块,又把盘子推开:"不行,我一点也吃不

下。"

下午他到地里去逛逛,他放了小伙计的假,答应顺便帮他照看一下畜生。

田野空荡荡的,没有一个人,这一天是休息的日子。牛分散在苜蓿地里,笨重的身子蹲在地上,肚子鼓得老大,在太阳下反刍。卸下的犁搁在田地旁。翻过的泥土等着播种,棕黑色,一大片一大片的。还有刚收割过的小麦地,金黄色的,短麦茬儿已经开始腐烂了。

平原上刮着干爽的秋风。伯努瓦坐在一条沟边上,把帽子放在膝头上,让他的头发吹吹风。他在寂静的田野里高声说:"要说漂亮姑娘,她可真是一个漂亮姑娘了。"

晚上他躺在床上想她,第二天醒来还在想她。

他没有感到忧愁,也没有感到苦闷。他简直说不出是什么滋味。好像有一样东西抓住他,钩在他的心上,一个摆脱不掉的念头挠得他心里痒痒的。有时候一只苍蝇关在屋里,你听见它嗡嗡地飞,吵得你心里烦。忽然它停住,于是你把它忘了,但是它忽然又飞起来,又让你抬起头。你没法捉住它,没法赶走它,没法打死它,也没法使它待着不动。它停下来一会儿,又嗡嗡地飞起来了。

马丹姑娘的影子就像一只关在屋里的苍蝇那样,在伯努瓦的心房里折腾着。

他迫切地想见到她,他一次次在马丹农庄前溜达。终于有一天，他看见她在两棵苹果树间的绳子上晾衣服。

天气很热，她只穿了一条短裙，当她举起胳膊晾餐巾时，她那件贴肉的衬衫把她身体的曲线全部显露出来。

他在沟里蹲了一个钟头，在她走了以后，他还蹲在那里。他回到家里，比以往更加神魂颠倒了。

整整一个月，他心里只有她。只要有人在他面前提到她，他就激动得浑身打哆嗦。他吃不下饭，每天夜里辗转反侧，睡不着觉。

星期日，在做弥撒的时候，他的眼睛始终不离开她。她发觉了，对自己受到这样的爱慕，她感到很高兴，朝他露出了微笑。

一天晚上，他在路上遇见了她。她看见他走过来，就站住不动。他径直朝她走去，害怕得喘不过气来，但是他下了决心要跟她说句话。他吭吭哧哧地说：

"马丹姑娘，我不能再这样继续下去了。"

她好像故意逗他似的回答：

"什么不能再这样继续下去啦，伯努瓦？"

他说：

"我想你，一天有几个小时我就想你几个小时。"

她双手往腰上一叉，说："又不是我害你的。"

他结结巴巴地说："不，就是你。我睡不着觉，吃不下饭，我什么都不能做了。"

她低声说：

"那你说，该怎么做才能治好你呢？"

他晃着两条胳膊，眼睛瞪得圆圆的，张口结舌，一下子愣住了。

她朝他肚子上使劲打了一下，跑着逃走了。

从这天起，他们常常在河边或者小路上见面。有时候太阳下山，他牵着马回来，她把牛赶到牛圈去的时候，他们会在田边相会。

他感到他的身体里有一股强大的力量把他推向她。他恨不得抱住她，搂紧她，使她变成他的一部分。他常常会急得浑身打颤，因为他不能跟她天天在一起。

当地的人开始议论他们，说他们已经私订终身。事实上他确实问过她愿不愿意做他的妻子，她回答："愿意。"

他们在等候时机告诉他们的父母。

可是后来，在约定的时间里，她突然不来了。他在农庄周围转来转去，都没有看见她，只有在星期日做弥撒的时候才能望见她一眼。一个星期天，本堂神父讲完道后，在讲坛上宣布维克多瓦尔·阿代拉伊德·马丹和约瑟凡·伊西多尔·瓦兰即将结婚。

伯努瓦忽然有一种奇怪的感觉，好像手上的血被人一下子抽干了似的。他的耳朵嗡嗡响，什么也听不见。过了一会儿，他发现自己俯在弥撒经书上哭了。

他足不出户，在屋里整整待了一个月，才又开始干活。

但是他并没有治愈。他仍旧忘不了她。他避开经过她家的道路，甚至不愿意看她院子里的树，因此，他每天早上出门，晚上回家都得绕上一个很大的圈子。

马丹姑娘跟区里最富裕的农场主瓦兰结婚了。伯努瓦和瓦兰是从小长大的朋友，可是从此以后，他跟他见了面再也不理睬他了。

有一天晚上，伯努瓦从村子口经过，听说马丹怀孕了。这个消息没有使他感到痛苦，反而让他轻松了。现在完了，一切都完了，这比结婚更进一步把他们俩分开。说真的，他也希望如此。

几个月过去，又是几个月。他偶尔瞧见她迈着笨重的步子走到村子里。她见到他，脸涨得通红，低下头，加快了脚步。他呢，为了避免遇见她，避免和她目光相遇，总是躲得远远的。

但是他想到，可能哪天早上会和她遇见，不得不讲话，心里就非常害怕。从前他握着她的手，吻着她的头发，讲过那些话，如今他还能对她讲什么呢？他常常回想起他们在沟边的约会。她在山盟海誓以后的所作所为是卑鄙可耻的。

不过他心里的痛苦还是渐渐减轻了，只留下淡淡的哀愁。一天，他又走上了那条经过她家的老路。他远远地望着那所房子的屋顶，她跟另外一个男人就住在里面！苹果树开

花了,公鸡在草堆上啼鸣。整座房子看上去好像是空的,农忙时节,人们都下地干农活去了。他停在栅栏门旁,望着院子里。狗睡在狗窝前,三只小牛一头跟着一头朝池塘走去。门口一只大公鸡展开尾巴,在母鸡面前昂首阔步,神态活像舞台上的歌唱家。

伯努瓦靠在木桩子上,突然想大哭一场。但是他忽然听见房子里发出一声叫喊,一声求救的叫喊声。他惊慌失措,两只手紧紧抓住栅栏,听着,听着。又一声拖长的、凄厉的叫喊声钻进了他的耳朵,钻进了他的身体。这是她在叫喊,他奔过去,穿过草地,推开门,看见她躺在地上,抽搐着,脸色苍白,眼神惊慌。她在忍受着分娩阵痛的煎熬。

他站着不动,比她还要苍白,比她哆嗦得还要厉害。他结结巴巴地说:

"我来了,我来了,马丹姑娘。"

她喘着气回答:

"啊!别离开我,别离开我呀,伯努瓦。"

他望着她,不知道该说什么,也不知该做什么。她又开始叫喊了:"哎哟!哎哟!痛死了!哎哟!伯努瓦!"

她痛苦地挣扎着。

突然间,伯努瓦产生了一股强烈的愿望,他要救她,安慰她,解除她的痛苦。他弯下腰,把她抱起来,放在她的床上。她一直不停地哼哼,他替她脱掉上衣和衬裙。她咬住拳头，不让自己出声叫喊。于是，他照着平常对付牲口，对付母牛、母羊和母马那样帮助她，双手接下了一个哇哇啼哭的胖娃娃。

他把娃娃洗干净，用烘在炉火前的一块布包起来，放在桌子上一堆要熨的衣服上。然后他回到马丹的身边。

他把她从床上移下来，换上干净的垫被和床单，又把她抱到床上睡好。她结结巴巴地说："谢谢你，伯努瓦，你心肠真好。"她流出了眼泪，好像感到悔恨。

他呢，已经不爱她了，完全不爱她了。一切都已经结束了。为什么呢？怎么会呢？他没法说清楚。刚才发生的事一下子治好了他的创伤，也许十年不见面，都不会有这样的效果。她筋疲力尽，颤颤巍巍地问：

"是男的还是女的？"

他平静地回答：

"是个挺可爱的闺女。"

他们又不说话了。过了几秒钟，马丹有气无力地说：

"抱过来给我看看，伯努瓦。"

他把孩子抱来，好像捧着圣体似的捧给她，正好这时候门开了，伊西多尔·瓦兰走了进来。

他起初不明白是怎么回事，后来他一下子猜到了。伯努瓦很慌张，他结结巴巴地说："我路过，正好路过，听见她喊叫，我就进来了……这是你的孩子，瓦兰！"

丈夫热泪盈眶,朝前走了一步,接过另一个人捧给他的那个脆弱的婴儿,吻了吻,好长时间,他激动得透不过气来。他把孩子放在床上,朝伯努瓦伸出双手:

"一言为定,一言为定,伯努瓦,现在,在我们俩之间,你看,一切都讲定了。如果你愿意,我们就做好朋友,做好朋友!"

伯努瓦回答:"我很愿意,当然,我很愿意。"

一个女雇工的故事

一

　　天气非常好,农庄里的人吃中饭比平常吃得快,一吃完就下地干活去了。

　　女雇工萝丝一个人留在宽敞的厨房里。她不时地从壁炉炉膛的锅子底下舀水,不慌不忙地洗着餐具。偶尔停下来,望着从窗外射进来、落在长桌上的阳光。窗玻璃上的斑点都在这两块亮光上显得一清二楚。

　　三只胆大的母鸡在椅子底下寻找面包屑,鸡窝里的气味和牛圈里的热气,从半开的房门钻进来。中午很热,很寂静,可以听见公鸡在各处喔喔地叫唤。

　　姑娘干完手上的活,又去抹桌子,打扫壁炉,把洗干净

的盆子放在架子上。餐具架很高，在厨房里头。她深深地吸了一口气，不知为什么感到昏头昏脑，有点气闷。她望望发黑的土墙，熏黑的屋梁，屋梁上挂着的蜘蛛网，熏鲱鱼和一串串洋葱。接着她坐下来。在这炎热的天气里，厨房地上的泥土发出腐臭的气味，熏得她很不舒服。她想像平时那样缝缝补补，但是没有力气，于是走到门口去透透气。

温暖的阳光照在她身上，她心里甜滋滋的，浑身上下都很舒服。

门外的厩肥堆不断地冒出蒸气，闪闪发光。许多母鸡在厩肥堆上打滚，用一只爪子扒来扒去，寻找虫子。一只公鸡高傲地立在它们中间，它看中了一只母鸡，一边围着它转，一边发出咯咯咯的召唤声。被看中的母鸡懒洋洋地立起身来，不慌不忙地接待它，曲下腿，用翅膀托着它，然后抖抖羽毛，把尘土抖掉，重新又躺回到粪堆上。这时候公鸡叫着，用啼声报告自己的胜利。其他院子里的公鸡都在回答它，好像它们在进行爱情比赛一样。

女雇工望着那些鸡，心里什么也没想。她抬起头，看见那些开着花的苹果树好像一个个扑了粉的脑袋，亮晃晃的。

一匹马驹子高兴得发了狂，突然在她面前奔跑。它沿着栽着树的水沟来回跑了两趟，猛然停住，回头张望，仿佛奇怪怎么只剩下自己了。

她也想奔跑，想活动。同时又恨不得躺下来，伸展四肢，在暖和的空气中好好休息。她犹豫不决地走了几步，闭着眼睛，全身沉浸在舒适中。她慢腾腾地走到鸡棚里去拾鸡蛋。一共有十三个鸡蛋。她拾起来，带回去放在碗橱里。厨房里的气味又叫她感到不舒服了，于是她出去，走到草地上坐下来。

被树林围绕着的农庄好像睡着了。草长得很高，颜色很绿。黄色的蒲公英在草丛里，像一盏盏亮闪闪的小灯。苹果树的影子在树根边蜷成一团，稻草屋顶上长着尖叶子的植物和鸢尾花，还冒着热气；那是马棚和干草仓里的湿气透过茅草正在蒸发。

女雇工来到车房。这里放着各种车辆，车房旁的沟里有一个很大的坑，绿油油的，开满紫罗兰，香气四溢。在沟沿上，可以看见田野，广阔的田野间有一片片树林。还有一群群干活的人，离得很远，看上去小得像木偶。还有像玩具一样的白马，拖着小犁，后面有一个像手指头那么长的小人推着。

她从干草房抱了一捆麦秸，扔在这个坑里，坐在上面。后来她还觉得不舒服，于是把捆着的麦秸解开，摊平，枕着两条胳膊，伸直两条腿躺了下来。

她闭上眼睛，在甜美的风景中打着瞌睡，她真的要睡着了，忽然感到有两只手碰了一下她的胸部，她一下子跳起来。原来是男雇工雅克，一个个子高高、体格健壮的庇卡底

人,他最近一直在追求她。这天他在羊圈里干活儿,看见她躺在阴凉地方,就蹑手蹑脚走过来,屏住气,睁大了眼睛。

他打算吻她,但是她跟他一样结实,她给了他一个耳光。他赶紧求饶,于是他们并排坐下,亲切地聊天。他们谈到天气,谈到庄稼,说来年收成肯定不错。他们谈他们的主人,然后又谈到邻居,谈到当地所有的人,谈他们自己,他们的村子,他们的童年,他们的往事,他们阔别已久也许永远不会再见面的父母。她一想到父母,心情就很激动,而他呢,却趁机靠她更近一点。他浑身战栗,充满了热情。这时她说:

"我已经有很久没有见到妈妈了,像这样分开真叫人难受。"

她双眼出神,望着远处,一直向北,好像望到了那个远而又远的村子。

他突然搂住她的脖子,热烈地吻她,但是她朝他脸上使劲打了一拳,打得他鼻血哗地往外淌。他站起身来,把头靠在树上。这时候她心软了,走到他跟前,问道:

"打疼了吗?"

他笑起来了:"没有,不要紧。"她这一拳头正好打在他鼻子上。他又低声说:"好家伙!"他钦佩地望着她,他心里产生了一种敬意,产生了另一种完全不同的爱,对这个强健果敢的姑娘的一种真正的爱。

血止住了，他向她提议到附近去转转，他害怕如果再这样并排待下去，还得挨她粗大的拳头。她主动地挽住他的胳膊，对他说：

"雅克，你那样瞧不起我，不应该。"

他不同意："不，我不是瞧不起你，而是爱上了你，就是这么回事。"

"那么，你愿意跟我结婚吗？"她说。

他一下子愣住了。后来，在她出神地望着远方的时候，他斜着眼睛偷偷看她。她双颊红润，宽阔的胸脯高高地耸起，双唇非常红润，脖子上面布满细小的汗珠。他感到欲望又控制了他。他把嘴凑近她的耳朵，低声说：

"是的，我很愿意。"

她用双臂搂住他的脖子吻他，吻了很长时间，最后两个人都喘不过气来。

从这时起，他们两人开始了无穷无尽的爱情故事。他们在偏僻的角落里调情，在月光下的草垛旁约会。他们用钉着钉子的大皮鞋在饭桌底下给对方的腿上留下了许多乌青块。

后来，雅克对她渐渐感到厌倦了，他躲避她，不愿跟她讲话，也不再找机会和她单独相会。她心里充满了怀疑和担忧。过了不久，她发现自己怀孕了。

开始她很惊惶，后来变得愤怒，而且怒火一天比一天高，因为她怎么也找不着他，他千方百计地回避她。

一天夜里,农庄里的人都睡着了,她穿着衬裙,光着脚,悄悄溜出去,穿过院子,推开马棚的房门。雅克就睡在一只铺满干草的木箱子里。他听见她来了,假装打呼噜,但是她爬上去,跪在他旁边,不停地推他,一直推到他抬起身子为止。

他坐起身来,问道:"你要干什么?"她气得直打哆嗦,咬着牙说:"我要你娶我,你答应过跟我结婚的。"他笑起来,说:"哎呀,如果所有相好过的姑娘都要娶的话,那就不好办啦。"她掐住他的喉咙,把他按倒,使他没法挣脱,她贴近他的脸,大声嚷道:"我肚子大了,听见没有,我肚子大了!"

他透不过气来,拼命地喘着。两人就这样在寂静中待着不动,只有一匹马从草料架上扯干草,慢慢嚼着。

雅克明白她的力气比他大,只好结结巴巴地说:

"好吧,我娶你,既然这样的话!"

但是她已经不相信他的诺言了,她说:

"你立刻让教堂公布结婚预告!"

他说:"好,我立刻就去。"

"向天主发个誓!"

他犹豫了几秒钟,打定了主意,说:

"我向天主发誓,我会娶你!"

她松开手,再没说什么,就走了。

之后几天,她没有找到机会和他说话,马棚的门每天夜里都锁着,她怕事情闹大,不敢声张。

一天上午,她看见另外一个男雇工进来吃饭,她问道:"雅克走了吗?"

"走了。"那个人说,"我接替他的工作。"

她哆嗦得厉害,简直没有力气从壁炉上取下汤罐子。等大家都去干活以后,她来到自己的屋里,怕别人听见,把脸伏在枕头上哭。

这一天,她想尽办法打听他的消息,又不让人怀疑,但是她老想着自己的不幸,她甚至觉得每一个被她问过的人都在讥笑她。她没有得到任何消息,只知道雅克已经离开这一带了。

二

对她来说,连续不断的苦日子从此开始了。她像机器一样地干活,根本不去想她干的是什么活儿,她脑子里只有一个念头:"如果被人知道了,该怎么办啊?"

这个念头时刻纠缠着她,使她失去了思考的能力,甚至于那件丢人的丑事,她都不去想有什么办法可以避免了。她感觉到那件丑事来了,一天比一天近了,无法挽救了,而且像死一样在所难免。

她每天早上起得都比别人早,她有一块梳头用的破镜

子,她一直用这块碎镜子看自己的腰身。她急于想知道,她的身孕今天会不会被人看出来。

在白天,她时常放下手上的活儿,从上往下看她的肚子是不是把围裙顶起来了。

几个月过去了。她几乎不说话了,有人问她一点什么事,她也听不懂,张皇失措,眼光迟钝,双手颤抖。她的主人有点看不下去了:

"我可怜的姑娘,最近你变得越来越笨啦!"

在教堂里,她躲在柱子后面,不敢去忏悔,她害怕遇见本堂神父。她觉得他有一种超人的力量,能够一眼看到别人内心深处。

饭桌上,同伴们的目光常常会使她急得发晕,她总是担心会被那个放牛的孩子发现——那是一个早熟又狡猾的家伙,一双发亮的眼睛老是盯着她。

一天早晨,邮差交给她一封信。她从来没有接到过信,心里很慌张,她坐了下来。也许是他写来的吧?可是她不识字,心里直发愁,对着这张写满字的纸抖个不停。她把信塞在口袋里,不敢把自己的秘密托付给别人。她无数次停下手上的活儿,长久地望着这几行排列整齐的字,末尾还有一个签名,她盼望自己能够一下子看出信里的意思。她又是着急,又是担心,几乎发了疯。到最后,她决定去找小学校长。他让她坐下,然后念给她听:

我亲爱的女儿:

来信是为了通知你,我的病情很重了。我们的邻居当蒂老板代笔,你可能的话就回来一趟。

你母亲的代笔人 塞萨尔·当蒂

她没说一句话就走了,但是,等到独自一人的时候,她两腿发软,瘫倒在路边。她在那里一直待到天黑。

回来以后,她把家里的不幸告诉了农庄主人,他答应让她回去一趟,而且愿意回去多久就回去多久。还答应找一个打短工的姑娘来替她干活儿,等她回来再雇用她。

她的母亲病重垂危,她到家的那一天就死了。第二天她生了一个男孩,是七个月的早产儿,瘦得只剩一副可怜的小骨头架子,叫人看了直打寒噤。而且他好像一直都不舒服,因为他那双可怜的小手一直在痛苦地抽搐着。

然而他却活下来了。

她说她已经结了婚,但是不能自己带孩子。她把他留在邻居家里,他们答应好好照顾他。

她又回到了农庄。

但是,这样一来,她时时刻刻牵挂着远方的那个弱小的生命。她曾经经历了那样的折磨和伤害,对孩子的爱成为她心灵中的一道曙光,然而她却不得不和他分开了。

最使她感到痛苦的,是她强烈地需要吻他、抱他,让自

己感到他小身体上的热气。她夜里睡不着,整天想着他;到了晚上,活儿干完以后,她坐在壁炉前,呆呆地看着炉火,像那些思念远方的人一样。

人们开始谈论她,说她一定是有了爱人,还跟她开玩笑,问她:他是不是很漂亮,个子高不高?有没有钱?什么时候结婚?什么时候受洗?她常常逃走,独自一个哭泣,因为这些问题像针扎一样使她感到难受。

为了忘掉这些烦恼,她拼命地干活儿。她挂念着她的孩子,想方设法要为他多攒些钱。她决定努力工作,使主人不得不增加她的工资。

她渐渐地把周围的活都揽过来了,所以老板辞退了另外一个女雇工,因为自从她一个人干了两个人的活儿以后,那个女雇工就变成多余的了。

她在面包上,在油上,在蜡烛上,在别人大手大脚喂鸡的谷粒上,在别人免不了浪费的牲口饲料上,都精打细算。她花主人的钱像花自己的钱一样。她善于做买卖,农庄的产品经她的手价钱就能卖高,那些农民出售产品时耍的花招她也都能识破。因此买进卖出、分配雇工的工作、计算食品,都由她一个人负责。不久以后,她变成不可缺少的了。她把一切都照料得非常好,农庄在她的管理之下,变得兴旺发达。方圆两法里以内的人都在谈论"瓦兰老板的女雇工",农庄主人也到处说:"这个姑娘,真是比金子还值钱啊!"然而，时间匆匆过去，她的工资依旧没有变。她的辛勤劳动被认为是理所当然的，是任何一个忠诚的女雇工都应该做到的，被认为仅仅是热心的表示。她开始有点伤心了，农庄主靠她每个月都要多存下三百个金法郎，可是她每年还是不多不少，只挣二百四十个金法郎。

她决定提出增加工资的要求。她三次去找她的主人，可是到了他面前，谈的都是别的事请。她不好意思开口要钱，好像这是件丢脸的事。有一天，农庄主人独自在厨房里吃饭，她局促不安地对他说，她希望跟他谈谈。他诧异地抬起头，盯着他的女雇工看。她被他看得心里发慌，她请求给她一个星期的假期，因为她有点不舒服，想回家去一趟。

他立刻就答应了，接着他也很不安地补充说：

"等你回来我也要跟你谈一谈。"

三

孩子快八个月了，她已经认不出了。他变得白里透红，脸蛋儿圆嘟嘟的，胖得就像一包会动的奶酪。他的小手指肉鼓鼓的，慢慢地摇晃着，一看就知道养得很好。她疯狂地扑过去，猛烈地吻他，把他吓得哇哇直哭。她也流泪了，因为他不认识她，而他一看见他的奶妈，就立刻朝她伸出了双手。

第二天，他就看惯了她的脸了，他望着她咯咯地笑了。她把他抱到田野里，伸直两手举着他，拼命地奔跑，她坐在

树荫下,第一次敞开肺腑,向他倾吐她的悲伤、她的工作、她的操心、她的希望,尽管他听不懂。她热烈地拥抱他,抚摸他,直到他感到疲乏。

她感到无比的快乐,捏他揉他,给他洗澡,给他穿衣,给他把屎把尿。仿佛觉得这种殷勤的照顾是对自己母亲身份的确认。她常常望着他,感到奇怪,这个可爱的宝宝,怎么会是她的呢?她把他抱在怀里使劲摇,嘴里反复地说:"这是我的小乖乖,这是我的小乖乖……"

当她回农庄的时候,她简直是一路哭着回去的。

她刚刚进门,她的主人已经在屋里叫她了。她走了进去,心里很诧异,也很感动,却不知道为什么。

"坐在这儿吧。"他说。

她坐下了,他们就这样并排坐了好一会儿,两个人都觉得很不安,手和脚都不知放在哪儿是好,并且不敢相互对视。

农庄主人是个四十五岁的大胖子,两次丧偶,他的性格很乐观也很固执。很明显他感到拘束,这在平日是不多见的。最后他下了决心,他望着窗外遥远的田野,吞吞吐吐,含糊其辞地说:

"萝丝,你从来没有想到过成家吗?"

她脸色白得像死人。他看见她不回答,继续说:

"你是个好姑娘,规矩、勤劳、节俭,娶你这样的妻子会发财的。"

她一直坐着不动,眼神慌乱,甚至不想弄懂他话里的意思,她脑子里一片混乱。他等了几秒钟,继续说下去:

"你看,一个农庄没有女主人是不行的,哪怕有一个像你这样好的女雇工。"

接着他闭上了嘴,不知该怎么说了。萝丝望着他,心里很害怕,好像面前是一个杀人凶手,只要他稍微动一动,她就会立刻逃走。

他等了五分钟,问道:

"怎么样?你同意了吗?"

"什么,老板?"

他急促地说:

"当然是嫁给我了。"

她突然站了起来,又坐回到椅子上,一动不动地坐着,就像大祸临头似的。农庄主人忍不住了:

"好,你说说,你还需要什么?"

她惊慌失措地看着他,紧接着,眼泪涌上来,她喉咙哽咽着,连说了两遍:

"我不能够!我不能够!"

"为什么?"他说,"别傻啦,我给你一点考虑的时间,你明天答复我吧。"

他赶紧走了,表白之后,他如释重负,而他相信到了第二天,他的女雇工一定会接受的。这个建议对她来说完全出乎意料,对他呢,是一桩极好的买卖,因为这样一来,他就把一个女人牢牢地拴住了,而这个女人给他带来的收入肯定会比当地最丰盛的陪嫁要多得多。

况且,在他们之间也没有什么门户不当的顾虑。因为在乡下,人和人差不多都是平等的。农庄主人也像他的雇工一样干活,雇工变成主人也是常有的事,女雇工当上女主人也并不意外。这不会给她们的生活和习惯带来任何改变。

萝丝一夜没睡。她一屁股坐在床上,连哭的力气都没有了,她筋疲力尽,呆呆地坐着,连自己的身体都感觉不到,她精神涣散,好像有人把她的脑子都扯碎了。

她偶尔还能把支离破碎的思想集中一下,她一想到可能发生的事,就感到害怕。

她的恐惧在不断增加,整个农庄一片寂静,厨房里的大钟慢悠悠地敲打着,每一次报点都把她吓出一身冷汗。她头脑里一片混乱,可怕的幻象一个接着一个。蜡烛熄灭了,她的精神开始错乱。她需要离开,需要逃走,需要像海船避开风暴一样避开不幸。

一只猫头鹰叫了一声,她打了个哆嗦,站起来,伸手摸摸自己的脸和头发,然后像疯子似的摸自己的全身。她梦游一般地走下楼,到了院子里,即将沉落的月亮在田野里撒下清朗的光芒,为了不让夜游的小伙子看见,她在地上爬着前进,她没有打开栅栏门,而是从沟沿翻出去。到了田野上,她就跑起来了。她迈开大步朝前走去,不时发出一声刺耳的叫喊。她的影子被拉得很长很长,躺在身边的地面上,跟她一同前进。偶然有一只夜鸟飞到她头上盘旋,农庄院子里的狗听见她走过,汪汪地叫着,有一条狗跳过壕沟,追过来想要咬她,她转过身去,朝它大喊一声,吓得它屁颠颠地逃走,钻到窝里去,一声也不敢出了。

她还看见一窝小野兔在地里嬉戏。但是这个奔跑的疯女人走近的时候,胆小的动物四散奔逃。小兔子蜷缩在犁沟里不见了。大兔子撒开腿不停地飞跑,竖着大耳朵一跳一蹦的。月亮已经落到世界的尽头,仿佛一盏巨大的灯笼安放在天边的地面上,光华斜斜地映照着平原。

星星在天空深处消失,几只鸟叽叽喳喳叫着,天快亮了。这个姑娘筋疲力尽,喘着气,太阳在紫红的朝霞中升起,她停了下来。

她双脚肿胀,不听使唤了。她看到了一片水塘,很大的一片死水塘,水面在霞光的映照下红得好像是血。她手按心窝,迈着小步,一瘸一拐地走过去,想浸浸她的两条腿。

她坐在草丛上,脱掉满是尘土的粗布鞋,再拉掉袜子,把发紫的小腿浸在冒着气泡的死水里。

一阵美妙的凉气,从脚跟一直升到喉咙口,她呆呆地望着这片水塘,突然感到一阵头晕,她想一头扎进水里,那样

一来,她的苦痛就可以结束了,永远结束了。她已经不再记挂她的孩子,她需要安宁,需要彻底的休息,需要永恒的长眠。于是她站起来,伸开双臂,朝前迈了两步。水已经淹到她的大腿了,她准备扑下去,突然,她的踝骨感到火辣辣的刺痛,她往后跳了一步,发出绝望的叫喊,因为从她的膝盖一直到脚尖,叮满了一条条黑色的蚂蟥。蚂蟥吸着她的血,身体膨胀起来。她不敢碰,拼命叫喊。她的喊声引来了一个在远处赶车的农民。他一条一条地把蚂蟥捉掉,用草把伤口压紧,再用大车把这个姑娘送回到她主人的农庄里。

她在床上躺了半个月,在她起床的那天早晨,她坐在门口,农庄主人忽然走过来,站在她跟前。

"怎么样?"他说,"事情已经决定了,对不对?"

开始,她没有回答,可是他一直站着,目不转睛地盯着她,她才费劲地说:

"不,老板,我不能够。"

他一下子火起来了:

"你不能够?姑娘,你不能够?为什么?"

她哭起来了,一遍又一遍地说:

"我不能够。"

他盯着她,冲着她的脸嚷道:

"这么说,你已经有情人了?"

她羞得发抖,吞吞吐吐地说:

"也许是的。"

他满脸通红,一气之下,连话也说不清楚了:

"啊!你还是承认了,你这个骚娘们!这个家伙是干什么的?一个臭要饭的?穷光蛋?流浪汉?还是饿死鬼?你倒是说说看呢,他是干什么的?"

她没有回答,他继续说下去:

"啊!你不愿意说……我来替你说,是让·博迪?"

她大声说:

"啊!不,不是他。"

"那么是皮埃尔·马丹?"

"不是他,老板。"

在愤怒中,他把当地所有小伙子的名字一个一个都说出来。她极力否认,神情沮丧,不时撩起她的蓝围裙擦眼泪。可他是一个牛脾气,十分固执,一直不停地追问下去,就像猎狗闻到洞里有动物气味,就挖个不停,非要把猎物挖出来不可。他突然叫了起来:

"见鬼,是雅克,去年的那个雇工!他们说他常跟你说话,还说你们要结婚!"

萝丝喘不过气来,血往上涌,脸涨得通红。她的眼泪突然在脸颊上停住了。

"不,不是他,不是他!"

"真的不是他吗?"那个狡猾的乡下佬多少猜到了一点真

相。

她急切地回答:

"我可以向你发誓不是他,我可以……"

她想要指着什么来发誓,但是又不敢提那些神圣的东西。他打断了她的话:

"可是他常常跟你到那些偏僻的地方去,吃饭的时候他的眼睛都盯着你。你是不是答应他了?"

这一次,她抬起头,望着她主人的脸。

"不,从来没有,从来没有,我可以指着仁慈的天主向您发誓,如果他今天来求我,我也不会要他。"

她的态度是那么的诚恳,这让农庄主人犹豫起来。他自言自语地说:

"奇怪,这是怎么回事?你并没有遇到什么不幸的事,否则别人也会知道的。既然没有什么大不了的事,一个女孩子就不会拒绝他的主人。看来其中一定有什么原因。"

她什么也没有回答,她已经痛苦得透不过气来了。

他又问道:"你不愿意吗?"

她叹了口气,说:"我不能够,老板。"

他只好转身走了。

她以为摆脱了麻烦,这一天余下的时间差不多是平平安安度过的。可是她感到筋疲力尽,劳累不堪。她觉得自己像一匹老马,一大清早就被套在打谷机上,转了一整天。

她早早地躺到了床上,很快就睡着了。

半夜里,有两只手在她的床上摸索。她惊醒了。她吓了一跳,但是立刻听到了农庄主人的声音,他对她说:

"别怕,萝丝,是我,我来找你谈谈。"

她很惊讶,他极力想往她的被窝里钻。她这才明白他要干什么,于是浑身抖得厉害。她感到自己在黑暗里孤立无援,刚从梦中惊醒,仍旧昏头昏脑,而且全身赤裸地躺在床上,那个想得到她的人在她身边。她当然不同意,她有气无力地抵抗着,同时她还得跟自己的本能进行抗争。为了避免农庄主人的强吻,她的脸时而转向墙边,时而转向外面。她挣扎得筋疲力尽,最后只能在被窝里微微扭动。他呢,在性欲冲动下,变得非常粗暴。他一下子把被窝掀开,她再也没有力量抵抗了。她感到羞耻,她像驼鸟那样用双手蒙住脸,停止了自卫。

农庄主人整夜都待在她的身边,第二天晚上又来了,以后每天晚上都来。

于是他们同居了。

一天早上,他对她说:"我已经在教堂里公布了结婚预告。我们下个月结婚。"

她没有回答。她能说什么呢?她也没有反抗。她又能做什么呢?

四

她和他结婚了,她感到自己掉进了一个摸不着边的窟窿里,永远爬不出来了。各种各样的不幸像巨大的岩石悬在她的头顶,随时都有可能落下来。她的丈夫,她总觉着他是一个受害者,迟早有一天他会明白的。她还想到了她的孩子,她的整个不幸都来自这个孩子,但是她在人间的整个幸福也来自这个孩子。

她每年去看他两次,每次回来都变得更加忧郁。

她渐渐习惯了这种生活,她的担心消失了,她的心也平静下来,她对生活开始有了信心,虽然在心头还模糊地浮现着一点忧虑。

一年一年过去,孩子已经六岁了。她现在的生活算得上幸福,可没想到,农庄主人的心情突然变得忧郁起来。

两三年来,他好像有心事,有烦恼,一种心病在逐渐加重。吃过晚饭,他会久久地坐在饭桌前,双手捧着脑袋,闷闷不乐地想着什么。他的语言变得急躁了,有时候还很粗暴。他好像对他的妻子有了看法,有时候对她说话很严厉,几乎带着怒气。

有一天,邻居家的孩子到庄园来拿鸡蛋,她正忙着,对这个孩子不大客气,她的丈夫突然出现,恶狠狠地说:

"他要是你的孩子,你就不会这样待他了。"

她大吃一惊，没有回答他的话。她心事重重地回到屋里，从前的那些忧虑又重新出现了。

吃晚饭的时候，农庄主人不理她，也不看她。他看上去好像恨她，瞧不起她，好像知道了什么似的。

她慌了，吃完饭以后，她不敢和他单独待在一起。她逃了出去，一直朝教堂跑去。

天黑了，礼拜堂里非常暗淡，在寂静中，她听见圣坛附近有来来回回的脚步声，原来是圣器室管理人在点油灯。一点抖动的灯光，淹没在拱顶下的黑暗中，对萝丝来说，却好像是最后的一线希望。她望着它，扑通一声跪了下来。

随着一串链子的响声，那盏小灯升到空中。紧接着石板地上响起一阵脚步声和拖东西的窸窣声，祷歌的钟声奏响了。当那个圣器室管理人要出去的时候，她追上了他。

"本堂神父先生在家吗？"她问。

他回答：

"我想他应该在家，他总是在钟响的时候吃晚饭。"

于是她打着哆嗦，推开本堂神父住处的栅栏门。

教士正在吃饭，他立刻请她坐下。

"对，对，我知道您为什么来，您的丈夫已经跟我谈过了。"

可怜的女人差点晕过去了。神父接着又说：

"您想要什么，我的孩子？"

他迅速地喝了几口汤,汤水洒在他的道袍上,弄得道袍油腻发光。

萝丝不敢再说什么,也不敢提出要求或请求。她站起来,神父对她说:

"勇敢点……"

她走了出去。

她回到农庄里,简直不知道自己做了些什么事。农庄主人在等她,那些干活儿的人在她离开的时候已经走了,她"扑通"一声在他面前跪倒,泪如雨下。

"你为什么事生气?"

他骂骂咧咧地说:

"为我没有孩子!一个人娶老婆,就是希望能够在死的时候有儿女们陪着。我就是为这个生气的。一头母牛不下小牛,就一文不值。一个女人不生孩子,也是一文不值。"

她哭着,结结巴巴地说:

"这不是我的错!这不是我的错!"

他的态度稍微温和了一点,接着说道:

"我没有怪你,不过这事就是让我觉得不快活。"

从这一天起,她满脑子只有一个念头:生一个孩子,再生一个孩子。她把她的这个愿望告诉了所有的人。

有一个女邻居教她一个法子:每天晚上让她的丈夫喝一杯柴灰水。农庄主人欣然同意,但是这个法子没有奏效。

他们俩想:"也许有什么秘方吧。"他们到各处打听,有人告诉他们,十法里外住着一个牧羊人。一天,瓦兰老板套上他的轻便马车,动身去向他求教了。牧羊人给他一块画了符咒的面包,面包里掺进了药草。他俩应该在同房前后各吃一小块。

面包吃完了,也没有发生效果。

本堂神父建议他俩到梵蒂冈去朝拜"圣血"。于是萝丝跟着一大群信徒来到那家修道院,伏在地上膜拜起来,把她的心愿对圣母说了。她恳求圣母保佑她再怀一次孕。可是这次也是徒劳。于是她想,这或许是对她头一次犯罪的惩罚,她的心里充满了痛苦。

她愁得人都瘦了。她的丈夫也衰老了,随着希望的破灭,他渐渐憔悴了。

于是争吵在他俩之间爆发了。他骂她,打她,晚上在床上,他恨得呼呼喘气,把各种下流话朝她脸上倾倒。

一天晚上,他再也想不出什么新花样来折磨她,于是强迫她从床上起来,到门外去淋雨等天亮。她不服从,他就掐住她的脖子,用拳头捶她的脸。她什么也不说,也不动。狂怒之下,他跳起来用膝盖顶她的肚子,不停地打她。她在绝望中反抗,猛地一下把他推到墙上,她坐起来,用嘶哑的、变了声的嗓门说:

"我生过一个孩子,我生过,我跟雅克生的。你认识那

个雅克。他答应娶我的,后来他跑了。"

他大吃一惊,愣在那儿,跟她一样激动。他咕哝着说:"你说什么?你说什么?"

她哭起来了,眼泪哗哗直流,结结巴巴地说:

"就因为这个缘故,我不愿意嫁给你,就是因为这个缘故。我当时不能告诉你,你会让我和我的孩子都没有饭吃的。你没有孩子,你不懂!你不懂!"

他在惊讶中机械地重复道:

"你有一个孩子?你有一个孩子?"

她一边抽泣一边说:

"当时是你强迫我!你很明白,我根本不愿意嫁给你。"

于是他从床上起来,点起蜡烛,双手抄在背后,在屋子里踱来踱去。她倒在床上,不停地哭。他突然在她面前停住。

"这么说,你生不出孩子,是我的原因喽?"他说。

她没有回答。他又开始走动,后来又停住,问道:"你那个孩子几岁啦?"

她低声说:

"快满六岁了。"

他又问道:

"你为什么不告诉我?"

她叹着气说:

"我能说吗?"

他直挺挺地站着不动。

"好,你起来。"他说。

她困难地爬起来,等到她靠着墙站好以后,他突然笑起来了,他像过去那样开心地哈哈大笑。看见她神情惶惑,他接着说道:

"这样吧,咱们去把这个孩子接回来,既然咱们俩生不出来。"

她很慌张,如果有力气的话,她肯定会逃走的。但是农庄主人搓着双手,低声说:

"我本来就想领养一个,现在找到啦,终于找到啦!以前我就跟本堂神父说起过,我还叫他给我一个孤儿。"

他笑着,吻了吻泪流满面、发了傻的妻子。他好像怕她听不见似的,高声说:

"走,孩子他妈,去看看厨房还有没有汤了,我胃口很好,可以吃一锅子。"

她穿好衣裙,两个人一起下楼了,当她把锅子下面的火重新点燃的时候,他乐乐呵呵,继续迈着大步在厨房里走来走去,不停地说:

"说真的,这真叫我高兴,不是嘴里说说,我真高兴,我真是太高兴了。"

流浪汉

　　四十天以来,他一直在路上走着,到处找工作。他之所以离开他的家乡,芒什省的维尔·阿瓦赖村,是因为那里没有活儿可以干。他是个盖房子的木匠,今年二十七岁,他有才能,身体也健壮。这一次失业,他身为家中的长子,竟然叉着胳膊,坐在家里吃了两个月的闲饭。家里的面包也不是很多。两个妹妹在外面打短工,挣的钱很少,他,雅克·朗台尔,这个家里面最强壮的男人,却无事可做,吃别人的汤!

　　他到村政府去打听。秘书跟他说,中部地区可能有活干。

　　他带了出生证和工作证,口袋里装着七个法郎,用一块蓝布包了一双替换的鞋子、一套衣衫,系在木棍上往肩上一扛，起身离开了家乡。

他在看不到尽头的路上不停地走着，白天走，晚上也走，忍受着日晒雨淋，却总是找不到做工的地方。

一开始，他坚持认为自己是个木匠，只有盖房的木工活才可以做。可是无论他走到哪个工地，人们总是说他们刚刚解雇一批工人，因为没有人订活。他山穷水尽，决定以后碰上什么工作就做什么工作。

后来，挖土修路，收拾马棚，劈石开山，他什么工作都做了，他还替人劈柴、修剪树枝、挖井、搅拌灰浆、放羊……但是无论做什么，得到的只有几个铜子，因为只有要价便宜，吝啬的老板和乡下人才会雇佣他，让他做两三天的工。

现在，他已经有一星期没找到活干了，他一分钱也没有了，只能沿路挨家挨户乞讨，靠好心人的布施，得到一点面包。

天渐渐黑了，雅克·朗台尔筋疲力尽，两腿酸痛，肚子空空，非常悲伤。他在路旁的草地上走着，光着两脚，因为他舍不得穿最后这双鞋，原来穿在脚上的那一双早就烂了。

这是临近秋末的一个周六，风在树间呼啸着，天上的浓云在飞驰，雨很快就要下下来了。天黑了，田野里一个人也没有。田地里，一堆堆打过麦粒的干草垛子好像巨大的蘑菇，地里已经播下了来年庄稼的种子，看上去光秃秃的，好

像什么也没有。

朗台尔感到饥饿,一种野兽的饥饿,狼所以扑人就是因为这种饥饿。他疲乏至极,他尽量把步子跨得大些,这样可以少走几步。他的头很沉重,太阳穴嗡嗡响,眼睛通红,口干舌燥。他紧紧握着那根木棍,如果这时候遇到哪个回家吃饭的人,他真想狠狠地打他一顿。

他望着大路两边,仿佛看见田地里有许多挖出来的马铃薯,如果真的能够找着几个的话,他可以捡些枯枝,在沟里生一堆火,把这些圆圆的土豆烧得滚热,暖暖双手,好好地美餐一顿。

不过这种季节已经过去了,他只能跟昨天晚上一样,在地垄里拔一棵甜菜咬着吃。

两天以来,他一直在胡思乱想,一边走路一边自言自语。在这之前,他的全部聪明才智,都用在他的本行工作上,几乎不想其他的事情。可是现在,他遇到的是疲倦,是找工作时面对的种种拒绝和白眼,是连日的风餐露宿,是有家业的人对流浪汉的歧视。每天总是有人问他:"你为什么不老老实实待在家里?"他有两条不怕苦累的胳膊,却整天闲着没事干,这多么叫人痛心啊。他又想起了留在老家的双亲也是一文钱都没有,这一切使他的心里渐渐充满愤怒。这股怒气每天、每个小时、每分钟都在积聚,不由自主地变成了短促的咒骂,从他嘴里蹦出来。

他光着脚踩着滚动的石子上，跌跌绊绊地走着，嘴里嘟哝着：

"混账……混账……这群混账……竟让一个人……一个有手艺的木匠挨饿！一分钱都没有……连一分钱都没有……看，又下雨了……这群混账！"

命运是这样的不公正，他感到愤怒，他把老天，那个瞎了眼的老天的不公道、凶狠、阴险，都怪罪到世上所有的人。

在吃晚饭的时间，家家户户的屋顶上都升起了一缕灰色的炊烟，他便咬牙切齿地骂道："这一群混蛋！"他恨不得冲进其中的一家，把里面的人用棍子打死，然后坐在他们的桌子上吃饭。

他默默地对自己说："看来老天是不打算让我活下去了……我不要求别的，只要有份工作，可是……这一群混账啊！"他手脚上的疼痛、肚子里的疼痛、心里的疼痛好像一阵可怕的醉意，直冲脑袋，在脑子里激起这样一种简单的想法："我有权活下去，我也是人！我跟他们一样！他们不可以让我挨饿，我要我的面包！"

雨不停地下着，又细又密又凉。他停住脚步，嘴里喃喃地说："真混账……还得一个月才能回到家里……"他现在正走在回家的路上，他已经明白，什么地方都没有家乡好，那里的人都认识他，随便找点什么活做做，都比在大路上流浪、惹人怀疑要好。

既然盖房的木工做不了了,他还可以当小工、搅拌灰浆、挖土填道、敲石子。哪怕每天只挣一个法郎,糊张嘴总还是够的。

他用破烂不堪的手绢围住了脖子,免得冰冷的雨水流到背上和胸前。但是没多久,他就觉得雨水渗透了薄薄的衣服。他朝四周张望,眼神充满忧虑——一个走投无路,不知何处藏身,何处安枕的人,常常会有这种眼光。

夜幕降临,黑暗笼罩着田野。他远远看见牧场的草地上有一个黑点,原来是一头奶牛。他跨过路沟,朝奶牛走过去,心里却不知道自己要干什么。

他走到牛跟前,牛抬起大脑袋望着他,他心想:"要是身边有个盆,我就可以喝点奶了。"

他看着奶牛,奶牛看着他,他对准奶牛的肚子狠狠踢了一脚。"起来。"他说。

牲口慢吞吞地站了起来,沉甸甸的乳房耷拉着,他仰面躺在奶牛的肚子下面喝奶,喝了很久,一边喝一边用两只手挤着奶牛圆鼓鼓、热乎乎的乳房。他把奶牛的几个乳房都喝得干干净净,这才罢休。

不过雨下得更密了,整个平原光秃秃的,看不见一处可以躲雨的地方。他很冷,他望着树丛里一所房子的窗口射出灯光。

母牛又重新躺下了。他在它旁边坐了下来，抚摸着它的头，感激它让自己饱餐一顿。牲口的鼻孔里喷出气息，又浓厚又有力，像两股水蒸气喷在他的面上。他说："你肚子下面倒不冷。"

他把双手伸到奶牛的腿底下，在它的前胸来回移动，就这样暖暖手。他忽然想出了一个主意，想靠着这个温暖的大肚子睡上一觉。他找了一个舒服的地方，把前额紧紧贴着那个刚才让他饱餐一顿的乳房下面，睡了下来。他累得浑身散架，马上便睡着了。

夜里他醒来了好几次，有时是因为背冻得冰凉，有时是因为肚子冻得冰凉，只有贴着牲口的那一面，才能暖和一点。他不停地翻身，让暴露在空气里的那部分身体重新得到温暖。

一只公鸡的啼声把他叫醒了，快要黎明了，雨已经不下了，天气晴朗了。

母牛还在休息，嘴挨着地，他弯下身来吻了一下潮润的牛鼻子，对它说："再见了，我的美人儿，下次再见了……你是一个好心的畜生……再见了。"

然后他穿上鞋走了。

他沿着那条大路一直往前走，走了两个钟头以后，一直走到累了，坐在草地上休息。

天已经大亮，教堂的钟声响起，穿着蓝布罩衫的男人，

戴着白帽子的女人,步行的,坐马车的,在大路上来来往往,他们都是趁着周末到邻村去走亲访友的。

来了一个胖胖的乡下人,他赶着二十多只绵羊,带着一条狗,在路上走着。

朗台尔站起身对他行了个礼,说:"可以给我一点活干干吗?我是一个工人,我快要饿死了!"

那人恶狠狠地看了流浪汉一眼,说:

"我的活儿可不是给路上碰见的人做的。"

木匠只好又回到沟边坐下了。

他等了好一会儿,留心看着每一个从他身边走过的人,想找一个相貌和善、有同情心的,再哀求一下。

他挑中了一位身穿礼服,肚子上挂着一条金链子的,绅士模样的人。

"您好,我找工作已经找了两个月了,"他说,"什么活儿也没找着,口袋里已经一分钱也没有了。"

那位绅士模样的乡下人说:"你应该看看村口贴的告示。在本村境内,乞讨是被禁止的。告诉你,我是这里的村长,你如果不赶快滚,我就派人把你抓起来!"

朗台尔的怒火涌上心头,他嘟嘟囔囔地说:"您要是愿意,就派人来抓吧,我求之不得呢,至少我不会被饿死了。"

他又回到沟边坐下。

一刻钟后,果然有两个警察在大路上出现了。他们大摇大摆地走着；漆皮帽子、黄腰带、铜纽子，被阳光一照，全身都闪闪发光，好像专为吓唬坏人，要他们远远看见就马上逃跑似的。

木匠明白他们是为他来的，但是他并不逃走，他心里突然产生了一个念头，他想顶撞他们一下，让他们抓去，将来再想办法报仇。

他们迈着军人的步伐，跟鹅一样，笨拙地走了过来。他们走到他面前，好像忽然发现了他，停住了脚步，用一种威胁的眼光端详着他。

警长走近他，问道："你在这儿干什么？"

朗台尔从容地回答：

"我在休息。"

"你从哪儿来的？"

"要是把我经过的地方都告诉你，那得说上一个钟头。"

"你上哪儿去？"

"维尔·阿瓦赖。"

"这个地方在哪儿？"

"在芒什省。"

"那是你的老家？"

"是我的老家。"

"你为什么离开那儿？"

"找工作。"

警长转身望了望身边的警员,怒气冲冲地说道:

"这些家伙都是这么说的,他们瞒不了我。"

然后他又问木匠:

"你有出生证吗?"

"有的。"

"拿出来。"

朗台尔从口袋里掏出了他的出生证和工作证,那是几张又脏又旧的碎纸片,递给宪兵。

警长结结巴巴地把纸头念了一遍,觉得证件都符合手续,就交还了他,脸色很不高兴,好像自己被人耍了一样。他思索了一会儿,又问:

"你身上带着钱吗?"

"没有。"

"一点也没有?"

"一点也没有。"

"一分钱也没有?"

"一分钱也没有。"

"那么,你靠什么为生?"

"靠人家的施舍。"

"那么,你是要饭为生的?"

朗台尔毫不迟疑地回答:

"是的,能要就要。"

警长高声说道:"你没有经济来源,又没有职业,在大路上流浪乞讨,被我当场捉住了,你跟我走一趟吧。"

木匠站了起来说:

"随便到哪儿都行。"

没等他们吩咐,他就站到两个警察中间,说:

"把我关起来吧。这样我就有了住的地方,下雨也不用愁了。"

他们朝村子走去,村子离这儿有一公里远,从那些落了叶子的树林间,可以看见镇上的屋瓦。

他们穿过村子,正赶上做弥撒的时候。广场上人山人海,人们排成两行,看着警察押着坏人经过,他们身后跟了一群兴致勃勃的小孩。男男女女们望着这个被逮捕的人,眼里冒火,恨不得向他扔石头,用指甲抓他,用脚踩死他。大家互相打听,他究竟是偷了东西呢,还是杀了人呢?肉店老板以前当过兵,他说:"这准是个逃兵。"摆烟摊的认出他就是今天早上付给他假钱的人。铁具店老板却说,他就是杀害玛莱寡妇的凶手,警察局搜寻他已经有六个月了。

两个警察把朗台尔带进村里的议事厅,他又看见了那位村长,他由村里的小学教师陪着,坐在会议桌前。

"哈哈!"那个官员喊道,"小伙子,我又看见你啦。我早就告诉过你,我会叫人把你抓起来的。喂!警长,是什么情况?"

警长回答:"村长先生,他是一个无家无业的流浪汉,身上没有一分钱,我以流浪求乞的罪名逮捕了他。不过他身上带着正式工作证,还有手续完备的出生证。"

"把这些证件拿给我看看。"村长说。

他接过证件,念了念,然后还给他,对警察说:"搜!"他们搜了朗台尔,什么也没搜出来。

村长有点不知所措了。他向木匠问道:

"你今天早上在大路上干了些什么?"

"找工作。"

"找工作?在大路上找工作?"

"你倒说说看,我要是躲进树林里,还怎么找得着工作?"

他们彼此恶狠狠地打量着,双方都怀着敌对的仇恨。然后村长说:"我现在就放了你,可是你要小心,别再叫我把你抓回来。"

木匠回答道:"你把我留下来我更高兴。整天在大路上跑,我已经跑够了。"

村长把脸一沉,说:

"住口。"

他向两个警察发令:

"你们把这个人带到离村二百米的地方,让他继续走他的路去。"

木匠说:"至少你总得叫他们给我弄点吃的吧。"

村长愤怒地说:"还管你吃的?你倒想得好!哈哈!真是天大的笑话!"

可是朗台尔坚决地回答:"要是你们听任我去挨饿,那你们就是在逼我干坏事。活该你们倒霉,你们这些死胖子!"

村长离开座位,他说:"赶快把他带走,我要发火了!"

两个警察抓住木匠的胳膊,把他拉了出去。他也不抵抗,穿过了村子,又来到了大路上。警察把他带到了离界石二百米远的地方,警长说:"到了,滚吧!别让我在村子里再看见你,否则叫你吃不了兜着走!"

朗台尔什么话也没说,径直朝前走去,自己也不知道是往哪儿走。他朝前走了二十多分钟,昏头昏脑的,什么事也不想。

可是,当他经过一座小屋子的时候,突然有一股炖肉的香味从窗户里飘出来,钻进他的胸膛,他站在小屋前,再也走不动了。

使人发狂的饥饿,激起了他胸中的火焰,他怒气冲冲地大声说:"妈的,这一回,不给我吃是不行的。"他举起棍子狠狠地敲门,没有人应门,他敲得更凶了,嘴里大声喊着:"喂!喂!喂!里面的人听着!快开门!"

里面一点动静也没有,他走到窗边,轻轻推开窗子,顿时,厨房里温暖的空气,夹杂着肉汤、熟肉、白菜的香味,

猛地扑面而来。

木匠一步跳进屋里,只见桌上放着两份餐具。毫无疑问,主人是去望弥撒了,把他们的午餐——专门为星期天准备的炖肉和肥肉菜汤,放在火上煨着。

一个新鲜面包放在壁炉台上,旁边还放了满满两瓶好酒。

朗台尔朝面包扑了过去,他使劲掰开面包,狼吞虎咽地吃起来。炖肉的香味又把他引到壁炉前,他打开锅盖,把叉子伸到锅里,叉出一大块牛肉。他又叉了些白菜、胡萝卜、洋葱,装了满满一盘子,往桌子上一放。他坐了下来用刀叉切肉,就跟在自己家里吃午餐一样。他把整块肉都吞下了肚,还吃了很多蔬菜,觉得渴得厉害,于是从壁炉台上拿下来一瓶酒。

他把酒倒在杯里,一看是烧酒,顿时眉开眼笑了。烧酒可以暖身,经过那一阵寒冷,这可是好东西,他大口大口地喝了起来。

酒的味道很不错,他已有很久没有喝酒了,他又给自己满满斟了一杯,两口就吞了下去。酒精能叫人快活,他立刻就兴奋起来,仿佛有一种幸福流遍全身。

他还继续吃着,但是吃得慢了,细嚼慢咽着,拿面包蘸着肉汤吃。他吃得浑身发烫,血直往脑门上冲。

远处突然响起了教堂的钟声,弥撒快要结束了。木匠急

忙站起身来，不是因为害怕，而是由于本能。木匠把吃剩的面包塞进一个衣袋，把那瓶烧酒塞进另一个衣袋，蹑手蹑脚走到窗口，望了望大路。

路上还没有人。他跳出窗户，又开始前进了。他不再走大路，而是横穿田野，向不远处的一片小树林逃去。

他对刚才那顿午餐非常满意，他觉得轻松、强健、高兴，他的身体变灵活了，遇上田间的篱笆，他并起双脚一蹦就跳了过去。

到了树林里面，他又掏出那瓶酒喝起来，边赶路边大口地喝着。他喝醉了，眼睛一片模糊，两条腿软软的，跟弹簧一样。

他唱起一首古老的民歌：

啊！天气果然好，

天气果然好，

我们摘草莓。

他走在一片厚厚的青苔地上，仿佛脚踩着绵软的地毯，他跟小孩似的想翻几个跟头玩。他一使劲，凌空翻了一个跟头，爬起来又翻了一个。每翻一个跟头，他就唱一遍：

啊！天气果然好，

天气果然好,
我们摘草莓。

他来到一条小路边上,迎面走来一个身材高大的姑娘,那是一个回村去的女雇工。她一手提一桶牛奶,在路上轻快地走着。

他探出身子等她过来,两眼冒火,像狗看见鹌鹑似的。

她看见他,抬起头朝着他笑起来,高声对他说道:

"刚才的歌是你唱的吗?"

他不回答,猛地跳过一座小土坡,站到她面前。那堆土坡至少有六尺高。

"好家伙!你把我吓了一跳!"她惊讶地说。

可是他已经听不见她在说什么了,他已经醉了,一种比饥饿更凶猛的疯狂在刺激他。在之前的两个月里,这个男人的一切欲望都被剥夺。现在呢,他醉了。他是个年轻力壮的男子汉,在他强健的身体里,有一团火在热烈地燃烧。

那个姑娘吓得直往后退,他的神情、目光、半张着的嘴、伸着的双手都使她害怕。

他抱住她的双肩,一句话也不说,把她推翻在地上。

两只奶桶落在地上,沿着路滚动,发出巨大的声响,牛奶洒了一地。她大声叫喊,却发现在这空旷地方叫喊是毫无用处的。她看出这个男子并不是要害她的性命,也就顺从

了。既不十分抵抗,也不十分愤怒。因为这个小伙子很强壮,而且并不粗暴。

等她重新站起来的时候,一想到翻掉的奶桶,顿时又怒不可遏。她脱下一只木鞋,向那男的扑过去,如果他不赔偿她的牛奶,她就要打碎他的脑袋。

他呢,遭到这顿狠打,酒终于有点醒了。他惊慌失措,不知如何是好,他对刚才自己干的事感到害怕,于是憋足力气,死命逃跑。她抓起石子就扔,好几块都打中了他的脊梁。

他奔跑了很久,突然觉得一阵疲乏。两条腿软得再也支持不住自己的身子了,脑子乱得一塌糊涂,什么也想不起来,什么也记不清楚,他在一棵树旁坐了下来,五分钟以后,他睡着了。

他忽然被人狠狠地摇醒,睁眼一看,有两顶漆皮三角帽俯在他的身上,原来是早晨遇见的那两个警察正抓着他,用绳子捆他的胳膊。

"我早知道你逃不出我的手掌心!"那个警长悻悻地说。

朗台尔一声不吭地站了起来。两个警察不住地推搡他,如果他动一动,马上就挨一顿揍,因为他现在已经是他们的战利品了。

"走!"警长发令了。

他们一齐走着,黄昏来到,沉重凄凉的暮色笼罩着大

地。

半个钟头以后,他们来到村子里。家家户户都开着门,因为大家都知道出了事。男男女女都怒气冲冲,就仿佛他们每个人都被偷窃、被强奸。他们要亲眼看到这个混账东西被抓回来,对着他痛骂一顿。

从村口一直走到议事厅,路上一片叫骂的声音。村长已经等在了议事厅里,准备对这个流浪汉报仇。他看见他,老远就喊了起来:

"啊!你这个胆大的家伙,这回可行了!"

他搓着自己的双手,仿佛从来也没有像今天这样满意过。

他继续说:"在大路上一见他,我就看出来了,我就看出来了。"

然后,他带着一种愉快的表情说:

"啊!混账东西,龌龊的无赖,二十年徒刑,你是跑不掉的!"

老 人

秋天温暖的阳光,越过高大的山毛榉树,晒到农庄的院子里。草坪被母牛啃过,被雨水打湿,到处都很湿润,一脚踩上去就陷个坑,发出咕唧咕唧的声响。苹果树在深绿色的草坪上点缀着浅绿色的果子。

四只牛犊子,并排拴着吃青草,不时朝着房子哞地叫几声。一群母鸡聚在牛圈前面的粪堆上,它们一会儿伸爪子刨刨,一会儿抖动身子,一会儿咯咯地叫几声,两只公鸡不停地打鸣,替母鸡寻找虫子,然后发出咯咯的声音招呼它们过来。

木栅栏门开了,走进来一个男子,年纪大约四十岁,可是却老得像六十岁一样。他满脸皱纹,弯着腰,弓着背,走路的步子又大又慢,脚上穿了一双塞满干草的笨重木鞋,所

以步子更显得笨重。两条长胳膊垂在身子的两边。他走到田庄的房子跟前,一条拴在大梨树下的黄狗,在狗窝旁摇了摇尾巴,汪汪叫起来,表示高兴。这个人喊道:

"住口,斐诺!"

狗不叫了。

从屋里走出一个农妇。她穿着一件紧身的羊毛衫,显出瘦骨嶙峋的身形,一条灰色短裙只到腿肚子,腿上套着蓝色的袜子。她穿着塞满干草的木鞋,一顶发黄的白色软帽盖着头顶上几绺稀稀落落的头发。她的丑脸枯黄、干瘦、缺牙,透露出农村里的粗犷气息。

那个男的问道:

"他怎么样啦?"

女的回答:

"神父先生说他完了,熬不过今晚了。"

他们两人都进了屋子。

他们穿过厨房,走进一间又矮又黑的卧室。卧室里只有一片玻璃窗,透进来一点点亮光,玻璃上还挡着一块破破烂烂的印花布。屋顶上的梁木旧得发黄,熏得发黑。白天黑夜都能听见成群的耗子在阁楼上奔跑。

地是泥地,坑坑洼洼,湿漉漉的,很滑。屋子里头放着一张床,看上去模模糊糊的一片白。一阵规律的、艰难的、嘶嘶作响的喘气声,从床上传出来,那儿躺着一个奄奄一息的老人，他是那个农妇的父亲。

男的和女的走到床边，用逆来顺受的眼神望着那个快咽气的人。

女婿说：

"这次真完了，他是熬不到夜里了。"

那女的回答：

"从今天中午，他就这么呼噜呼噜地喘着气。"

他们俩都不说话了。老头儿闭着眼，脸色跟泥土一般，身子干瘪得像木头，嘴微微张开，呼噜呼噜地喘着气，每呼吸一下，那床灰色的布被就在他的胸部起伏一次。

沉默了好久，女婿开口了：

"只好等他死了，我们一点办法也没有。只是天气这么好，明天应该去翻土的。只能耽误下来了。"

他的妻子想到这事也感到不安。她想了一会儿说："反正他快死啦，星期六以前是下不了葬的，你明天还是照样去翻土吧！"

庄稼人想了想，说：

"话是不错，可是明天我得去招待送葬的客人，从图尔维尔到玛纳托，一家家跑到，怎么着也得五六个钟头。"

女的琢磨了几分钟，说：

"现在还不到三点，你今天晚上就可以通知起来，先跑图尔维尔这边。你就说他已经去世了，我估计他也拖不过今

晚。"

男的迟疑了片刻,考虑了一会儿。最后说:

"只好这样了,我去了。"

他准备走了,又回来,迟疑了一会儿才说:

"你现在没什么事,可以先把苹果摘下来,做四打烤苹果,到时候请送葬的客人吃。他们来了不能不请他们吃点心。榨床棚子里有一堆碎柴你可以用,柴已经干了。"

他走出卧室,回到厨房,打开碗柜,拿出一个六斤重的面包,小心翼翼地切下一片,再把掉在地上的面包渣儿捡起来放进嘴里,一点也不浪费。然后用刀尖从一个棕色瓦罐里挑起一点点咸黄油,抹在面包上,慢慢地吃着——他做什么事都慢吞吞的。

他再一次穿过院子,吆喝住狂叫的狗,出门,顺着沟边的路,朝图尔维尔的方向走去。

那女人也干起活来。她打开面粉箱,开始揉面。揉了好久好久,翻过来揉,翻过去揉,团起团儿,压成扁儿,又把它揉碎。然后把它团成黄白色的一个大球,放在案子角上。

接着她去摘苹果。她怕用棍子打会伤了树,就搬了一只凳子爬上去摘。她仔细地挑选,只捡熟的摘下来,用围裙兜住。这时有人在路上招呼她:

"喂!希科太太!"

她转脸一看,原来是邻居奥西姆·法韦村长。他坐在他载肥料的小车上，到自己地里去上肥。她转身回答：

"有什么吩咐吗，奥西姆先生？"

"老头儿怎么样啦？"

她喊道：

"差不多完了。星期六七点下葬，因为现在是翻地的时候。"

乡邻回答：

"明白了。但愿你顺顺当当！"

她赶紧还礼：

"谢谢，您也顺顺当当。"

接着她又摘苹果。

她回到屋里，马上就去看她的父亲，满以为他已经死了。哪知一到门口，就听到他那单调的喘声。她不想浪费时间到床边上去看他，就立刻做起烤苹果来。

她把苹果一个一个地裹上一层面，放在桌子边上码得整整齐齐。一共做了四十八个团儿，十二个一排地排好，然后准备做晚饭，她把铁锅吊在火上煮土豆。她没有生火烤苹果，因为她想过，明天还有整整一天的工夫可以烤苹果，今天还用不着。

她的男人五点左右回来，一进门，他就问：

"完了吗？"

她回答：

"还没,还在那儿喘气呢。"

他们一起去看了看。老人还是老样子,没有一点变化。他嘶哑的喘息声像钟摆一样准确,也没加快,也没变慢。过一秒钟就重复一次,随着胸部的气流一出一进,调子稍稍变动。

他的女婿仔细地看了一会儿,说:

"他很快就会死的,跟一根蜡烛一样,点着点着就灭了。"

他们回到厨房,一言不发地吃晚饭。喝完了汤,他们还吃了一片抹了黄油的面包,然后把碗碟洗了,又回到老人躺着的卧室。

女的拿着一盏小灯照了照她父亲的脸,看看他有没有断气。

这两个乡下人的床在屋子的另一头。他们一言不发地躺了下去,吹熄了灯,闭上眼睛。

一会工夫,便有两个不一样的打呼声,一个深沉,一个尖厉,和临危老人的喘息声同时响起。

耗子在阁楼上跑来跑去。

天刚露一点鱼肚白,丈夫就醒了。他的岳父还活着。这样一直拖下去,他感到不安,他摇醒他的妻子。

"喂,费米,他还不肯咽气呢。你看该怎么办吧?"

他知道她的主意多。

她回答：

"别担心，他肯定活不过今天的。就明天给他下葬，村长是不会反对的，雷纳尔老爹也正是播种的时候死，他并没反对第二天就下葬。"

这番话把他说得心服口服，他下地去干活了，他的妻子在厨房里烤苹果，然后忙着干家里的活。

到了中午，老人并没有死。雇来翻地的一群短工一起来看这个迟迟不去的老人。每个人都发表了意见，然后他们重新下田去了。到了六点钟，收工了，老人还没有死。他的女婿开始害怕了。

"费米，你看，现在该怎么办？"

她也不知道该怎么办了。他们去请教村长。他答应睁一只眼，闭一只眼，允许他们第二天下葬。他们又去找开死亡证的医官，他为了帮希科先生的忙，答应把死亡证上的日期倒填一天。这对夫妇这才放心地回家去了。

他们跟头天一样上了床睡着了，他们响亮的鼾声又和老人微弱的呼吸混在了一起。

等他们醒来，老人还是没有死。

这下他们真是走投无路了。他们站在老头子的床前，死盯着他看，他们觉得，他仿佛是有意要捉弄他们，故意跟他们为难，让他们浪费了那么多时间。

女婿问道：

"咱们该怎么办呢?"

她也不知道该怎么办了,只好回答:

"这可真是太糟糕了。"

客人一会儿就要来了,现在已经没有办法了。只好等他们来,跟他们当面解释吧。

七点差十分,第一批客人来了。女人们穿着黑衣服,头上蒙着大面纱,一副沉重的样子。男人们穿着呢子上衣,有点拘束,神气却比女人自在,一边聊天一边走过来。

希科先生和他的妻子愁眉苦脸地接待了他们,忽然,夫妻俩哭了起来。他们向客人解释这意外的事,告诉他们自己也很为难,他们搬椅子让他们坐下,指手画脚地替自己辩解,想尽办法证明,谁遇到这种事都会跟他们一样做的。他们叽里呱啦说个不停,说得其他人都插不上话。

他们说:

"这是我们没法预料的,想不到他会拖得这么久。"客人们听了多少有点失望,也不知道该怎么回答,就像那些应邀参加婚礼却没有及时赶到的人一样,有点手足无措,有的坐着,有的站着,有几个人准备走了。希科先生拦住他们说:

"不管怎么样,来吃点心吧,我们已做了烤苹果,总不能不吃吧。"

此话一说,一张张脸上顿时有了笑意。院子里人渐渐多起来,先来的把新闻告诉后到的。大家交头接耳聊着天,想到有烤苹果可以吃，人人都很高兴了。

女人们还进屋去看望一下临危的人。她们在床前画十字，不紧不慢地祷告了一番。男人们没有女人们那么周到，只从开着的窗口往里看一眼。

希科太太向他们说明病人的身体情况：

"你们看，两天啦，他就是这个样子，不多喘也不少喘。简直是个没有水的抽水机！"

大家看过病人以后，就惦记着点心，可是人太多，厨房里挤不下，于是把桌子搬出来，放在门外。那四打烤苹果，分放在两个大盘里，香气扑鼻。每个人都伸长胳膊去拿自己的一份，生怕不够分的。可是最后还剩下来四个。

希科先生嘴里塞得满满的，说道：

"老爹爹要是看得见，可要伤心了。他活着的时候，最喜欢吃这个呢。"

一个爱说笑话的胖子说：

"可是现在他吃不上了。人都会有这一天的。"

这句话丝毫没有让客人们伤心，反倒使他们高兴起来。现在正轮到他们吃烤苹果。

希科太太虽然心疼这么多东西被吃掉，却不停地从地窖里取出苹果酒，一罐跟着一罐拿来，一罐跟着一罐倒空。现在大家都笑嘻嘻的，说话也有劲了，就像吃酒席一样，大家都大声嚷嚷着。

忽然一位乡下老婆婆出现在窗口,她一直守在病人旁边,没有吃到点心。因为心里老害怕,怕这个事不久就轮到自己头上。她尖着嗓子喊道:

"他咽气啦!他咽气啦!"

大家停止说笑,赶紧起身去看。

果然他死了。他不再喘气了。人们你看我,我看你,都低下了头,摆出一副不高兴的样子。嘴里的烤苹果还没嚼完。这个混账东西,死都不挑好时候。

希科夫妇现在不哭了。完事了,他们心里踏实了。他们反复地说:

"早就知道他拖不了多久了。可如果昨天夜里他肯下决心去死的话,就没有这一番周折了。"

无论如何,总算是完了。下葬改在星期一进行,这得再吃一回烤苹果了。

客人谈论着这件事走了,能够看见这种事,并且还吃了点心,大家都很满意。

等到只剩下夫妇两个人的时候,女的忧虑得皱紧了眉头说:

"还得再做四打烤苹果。他要是昨儿夜里就下了决心,那就好了!"

丈夫比她逆来顺受,回答说:

"好在不是每天都会这么倒霉。"

港 口

风中圣母号是一艘三桅大帆船,它于一八八二年五月三日离开勒阿弗尔,开往中国海域,经过四年航行,在一八八六年八月八日回到了马赛港。它到了中国港口,卸下头一批货,又接到了一批货物,运到布宜诺斯艾利斯,在那儿又装上新货运往巴西。

另外的几次航程,外加海损、修理、几个月的无风期、把船刮出航线的大风。海上有种种事故、危险和不幸,使这条诺曼底三桅帆船远离祖国,直到现在才载着满舱的美国罐头回到马赛。

在出发的时候,除了船长和大副,船上还有十四个水手,其中八个是诺曼底人,六个是布列塔尼人。回来的时候,只剩下五个布列塔尼人和四个诺曼底人。那个布列塔尼

人是在半路上死掉的,四个诺曼底人是在各种不同的情况下失了踪,后来由两个美国人、一个黑人和一个挪威人补了他们的缺。挪威人是一天晚上从新加坡的酒馆里招雇到船上来的。

大船收起帆篷,由一艘呼哧呼哧喘着气的拖轮拖着。风停止了,波浪渐渐平息下来,船在海面上颠簸着,经过伊夫堡,穿过夕阳下笼罩着一片金黄色烟雾的锚地,驶进了古老的港口。港口的码头边,停满了来自世界各地的船只,乱七八糟,有大有小,式样不同,装备也不同,在这狭小的港湾里,就像一盆杂烩鱼一样。

风中圣母号停泊在一条意大利双桅横帆船和一条英国双桅纵帆船中间。它们腾出一点空儿,让这条新来的伙伴插进来。等海关和港口上的各种手续办完以后,船长允许大部分水手下船去寻欢作乐。

夜幕降临,马赛灯火辉煌。在夏天傍晚,一阵阵带着大蒜味的菜香飘荡在大街小巷。这个城市充满了人声、车声、马鞭声和南方的欢乐气氛,非常热闹。

走下船的一共有十个水手,几个月来他们一直在海上颠簸,上岸了反倒感觉很不自在。他们排着整齐的队伍上了岸,慢慢地朝前走着。

他们一摇一摆地走着,渐渐摸清了方向,寻找那些和港口相通的小胡同。海上的生活孤单寂寞,性饥渴像热病似的折磨着他们。塞勒斯坦·杜克洛领着几个诺曼底人走在前面，他是一个高个的小伙子，强壮，机灵，每次上岸都是由他带队的。他猜得出什么地方好、什么地方坏，会找乐子，很少参加港口里的纠纷。不过，万一卷进去了，他谁都不怕。

一条条街道像阴沟似的通到海边，散发出难闻的臭气，那是一种贫民窟的气味。塞勒斯坦犹豫了一会儿，选了其中一条路。那条路曲曲折折，两旁屋子的门楣上都点着凸出的灯，彩色的毛玻璃灯罩上标着大字体的号码。狭窄的门槛下，系着围裙的女人坐在椅子上，她们一看见有人来，就连忙站起来，三两步走到街心的水沟边，截住这过来的人。水手们慢慢地走着，唱的唱，笑的笑，一个个都变得很兴奋。

这时候，路旁的房门突然开了，门里站着一个不穿外衣的胖姑娘。她肥胖的大腿在粗网眼的紧身衣里清清楚楚。裙子短得不像裙子，而像一条松鼓鼓的腰带。胸脯、肩膀和双臂全露在黑丝绒胸衣的外面。她远远地嚷道："到这儿来吗，漂亮的小伙子们？"偶尔她还会跑出来，抓住他们中的一个，像蜘蛛对付大虫子似的吊住他，拼命往门里拉。那个水手只能有气无力地抵抗，其余的人停下来看，又想进去，又想再在街上找一找，拿不定主意。那个女的费尽力气，好不容易把水手拖到大门口，眼看着这一帮人都要跟在他后面进去了，那个识得窑子好坏的塞勒斯坦·杜克洛突然嚷道："别进去,玛尔尚,这地方不行。"

那水手听了,猛地使劲一甩,挣脱身子,这伙朋友又重新排好队在街上寻觅。那个姑娘气坏了,扯着嗓子跟在后面咒骂。他们面前的小街上,许多妇女都被吵闹声吸引出来,她们用沙哑的嗓音招呼他们进去,还甜言蜜语地许诺。他们夹在当中走着,越走越兴奋。他们还会遇到其他的游客,有挂着佩刀的兵士,有和他们一样的水手,还有独来独往的小市民和店员,这里什么样的人都有,像是一个迷宫。他们就踏着石子路,在"肉屏风"里走着。

最后,杜克洛下了决心,停在一所外表还不错的房子门口,叫他的一伙人都进去。

这十个水手在四个钟头里饱尝了爱情和酒的滋味,他们尽情地寻欢作乐,六个月的工资一下子花光了。

他们大模大样地在大厅里坐下,恶狠狠地望着其他的顾客。只要一来客人,就会有闲着的姑娘跑过来侍候,在他们身边坐下。这些姑娘有的打扮得像胖娃娃,有的打扮得像音乐茶座里的歌女。

水手们一到,就每人挑了一个女伴,整个晚上把她留在身边,因为普通老百姓是不喜欢频繁换口味的。他们把三张桌子拼在一起,开始大口地喝酒。喝完酒之后,他们一个个搂着女伴上楼进房去了。

过了一会儿,他们又下楼来喝酒,喝了酒再上楼,过了一会儿又下楼。

现在，他们快醉了，嘴也闲不住了，每个人都眼睛发红，把心上人搂在膝盖上。有的唱，有的叫，用拳头擂桌子，往嘴里灌酒，尽情地发泄。塞勒斯坦·杜克洛坐在他的伙伴们中间，紧紧抱着一个红脸蛋、高个子的姑娘，他贪婪地望着她。他喝得并不比别人少，但是没有别人那么醉。他想和她聊聊天，只是思想有点混乱，糊里糊涂的，刚想起来的事很快就忘了，所以他连自己本来想说些什么都记不清。

他笑着，一连说了两遍：

"这么说，这么说……你在这儿已经待了很久啦？"

"六个月。"姑娘回答。

他对她流露出满意的表情，接着又问：

"你喜欢干这一行吗？"

她犹豫了一会儿，无可奈何地说：

"慢慢也就惯了。干这行不见得比干别的差。当佣人也好，当妓女也好，反正都是下贱的行当。"

他听了这番真心话，又露出赞同的表情。

"你不是本地人？"他问。

她点点头，没有回答。

"从很远的地方来的吗？"

她又点了点头。

"是从哪儿来的？"

她回想了一会儿,嘟囔着说:

"佩皮尼昂。"

他再一次显得很满意,说:

"原来如此!"

她转过脸来问他:

"你是个水手吗?"

"是的,美人儿。"

"你是从很远的地方来的吗?"

"那是,我去过许多地方、许多港口,什么都见到了。"

"说不定你已经围着地球兜过一个圈子了吧?"

"那还用说,不止一个圈子,已经有两个圈子了。"

她露出了犹豫的神情,好像在回想一件已经忘掉的事,过了一会儿,她换了一种略微严肃的声调问:

"你一路上遇到过不少船吧?"

"那还用说,美人儿。"

"你有没有遇到过风中圣母号?"

他"噗哧"一声笑了出来。

"那只不过是上个星期的事。"

她脸色苍白,一点血色也没有了。她问:

"真的?"

"真的,就跟我在和你说话一样。"

"你不是在撒谎吧?"

他举起一只手说：

"我在天主面前发誓！"

"那么，你知道塞勒斯坦·杜克洛还在船上吗？"

他吃了一惊，感到不安。他定了定神，想再探探她的口气。

"你认识他？"

她也犯了疑心。

"噢，不是我，有一个女人认识他。"

"是这儿的女人？"

"不是，附近的。"

"就在这条街上？"

"不，在另外一条街上。"

"什么样的女人？"

"就是一个女人，和我一样的女人。"

"这个女人找他干吗？"

"说不上来，大概是同乡吧。"

他们互相盯着，都想从对方的眼睛里瞧出点什么来，他们已经感觉到，有什么严重的事情将在他们中间发生。他又问道：

"我能见见这个女人吗？"

"你想对她说什么呢？"

"我想说……我想说……我见过塞勒斯坦·杜克洛。"

"他身体总还不错吧?"

"和我一样,小伙子挺结实的。"

她又不说话了,想了一会儿才慢吞吞地问:

"风中圣母号开到哪儿去啦?"

"就在马赛。"

她忍不住跳起来了。

"真的?"

"真的。"

"你认识杜克洛?"

"认识。"

她又犹豫了一下,喃喃低声说:

"好。太好了。"

"你找他干什么?"

"听好,你去对他说……不,什么也不要说了。"

他望着她,越来越感到不安。他想知道究竟是怎么回事。

"你也认识他吧?"

"不。"她说。

"那么,你要找他干什么?"

她突然下了决心,站起来,向柜台跑过去,抓起一只柠檬,切开,把柠檬汁挤在一只玻璃杯里,然后掺满清水,端回来递给他说:

"喝下去!"

"为什么?"

"让你醒醒酒,我还有话要对你说。"

他顺从地喝了下去,用手背抹了抹嘴,说:

"好了,你说吧。"

"你要答应我,不告诉他你见过我,也不告诉他你是从谁的嘴里听到我要对你说的话。你先发个誓。"

他狡猾地举起手。

"好,我发誓。"

"对着天主发誓。"

"对着天主发誓。"

"好,你去告诉他,他爹死了,妈死了,大哥也死了,三个人都是在一个月里得伤寒病死的。那是在一八八三年正月,到现在已经有三年半了。"

他顿时感到全身的血液在翻腾,他激动了好久,说不出话来。接着,他起了疑心,问道:

"是真的吗?"

"是真的!"

"谁告诉你的呢?"

她双手按住他的肩膀,紧盯着他,说:

"你发誓不往外乱说?"

"我发誓!"

"我是他的妹妹!"

他冲口喊出了她的名字:

"弗朗索瓦丝?"

她又盯着他看了一阵子,接着,在极度的恐慌中,用很低的,很低的声音,喃喃地说:

"啊,啊!是你吗,塞勒斯坦?"

他们俩你望着我,我望着你,全都愣住了。

周围的伙伴们一直吵着闹着。玻璃杯的声音,猜拳的声音,唱歌打拍子的声音,还有女人尖声喊叫的声音,交织成一片。

他感到她坐在他身上,浑身发烫,神色惊慌!他紧紧地搂着她,她是他的妹妹,他怕被人听见,用极低的,她勉强能听见的声音说:

"糟糕!我们干了什么样的好事啊!"

顿时她眼眶里充满了泪水,她结结巴巴地说:

"这是我的错吗?"

他突然问:

"这么说,他们都死了?"

"都死了。"

"爹、妈和大哥都死了?"

"我已经说过了,三个人是在一个月里死的。剩下我一个人,除了几件破衣服外,什么也没有。还欠着他们看病吃

药的钱和埋葬费,我只好拿家具抵了债。

"后来,我到卡舍老板家里去当佣人。当时我只有十五岁,你走的时候我还不到十四岁呢。我上了他的当,都怪我年轻,太糊涂。后来,我又给一个公证人当佣人,他也骗了我,他把我带到勒阿弗尔的一间屋子里。不久他就一去不返了。我一连三天没有饭吃,又找不到工作,就像许多女的一样进窑子了。我也到过不少地方,到处都肮脏极了!鲁昂、埃夫勒、里尔、波尔多、佩皮尼昂、尼斯,还有我现在待着的马赛。"

眼泪从她眼睛和鼻子里淌出来,沾湿了她的脸,流到她的嘴里。

她接着说:

"我以为你也死了!我可怜的塞勒斯坦。"

他说:

"我一点也认不出你来了,你当时是那么小,而现在却长得这么大!可是你,你怎么也没有认出我来呢?"

她无奈地摆了摆手:

"我见过的男人太多了,多得所有的男人在我眼里都变成了一个模样!"

他继续盯着她的脸看,心里乱糟糟的,恨不得像挨打的孩子那样大哭大叫。他仍旧抱着她坐在自己身上,两只手搁在她背上,他左看右看,终于认出了她就是他的小妹妹。当他在海上颠簸的时候,她就留在家乡,还给爸爸妈妈和哥哥送了终。他突然张开双手,捧住她的脸儿,像吻亲骨肉一样地吻起来。他哭了,这是男子汉才有的沉痛哭声,像海浪一样低沉,听上去好像在打酒嗝。

他结结巴巴地说:

"是你,原来是你啊,弗朗索瓦丝,我的小弗朗索瓦丝……"

他突然站起来,狂呼乱叫地咒骂苍天,抡起拳头狠狠地捶桌子,把玻璃杯震落在地,摔得粉碎。他向前走了几步,晃了几晃,扑倒在地上。他打着滚,哭哭啼啼,不停地在地上乱捶乱踢,发出痛苦的呻吟声。

他的伙伴们都望着他笑了。

"他醉得好厉害。"其中一个说。

"得送他去睡一会儿才行。"另一个说,"他这样出去,肯定会被人逮去坐牢的。"

他口袋里还有钱,女掌柜答应给他一张床。于是,他那些醉得站不稳的伙伴们把他拽上楼,一直拽到他妹妹的房间里。她坐在那张罪恶的床边,陪着他一直哭到天亮。

幸 福

这是傍晚前喝茶的时候。别墅俯瞰大海,太阳已经落山,留下满天红霞,天空好像撒上了一层金粉。地中海风平浪静,海面在夕阳下闪闪发亮。

远远的,靠右边,锯齿形的山峰镶着淡红色的晚霞,显出黑魆魆的身影。

大家谈到了爱情,这是一个老题目,谈的都是些陈旧的事情。黄昏的忧郁气氛使谈话变得很温和,大家的心情都很激动,"爱情"这个词儿不断地重复出现,有时候被一个洪亮的男嗓音说出来,有时候被一个清脆的女嗓音说出来。

一个人能够持续不断地爱许多年吗?

"是的。"有人这么肯定。

"不。"也有人这么断言。

他们互相辩论,举出一些例子。每一个人,不论男女,都充满了回忆,那些使人烦乱的往事纷至沓来,到了嘴边,却不能说出口,弄得他们十分激动。

这时,突然有一个人,眼睛望着远处,嚷了起来:

"啊!瞧,那边,那是什么?"

远处的海面上浮现出一团灰色,体积庞大,模糊不清。

女人们站起来,困惑不解地望着她们从没见过的奇怪东西。

有人说:

"这是科西嘉岛!每年的某几个时候,天气晴朗,空气清澈透明,就可以看到它。"

山脊隐约可以辨认出来,甚至还有人看到了山峰上的积雪。所有的人都感到惊讶,感到不安,甚至感到恐惧。

这时候,一位还没有开过口的老先生说话了:

"瞧,这个岛出现在我们面前,好像是为了跟我们聊聊我们刚才谈论的话题,它使我想起了一件离奇的往事。我曾经在这个岛上看到过一对相守一生的夫妻,他们的爱情令人难以置信。请各位听听吧:

"五年前我到科西嘉去旅行。这个蛮荒的岛屿对我们说来,比美洲还要遥远,虽然在法国海岸,有时候能像今天这样看见它。

"请你们想象这个混沌状态中的世界吧!除了山还是山,

山与山之间是沟壑，里面淌着湍急的流水，没有平原，只有一片一片的花岗岩和巨大的坡谷。上面覆盖着森林。这是一块没有耕种过的、荒凉的土地，虽然有时候可以看到一个萧索的小村庄。这里没有农业，没有工业，没有艺术。你永远不会遇到一块加工过的木头、一片雕刻过的石头，永远不会遇到一件艺术品。

"在意大利，每一座房屋都是一件杰作：大理石、木头、铜、铁、金属和石头都证明了人类的才华；哪怕是一个微小的物件，都显示出对美的崇高追求。

"在它的对面正是蛮荒的科西嘉，跟意大利比它就像是原始社会，那里的人住在粗糙简陋的房子里，凡是与自己的生活无关的事，都不去关心。他们保留着野蛮民族的缺点和优点，他们暴躁、记仇、残忍、凶暴，但也好客、慷慨、忠诚、单纯。他们打开门欢迎每一个过路的旅客，你只要对他们有一点儿友好的表示，他们都愿意用真诚的友谊来报答。

"我在这个岛上漫游了一个月，感觉走到了世界的尽头。没有旅店，没有酒馆，没有公路。我沿着羊肠小道来到半山腰上的村庄，到了晚上可以听见山谷里传来的连续不断的响声，那是山泉跌落悬崖的声响。我随便敲开一所房子的大门，请求留宿一夜。我坐下来，吃着山村里简单的饭菜。睡在简陋的房子里。到了早上，就和主人握手告别，他会一直把我送到村子边。

"有一天,我一连走了十个钟头的路程,到了傍晚,来到了一所孤零零的房子跟前。这所房子在一条狭窄的山谷里,山谷一直通到大海。两边的山坡上丛林密布,像两堵阴暗的墙,锁住这凄凉的沟壑。

"茅屋周围有几株葡萄,一片小园子,几株高大的栗树。这些作物对这个穷地方来说,算是一笔财产了。

"接待我的是一个老妇人,已经上了年纪,但是态度庄严,衣衫整洁,这在当地是少见的。男的坐在一把草椅子上,站起来向我行礼,然后又坐下来,没有说一句话。他的老伴对我说:

"'请您原谅他,他的耳朵聋了。他今年八十二岁。'

"她说的是纯正的法语,我感到惊奇。

"我问她:

"'您不是科西嘉人?'

"她回答:

"'不是,我们都是大陆上来的。我们住在这儿已经五十年了。'

"他们在这个远离热闹的城市、凄凄凉凉的角落里住了五十年,想到这一层,我不由感到了不安和恐惧。一个老牧羊人回来了,大家开始吃晚饭。晚饭只有一道菜,是用土豆、肥肉和白菜放在一起熬的浓汤。

"吃完饭以后,我到门外坐下,望着阴郁的景色,心情变得很沮丧，远行的游客在阴暗的傍晚，在荒凉的地方，往往会感到忧伤，就好像生活、世界，一切都快要结束了。

"老妇人来到我前。她仿佛对我很好奇，问道：

"'您是从法国来的吗？'

"'是的，出来旅行，散散心。'

"'您是从巴黎来的吗？'

"'我是从南锡来的。'

"我觉着她好像突然激动了一下。我不知道我为什么会有这种感觉。

"她慢吞吞地跟着说了一遍：

"'您是从南锡来的？'

"那个男的出现在门口，脸上毫无表情。她接着说：

"'没关系，他听不见。'

"过了一会儿，她又说：

"'这么说，您认识南锡的人了？'

"'当然，那儿的人我都认识。'

"'圣阿莱兹家的人你认识吗？'

"'认识，而且很熟，他们是家父的朋友。'

"'请问您贵姓？'

"我说了我姓什么。她定神地望着我，仿佛陷入了对往事的回忆。她用低低的声音说：

"'对，对，我记得很清楚。布里瑟玛尔一家人呢，他们

现在怎么样了?'

"'全都死了。'

"'啊!西尔蒙一家人呢,您认识吗?'

"'认识,最小的一个现在当将军了。'

"这时候,她发抖了,她很苦恼,我也不知道她为什么会这么苦恼。她仿佛有无数积压在胸中的往事渴望诉说,激动得浑身哆嗦。终于她对我说了:

"'是的,亨利·德·西尔蒙,我知道他,他是我的弟弟。'

"我大吃一惊,抬起头来望着她,猛然间我想起了一件事。

"在很多年以前,发生过一件轰动整个洛林省贵族阶层的大事。一个年轻姑娘,又美丽,又有钱,叫苏姗娜·德·西尔蒙,被她父亲手下的一个轻骑兵中士拐走了。

"这个引诱了团长女儿的中士,是个英俊的小伙子,虽然是农家子弟,但是穿起骑兵的蓝色军服却显得非常出众。大概是骑兵队伍经过的时候,她看见了他,注意到他,并且爱上了他。但是她怎样跟他说上话,他们又是怎么见面、约会的,她怎么让他知道她爱他呢?这些就没有人知道了。

"没有引起丝毫的猜测,也没有引起丝毫的怀疑,一天晚上,那个当兵的刚刚退役,就跟她一起不见了。她的家人到处寻找他们,但是没找到。此后就再也没有得到他们的消息，大家都以为她已经死了。

"没想到我却在这个阴森可怕的山谷里遇到了她。

"我对她说：

"'是的，我记起来了。您是苏姗娜小姐。'

"她点了点头。泪水从她的眼睛里滚下来。她朝着呆坐在屋门口的老人望了望，对我说：

"'就是他。'

"我感到她仍旧爱着他，仍旧用迷恋的眼光望着他，我问：

"'您过得幸福吧？'

"她用发自内心的声音回答：

"'啊！是的，很幸福。他曾经使我很幸福。我从来没有后悔过。'

"我望着她，既感到悲哀和意外，也对爱情威力之大感到惊异！这个富贵人家的姑娘跟了这个男人，这个农民。她自己也变成了一个农民。她接受了这种没有魅力、没有奢华、没有雅致的生活，她适应了简朴的生活习惯。她仍旧爱他。她变成了一个戴着便帽、穿着布裙子的乡下女人。她坐在草椅子上，用瓦盆子吃白菜、土豆煨的肉汤。到了晚上，他们睡在一条草垫子上。

"她什么也不想，只为了和他在一起！她放弃了珠宝首饰、漂亮的衣服、四面帷幔的香暖的房间，以及舒适暖和的

鸭绒被。她除了他什么也不需要,只要有他在身边,她什么也不求了。

"她年纪轻轻就放弃了生活,放弃了世界和曾经养育过她、爱过她的那些人。她跟着他来到这个蛮荒的山谷里。对她来说,他就是一切,所有的梦想、所有的希望,都是为了他。他使得她的一生从开始到结束都充满了幸福。

"她不可能更幸福了。

"整整一夜,我听着那个老兵的嘶哑鼾声。他躺在简陋的床上,身边是跟着他来到这里的女人。我一边听一边想着这段离奇而简单的故事,想着她的幸福,如此完美并且几乎毫不费力就可以得到的幸福。

"太阳出来了,我跟这一对老夫妻握了握手,然后就动身了。"

说故事的人闭上了嘴。一个女人说:

"不管怎么说,她的理想太平常,她的需要太原始,她的要求太简单。她真是一个糊涂女人。"

另外一个女人慢吞吞地说:

"有什么关系,她是幸福的。"

在远远的天边,科西嘉消失在黑夜中,慢慢地回到大海里,好像刚才是为了叙述这对恩爱夫妇的故事,才特地显露出来的。

勋章到手了！

有些人生下来就有一种本能，一种癖好，在刚会说话、会思想的时候就产生的一种欲望。

萨克尔芒先生从小脑子里只有一个念头，那就是获得勋章。在他还是个孩子的时候，他就喜欢挂着镀锌的荣誉勋章。在大街上，他总是挺着挂着红缎带和金属勋章的小胸脯，骄傲地让母亲牵着手。

他学习成绩不好，中学都没毕业，他简直不知道该怎么办。后来，他娶了一个漂亮姑娘，因为他家里有钱。

他们像很多富裕的中产阶级那样住在巴黎，只能跟同一个阶层里的人来往，但是却混不进上流社会。他们认识了一位有希望当部长的议员，感到很得意。他们的朋友当中还有两位师长。

但是萨克尔芒先生从小就有的那个思想,一直没有离开过他。他一直没有办法在自己的礼服上挂一根小小的彩色缎带,所以感到很痛苦。

他在林荫大道上遇见那些戴勋章的人,心里就像针扎一样难受。他怀着强烈的妒忌心瞅他们。有时候下午时间长,他又闲着没事做,就一个个地数。他心里说:"让我们瞧瞧,从玛德兰纳教堂到德鲁奥街我会遇见多少戴勋章的。"

他慢慢走着,仔细观察每一个人的上衣,他那双老练的眼睛,隔老远就可以分辨出那个小红点儿。等他走到头,他总是对数出来的数字感到惊讶:"八个军官级,十七个骑士级。岂有此理!像这样乱发勋章,简直是愚蠢。让我们再瞧瞧回去的路上是不是还有那么多。"

他转身慢慢往回走,来往的行人很多,十分拥挤,他担心这会妨碍他的调查,会使他数漏。

他知道在哪里最容易遇到戴勋章的人。他们都集中在王宫一带。歌剧院大街就不如和平街,林荫大道的右边比左边多。

他们好像也偏爱某些咖啡馆、某些戏院。萨克尔芒先生每次看见一群白发苍苍的老先生停在人行道中间,妨碍交通,他心里就会说:"这都是一些荣誉军官长啊!"他恨不得脱帽向他们致敬。

他常常注意到,军官们的气派和普通的骑士不一样。他们头部的姿势就不同。让人感到他们有更高的威望，更大的权势。

有时候萨克尔芒先生也会怒火中烧，对所佩带勋章的人都恨得咬牙切齿。那是一种社会党人才会有的仇恨。

他像饥饿的穷人在食品店门口经过一样，被他遇到的那么多的勋章所激怒。一回到家，他就大声叫嚷："究竟要等到哪一天，咱们才能摆脱这个肮脏政府？"他的妻子大吃一惊，问他："你今天是怎么啦？"

他回答："我到处都看到不公正的事，我感到气愤。啊！巴黎公社的人做得真对。"

但是他吃完晚饭又出去了，他出去瞧瞧那些出售勋章的商店。他仔细观赏那些形状不同、颜色各异的勋章，恨不得全部据为己有，在举行公共典礼的时侯，在挤满人、挤满惊奇赞叹的人的大厅里，带头走在一队人的前面。他胸前挂着一排排勋章，每一枚都闪闪发光，胳膊底下夹着可以折叠的高顶大礼帽，态度庄严地在一片赞赏中、在一片敬重的嘈杂声中走过去，活像一颗光彩夺目的明星。

可是，他没有任何名义可以得到任何一种勋章。

他心想："一个没有公职的人想得到一枚荣誉军勋章实在太难了，我是不是可以试一试，争取得到一枚科学研究院官长勋章呢！"

但是他不知道应该怎么做。他把他的想法告诉他的妻

子,她一下子愣住了。

"科学研究院官长勋章?你做过什么可以得到它?"

他大发雷霆:"你把我的话听听明白。我正在想应该做些什么。你有时候真笨。"

她赔笑着说:"当然,你说得对。但是我不知道。"

忽然他有了一个主意:"你是不是去跟罗塞兰议员谈谈,他也许能够给我一些建议呢。我呢,你也明白,我不方便直接跟他谈这个问题。由你来说,事情就显得自然得多了。"

萨克尔芒太太按照他的要求做了。罗塞兰先生答应去找部长谈谈。萨克尔芒一再催促。议员最后回答他说,他应该提出一个书面申请,并且列举他的资历。

他的资历?糟糕了。他甚至连中学毕业证书都没有呢。

然而他还是用起功来,他写一本小册子,叫《论人民受教育的权利》。由于思想贫乏,他没有能够写完。

他寻找比较容易写的题目,一连接触了好几个。起初是《儿童的直观教育》。他主张在各个贫困市区里为儿童建立免费剧场。父母从他们很小的时候起就带他们去,剧场里用幻灯向他们传授各门学科的基本知识。这可以算是真正的教育,视觉启发大脑,图像会深深印在记忆里,使得科学变得可以看见了。

用这种方法来教授历史、地理、自然史、植物学、动物学、解剖学,还有什么能比它更简单的吗?

他出版了这篇学术性论文,每个议员送一本,每个部长送十本,总统送五十本,巴黎的报纸每家送十本,外省的报纸每家送五本。

接下来他又研究"街头图书馆"的问题,他提出由国家置办一些小车,像卖桔子的那种小车,装满书,在街上推来推去。每个居民出一个铜元的租金可以每个月借十本书。

萨克尔芒先生在书中写道:"人民只有在寻欢作乐的时候才肯动弹。既然他们不肯去受教育,那就让教育去找他们吧……"

这些论文没有引起任何影响,不过他还是提出了他的申请。他得到的答复是申请已经记录在案,并在研究之中。他相信自己一定会获得成功,他耐心地等着,但是却没有下文了。

他决定亲自奔走。他去拜访教育部长,接见他的是部长办公室的一位秘书。这位秘书非常年轻,但是举止很庄重,甚至有点自高自大。他像弹钢琴似的,按动一组白色按钮,召唤收发、勤杂人员,甚至科员。他向求见者保证,说他的事情进展顺利,并建议他继续著书立说。

于是萨克尔芒先生又开始工作了。

这一段时间,议员罗塞兰先生好像对他的工作特别关心,甚至给他出了许多切实可行的好主意。在这期间,罗塞兰先生获得了勋章,不过谁也不知道他是凭什么得到这个荣

誉的。

他指点萨克尔芒先生研究新的问题,把他介绍给一些学术团体。这些学术团体专门研究那些高深莫测的科学,目的是为了博得荣誉。他甚至在部里支持他。

有一天,他来到他朋友家吃中饭(近几个月他常常来吃饭),握着他的手说:"我刚为你弄到一个很好的差事。历史著作委员会交给您一个任务,派您到法国各地图书馆进行一次调查研究。"

萨克尔芒激动得吃不下饭。一个星期以后他就动身了,他从一个城市到另一个城市,查阅目录,在满是尘土的旧书堆里乱翻,遭到图书馆管理员的痛恨。

有一天晚上,他在鲁昂,他突然想回去拥抱一下多日没有见面的妻子,于是搭乘九点钟的一班火车,夜里十二点可以到家。

他身上有钥匙,轻轻地开门进去,快乐得浑身发抖,想到可以给她来个出其不意,心里十分得意。可是她的房门关着,真可惜,于是他隔着房门喊道:"让娜,是我!"

她一定是吓了一跳,因为他听见她从床上跳下来,说梦话一般自言自语。接着她跑过去,打开盥洗室,然后又关上,赤着脚在房间里来回奔走了好几趟,家具上的玻璃都震得当当响。最后她终于问道:"亚历山大,真的是你吗?"

他回答:"当然是我,快开门吧!"

门开了,妻子扑进他的怀里,结结巴巴地说:"啊!真吓人!真没想到,真高兴!"

于是他有条不紊地开始脱衣服。他从一把椅子上拿起他的外套,他平常总是把外套挂在前厅里。但是他突然愣住了。他发现这件外套的纽扣孔里挂着一根红缎带!

他结结巴巴地说:"这件……这件……这件外套上挂着勋章!"

他的妻子一下子扑过来,想从他手里把衣服夺走:"不……你弄错了……把它给我。"

但是他一直抓住一只袖子,不肯放,疯疯癫癫地重复说:"嗯?为什么?解释给我听听?这件外套是谁的?肯定不是我的,上面挂着荣誉勋章呢。"

她惊慌失措,拼命想从他手里夺过来,她结结巴巴地说:"听我说……听我说……把它给我……我不能告诉你……这是一个秘密……听我说。"

他勃然大怒,脸色变得铁青:"我要知道这件外套怎么会到这里来的!它不是我的。"

于是她冲着他的脸嚷道:"不,是你的,别说出去,向我发个誓……听我说……你已经得到勋章了。"

他的情绪波动得厉害,不由得放掉了外套,倒在一把扶手椅子上。

"我已经……你说……我已经……获得勋章了?"

"是的……这是一个秘密,一个大秘密……"

她把那件光荣的衣服藏在衣柜里,回到她丈夫跟前,颤抖着嘴唇说:"是的,这是我替你做的新外套。但是我发誓不告诉你,在一个月或者一个半月之内还不会正式公布。要等到你的任务结束,等你回来的时候才让你知道。是罗塞兰先生帮你的忙……"

萨克尔芒差点昏了过去,结结巴巴地说:"罗塞兰……勋章到手了……他……他让我……让我也得到勋章……啊……"

他不得不喝一杯凉水。

一张小纸片躺在地上,那是从口袋里落出来的。萨克尔芒捡起来,原来是一张名片。他念道:"众议员罗塞兰——议员。"

"你看见了吧。"妻子说。

他高兴得哭起来了。

一个星期以后,《政府公报》上公布,由于特殊的功绩,颁发给萨克尔芒先生荣誉军骑士勋章。

泰奥迪尔·萨博的忏悔

萨博一走进马丹维尔的酒店里,大家就都乐了。萨博是一个不喜欢教士的人。不喜欢!确实不喜欢!这个鬼家伙恨不得把他们吞下去。

他全名叫泰奥迪尔·萨博,是一个木匠师傅,在马丹维尔镇,他是一个激进派。他长得又高又瘦,有一双狡诈的灰眼睛。他常常用怪里怪气的腔调说"我们的酒鬼圣父",逗得大家都笑弯了腰。他在星期日别人做弥撒的时候干活儿。每年圣周的星期一他都杀猪,这样一直到复活节,他天天都有猪肉香肠吃。遇到本堂神父路过的时候,他总是开玩笑说:"这一位刚在柜台上把他的天主吞下去。"

神父名叫玛里蒂姆,是个胖子,个子挺高,他很害怕萨博,因为萨博总是不失时机地用玩笑话拆他的台。神父是一

个政治家，喜欢玩弄手腕。他们之间的斗争，已经持续了十年。萨博是村议会议员，人们相信他会当上村长，这对教会说来肯定是一个决定性的失败。

选举即将进行，玛丹维尔的教会派十分忧虑。一天早上，本堂神父动身到鲁昂去，他告诉他的女佣人，说他去看望主教。两天以后他回来了，他喜气洋洋，非常得意。第二天，大家都知道教堂的圣坛要翻新了。总主教大人掏腰包，付了六百法郎的修理费。

所有旧的神职祷告席都要拆掉，换成新的。这是一桩可观的木工活儿，当天晚上家家户户都在谈论这件事。

泰奥迪尔·萨博没心情笑了。

第二天，他在村里遇到邻居们，不论是朋友还是敌人，都开玩笑地问他。

"教堂的圣坛是不是你来修理？"

他不知道怎么回答，生起气来了，气可大着呢。

那些狡猾的人接着说：

"这桩活儿不坏，至少有二三百法郎好赚。"

两天以后，传说修理工作要交给佩尔什维尔的木匠塞勒斯坦·尚布尔朗去做，后来又说这是谣言。接着又有人宣布教堂里的全部长凳也都要修理，这需要两千法郎，已经向部里提出申请。这一下轰动大了。

泰奥迪尔·萨博再也睡不着了。一直以来，当地还没有一个木匠接过这样的买卖。后来又有传闻，人们私下里说，把这桩活儿交给外村的人去干，本堂神父感到很难过，可是由于萨博不信天主，他又不能交给萨博。

萨博听到了这个消息，当天晚上就去了本堂神父的家里。女佣人说，神父在教堂里。他于是到教堂去了。

两个许愿终身侍奉圣母的老姑娘，在神父的指导下，正在为圣母节布置祭坛。神父腆着大肚子，站在圣坛中央，指挥这两个女人。她们爬到椅子上，在圣体龛周围放上一束束花球。

萨博感到浑身不自在，好像深入虎穴一般，但是赚钱的欲望挑动他的心。他脱下鸭舌帽，拿在手里，走过去。他没有注意到那两个老姑娘。她们大吃一惊，呆站在椅子上发愣。

他吭吭哧哧地说：

"您好，神父先生。"

神父正忙着布置他的祭坛，看都没空看他一眼，就回答说：

"您好，木匠先生。"

萨博不知所措了，一句话也想不出来，沉默了一会儿后，他说：

"您在准备过节吗？"

玛里蒂姆神父回答：

"是呀,圣母节快到了。"

萨博又说:"是的,是的……"接着就不说话了。

这时候,他恨不得什么也不提就转身走掉。但是他朝圣坛望了一眼,就不肯走了,他看见十六个神职祷告席要换,六个在右边,八个在左边,两个在圣器室门口。十六个橡木神职祷告席的本钱只有三百法郎。只要手脚不笨,包下来细心干,肯定可以赚二百法郎。

于是他含含糊糊地说:

"我是来接活儿的。"

本堂神父露出惊讶的神色。他问:

"什么活儿?"

萨博心里发慌,低声说:

"那件正要找人干的活儿。"

神父转过身来,盯住他的脸:

"您是想来修理我们教堂的圣坛吗?"

玛里蒂姆长老说话的口气,泰奥迪尔·萨博听了,背上起了一阵寒战,他又恨不得立刻逃走了。然而他还是谦恭地回答:

"是啊,神父先生。"

长老把两条胳膊交叉在大肚子上,仿佛由于惊讶,一下子愣住了。

"是您……是您……您,萨博……来向我要求这件事……您……我们教区唯一一个不信神的人……但是这会成为一件丑事,一件众所周知的丑事。总主教大人会训斥我,说不定还会把我撤职的。"

他停了一会儿,喘了几口气,这才用平静的口气继续说:

"我明白了,您看见我把这么重要的工作交给别的木匠去干,心里很难过。但是我没有别的办法,除非……不行,这办不到……您决不会同意的。您不同意,就绝对不行。"

萨博望了望教堂里的一排排长凳。心里暗想:"见鬼,要是这些都需要重新更换呢?"

他问道:

"您要的是什么?您只管说吧。"

神父用坚定的口气回答:

"我需要明确的保证,保证您对主的诚意。"

萨博低声说:

"我现在不说。我现在不说,也许我们可以谈妥的。"

本堂神父说:

"您必须在下个星期日做大弥撒时公开领圣体。"

木匠的脸刷地白了。他没有回答,反而问道:"那些长凳是不是也要修理?"

长老肯定地回答:

"是的,不过要迟些日子。"

萨博说：

"我现在不说，我现在不说。我是一个说实话的人，我其实是赞成宗教的。我只是不喜欢那些仪式，但是即使是这样，我也没有反对过。"

那两个侍奉圣母的老姑娘已经从椅子上下来了，她们躲在祭坛后面，听着两个人讲话，激动得脸都白了。

本堂神父看到自己已经占了上风，突然一下子变得和蔼可亲：

"好极了，好极了。这句话说得聪明，不笨，您等等看吧，等等看吧。"

萨博很不自在地笑着问道：

"那个领圣体的时间，您可以稍微推迟几天吗？"

神父又恢复了严肃的表情：

"从工作委托给您的时候起，我希望我能确信您已经皈依天主教了。"

接着他比较温和地说下去：

"您明天来忏悔，因为我至少应该考验您两次。"

萨博跟着说：

"两次？"

"对呀。"神父笑了，接着说，"您也明白，您应该接受一次大扫除，扫得一干二净。我明天等您。"

木匠十分激动地问：

"您要在什么地方做这件事?"

"就在……在忏悔室。"

"就是那边的那个箱子吗?可是,可是,你那个箱子对我不合适。"

"为什么?"

"因为……因为我对它不习惯。而且我的耳朵有点背。"

神父的态度变得随和了:

"好吧!那您到我家里来吧。在我的客厅里,就咱们两人,单独进行。您看怎么样?"

"好,那样对我很合适。您那个箱子,实在不行。"

"好吧,那就这么说。明天,您干完活儿以后,六点钟来。"

"一言为定,说话算数。明儿见,神父先生。谁要是赖谁是混蛋!"

他伸出粗糙的大手,神父用手使劲地拍下去。

击掌响声在教堂的拱顶上波动,一直传到风琴排管后面,然后消失了。

第二天,泰奥迪尔·萨博整日不得安宁。他就像去拔牙齿一样慌慌张张。他脑海里时刻闪过这个念头:"我今天晚上要去忏悔了。"他是一个不够坚定的无神论者,模模糊糊地感到宗教的神秘,觉得恐惧,惶惶不安。

干完活,他朝神父的住宅走去了。神父在花园里等着

他,沿着一条小径边走边念经,十分得意的样子,看见他来了,大声笑着迎着他走过来。

"好,好!您果然来了。请进,请进,萨博先生,放心吧,我不会把您吃掉的。"

萨博先生走进屋,结结巴巴地说:

"如果您不反对,我希望把咱们这件小事快点办掉。"

本堂神父回答:

"我听候您的吩咐。我的祭披就在这里,一分钟后我就可以听您的忏悔了。"

木匠激动得什么都不想了,呆呆地望着他披上祭披。神父向他做了个手势:

"跪在这个垫子上吧。"

萨博不好意思跪下来,站着不动。结结巴巴地说:

"跪下来有用处吗?"

神父的态度变得非常威严:

"做忏悔必须跪着。"

萨博跪了下来。

神父说:

"请您念《悔罪经》。"

萨博问:

"什么?"

"《悔罪经》。如果您已经记不得了,我念一句,您跟着念一句。"

本堂神父慢慢地,抑扬顿挫地念着《悔罪经》的经文,木匠一句句跟着念。然后神父说:

"现在请您忏悔自己的罪过吧。"

萨博没有吭声,他不知道从哪儿开始。

玛里蒂姆神父上来帮助他了:

"我的孩子,既然您不太懂,那就让我来问您。我们按照天主的训诫一个一个地来。仔细听我说,别慌张。要老实说,别怕说得多了。"

汝应敬一神,
爱之以诚意。

"您是爱什么人或者一件东西,胜于爱天主?您是否全心全意,以您全部爱的力量爱天主?"

萨博想了半天,满头大汗。他回答:

"不。啊,不,神父先生。我是很爱天主的。这个……是的……我非常爱他。要说我不爱我的孩子,不,我不能这么说。要说必须在他们和天主中间选择,这个我没法说。要说为了爱天主必须损失一百法郎,这个我也没法说。但是我确确实实非常爱他,非常爱他。"

神父严肃地说:

"应该爱他胜过一切。"

萨博满怀诚意地大声说:

"我将尽我可能,神父先生。"

玛里蒂姆长老接着说下去:

　　天主不可骂,
　　他物亦如是。

"您可曾说过什么渎神的话?"

"没有。啊!这个没有——我从来,从来不说渎神的话,有时候,在气头上,我会说他奶奶的天主!但是我从来不说渎神的话。"

神父大声喝道:

"这就是渎神的话。"

然后严肃地说:

"以后不要再说了。我继续下去。

　　主日勿做工,
　　专心事天主。

"您在星期日干什么?"

萨博搔了搔耳朵,说:

"我吗,我尽力侍奉天主,神父先生,我在家里……侍奉他。我星期日干活儿……"

本堂神父打断他,宽宏大量地说:

"我知道,您以后会改好的,下面有几条训诫我放过去,因为我确信您从来没有违背过。我们来看看第六条和第九条,我再说下去:

  不可夺人财,
  也勿取以计。

"你是否用什么手段骗取别人的钱财?"

泰奥迪尔·萨博生气了:

"啊!绝对没有!绝对没有!我是一个诚实的人,神父先生。我可以发誓,肯定没有。有时候我可能会向有钱的主顾多算几个钟头的工钱,偶尔我还会在账单上多开几个铜钱。但是盗窃,没有过,啊,肯定没有过。"

本堂神父严肃地说下去:

  妄证不可说,
  谎语最当弃。

"您可曾说过谎?"

"没有,这个没有。我不是爱说谎的人。这是我的品德。只是我有时候会说一点笑话。有时候为了利益,我偶尔也会编造一点事情,但是说谎,我可不是喜欢说谎的人。"

神父说:

"以后要更加检点一些。"

接着他说:

若非夫妇间,
性交宜永忌。

"除了你的妻子之外,您有没有想过或者占有过别的女人?"

萨博真诚地叫起来:

"这个没有过,这个没有过,神父先生。我怎么舍得欺骗我可怜的妻子呢?没有!没有!一丁点儿也没有过,不论是在思想上还是在行动上都没有过。决不讲假话。"

他想了几秒钟,好像心里产生了怀疑似的,放低了声音说:

"有时候我到城里,为了寻一点开心,换换花样,我偶尔也会到那种地方,您知道的,就是到过妓院……不过我付钱,神父先生,我每次都付钱,既然我付了钱,那应该不算什么大问题了吧?"

本堂神父没有再盘问下去，他赦免了他的罪。

泰奥迪尔·萨博终于承包了圣坛的修理工作，并且，他每个月都到教堂去领圣体。

珍珠小姐

一

连我自己也想不明白,那天晚上我怎么会有那样古怪的念头,竟然选了珍珠小姐做王后!

我每年都要到我的老朋友尚塔尔家去过诸王节。他和我父亲的交情很深,当我还是孩子的时候,父亲就常常带我上他家去,后来我就每年都去了。将来只要我还活着,只要世上还有尚塔尔家的人,我一定会把这个习惯保持下去的。

尚塔尔一家的生活方式很特别。他们虽然住在巴黎,却跟住在郊区没什么两样。

他们在天文台附近有一所带花园的房子。他们住在那里,过着深居简出的生活。对巴黎的生活,他们什么也不知

道，也不想知道。他们有时候也出门，到巴黎旅行一次。照他们家里的说法，是尚塔尔太太置办粮草去了。以下就是他们置办粮草的情形：

珍珠小姐掌管食品柜的钥匙（衣柜是由主妇亲自掌管的）。她通知主妇白糖快完了，罐头食品已经吃光了，口袋里的咖啡也剩得不多了。

尚塔尔太太接到饥荒的警告，连忙把存货清查一遍，记在小本子上。她记下了许多数字，花很长的时间计算，再花很长的时间和珍珠小姐商量。最后取得一致意见，确定要买白糖、米、李子干、咖啡、果酱、罐头豌豆、罐头蚕豆、罐头、龙虾、咸鱼或熏鱼等等，每样东西需要添购三个月的数量。

然后，她们定好采购的日期，乘着马车到新市区的一家大食品店去。

尚塔尔太太和珍珠小姐一起，神秘地完成了这趟旅行，她们要到吃晚饭时才回来，车顶上堆满大包小裹，好像搬家似的。一路颠回来，虽然很兴奋，可是已经累得筋疲力尽了。

在尚塔尔一家子人的心目中，巴黎整个塞纳河对岸都是新市区，住在那边的居民都古怪、吵闹、不正派，白天闲游浪荡，晚上寻欢作乐、浪费金钱。不过有时候他们也带着两位年轻小姐，到歌剧院或者法兰西剧院看一次戏，当然这些戏都是尚塔尔先生看的报纸上推荐过的。

这两位小姐,一个十九岁,一个十七岁,都长得很美,苗条,青春,很有教养,只是太有教养了,有教养得就像两个好看的布娃娃,引不起人们的注意。我从来没有对她们动过爱慕之心。她们给人的印象太纯洁,叫人连话都不敢对她们说,甚至向她们鞠个躬,也怕会冒犯了她们。

至于她们的父亲,他是个挺有趣的人,有学问,很直爽,很和蔼。不过他最爱的是修养和安闲,他总是把家里弄得很安静,像一潭死水一样。他读过很多的书,爱聊天,容易动感情。因为深居简出的缘故,他的神经非常敏感,非常脆弱。为了一点小事,他就会激动,烦恼,痛苦。

尚塔尔家也有朋友,不过很少,都是在邻里中他们看得上眼的,他们每年也跟住在远方的亲戚走动个两三次。

每年的圣母节和诸王节,我都要到他们家去吃晚饭。这就像天主教徒到了复活节要去教堂领圣体一样,成了我的一种义务。

八月十五日,他们还邀请几个朋友,可是诸王节那一天,我却是他们家唯一的客人。

二

那一年跟往年一样,我又到尚塔尔家吃晚饭,过诸王节。

我跟尚塔尔先生、尚塔尔太太和珍珠小姐拥抱，向路易丝小姐和波利挪小姐鞠躬。他们向我打听各种各样的事情，打听林荫大道上的新闻，打听政治时事，还打听我们那些议员的消息。尚塔尔太太是个胖女人，她的任何想法给我的印象都像石板一样，是正方形的。她习惯于用这样一句话来结束一切政治问题的争论："瞧着吧，肯定不会有好结果的。"为什么我总觉着尚塔尔太太的想法是正方形的呢？我说不上来。在我的印象里，有些人的想法是圆形的，而且会像铁环一样滚动。只要他们一张嘴说点什么，那些圆形的想法，就十个、二十个、五十个地滚出来，也有的人的想法是尖形的……不过，这都是题外话。

我们像往常一样坐下来吃饭，一顿饭吃完，都没有说过什么值得一提的话。

吃餐后点心时，诸王饼端上来了。这法国诸王节的游戏，谁吃到饼里的小豆子，谁就是今天的"节王"。以往每年都是尚塔尔先生做节王。这是巧合呢，还是家里人的安排，那就没法知道了，反正他回回都在他的那份饼里找到那粒豆子，并且回回都选尚塔尔太太做王后。当我咬了一口饼，觉着饼里有一样硬梆梆的东西，差点把我的牙齿崩掉的时候，我吓了一跳！我小心地从嘴里把东西取出来，原来是一个蚕豆大小的小瓷人，我惊奇地叫了一声："啊！"他们望着我，尚塔尔先生拍着手，嚷道："是加斯东，是加斯东，

节王万岁!节王万岁!"

所有的人都齐声喊着:"节王万岁!"我窘得面红耳赤的,仿佛遇到了什么尴尬的事。我低着头,用指头捏着小瓷人,勉强地笑着,却不知道该做什么、该说什么、尚塔尔先生说:"现在该选王后啦。"

这时,我惊慌失措了,刹那间,许许多多的念头和推测掠过我的脑海。他们想让我在这两位小姐中间挑一位吗?这会不会是一个小手段,让我说出我喜欢哪一位?这会不会是父母们想出来的办法,为了促成一桩婚姻呢?儿女成年的时候,父母们总是会经常思来想去,用各种伪装的手法,做出种种撮合。我非常害怕连累到自己,何况路易丝小姐和波利娜小姐都端庄拘谨,使我感到说不出的胆怯。对我来说,从她们中间选一位,就像从两滴水中选一滴一样困难。再说,我心里非常害怕在这种事情上冒险,这样很容易不由自主地被人领到结婚的道路上去,弄不好还会非常尴尬。

但是,我灵机一动,把这个具有象征意义的瓷人递给了珍珠小姐。开始大家都吃了一惊,随后,他们对我的细心和谨慎感到了钦佩,他们长时间地热烈鼓掌,大声嚷着:"王后万岁!王后万岁!"

至于她,这个可怜的老姑娘,却十分慌张,急得浑身发抖,结结巴巴地说:"不行……不行……不行……别选我……我求你……别选我……我求你……"

这时候，我平生第一次关注起珍珠小姐来，我心里不停琢磨着，她到底是怎样的一个人呢？

我已经习惯于看见她在这个家里，就好像我们从小就一直坐着，却又从来没有注意过身后的扶手椅一样。但是有一天，一线阳光照在椅子上，我们会莫名其妙地对自己说："咦，这件家具倒挺珍贵的呢。"接下来我们就会发现椅子上的木雕很有艺术价值，布艺也很考究。总之，我从来没有注意过珍珠小姐。

她是尚塔尔家的一员，我知道的只有这些。但是，她怎么会成为尚塔尔家的人呢？又是什么身份呢？她身材高挑，在家里她总是让自己不被人注意，不过她不是一个无关紧要的人。他们待她很和善，比待女佣人好，但是比待亲戚差。我忽然想起了许多过去我一直没有留心的差别！尚塔尔太太喊她："珍珠。"两位姑娘喊她："珍珠小姐。"尚塔尔呢，只称呼她一声小姐，但语气比她们都尊重。

我开始仔细端详她。她大约四十岁年纪。长得并不老，可是却故意把自己打扮得像个老人似的。这一点突然引起了我的注意。她的发式、服装都很可笑，但是，她身上却有着一种纯朴自然的风韵，这种风韵被她细心地掩盖起来。这是一个多么古怪的人啊！我怎么从来没有好好地看看她呢？

她的头发式样有点土，梳成许多老气的小卷卷。头发下面是宽阔开朗的前额，前额上横着两条很深的皱纹，那是长久的忧愁留下来的。她有一双温柔的蓝色大眼睛,目光里透出羞涩、谦逊和天真,充满了少女的惊讶、年轻人的敏感。还有昔日的哀愁,使得这双眼睛变得更加温柔,却没有失去光彩。

她的脸是优雅的、庄重的,这是一张没有受过人生中的劳累和折磨、自行憔悴的脸。她的嘴很漂亮,牙齿也很漂亮,但是她却好像连笑都不敢笑呢!

我忽然拿她跟尚塔尔太太比较了一下。毫无疑问,她比尚塔尔太太美,美一百倍,比她优雅、高贵、端庄。

我的观察使我感到惊讶。香槟酒已经斟好。我举起酒杯,说了几句措词巧妙的恭维话,向王后敬酒。她恨不得用餐巾把脸捂起来。后来,她的嘴唇轻轻沾了一下酒杯,大家都叫了起来:"王后喝酒啦!王后喝酒啦!"她脸涨得通红,一连呛了好几声。大家都笑了。不过我看得出,这一家人都非常爱她。

三

吃完了晚饭,尚塔尔拉住了我的胳膊。这是他抽雪茄烟的时间,最神圣的时间。如果只有他一个人在家,他就上街去抽,如果有客人在家吃饭,那就跟客人一起上楼,到台球房里去,一边打台球,一边抽。这天晚上,因为过诸王节,台球房里还生了火。我的老朋友拿起他的台球棒,用白粉仔

细擦了擦,然后说:

"你开球,我的孩子!"

虽然我已经是二十五岁的人了,可是他是看着我长大的,所以他对我一直称呼"你"而不称呼"您"。

我开了球。我连中了好几个,也有几杆落了空,我心里一直想着珍珠小姐,于是突然冒冒失失地问:

"请问,尚塔尔先生,珍珠小姐是您的亲戚吗?"

他感到很诧异,停下球杆望着我:

"怎么,你不知道?你不知道珍珠小姐的身世?"

"不知道。"

"你爸爸没告诉过你?"

"没有。"

"咦,奇怪!真奇怪!可这并不是一件普通的事情呀!"

他沉默了一会儿,又接着说:

"今天是诸王节啊,你在诸王节问我这件事,真是奇怪极了。"

"为什么?"

"说来话长啊!这已经是四十一年前的事了,四十一年前的今天,诸王节。我们住在鲁依·勒托尔的山城上。先得跟你说一下这所房子,你才能了解清楚。鲁依城修建在山坡上。我们在那儿有一所房子和一片美丽的空中花园。房子临着城里的街,花园却俯视着山下的大平原。这片花园还有一个出口通到田野上。

"那一年的诸王节,已经下了整整一个星期的雪,简直就像是到了世界的末日。我们到城墙上往外一看,无边无际的平原成了白茫茫的一片,我们的心都感到一阵寒冷,到处都是白色,上了冻,像抹了一层清漆似的闪闪发光。实在是凄凉极了。

"当时我们一家都住在那儿,家里人很多,我的父亲母亲,舅舅舅母,还有我的两个哥哥和四个表妹。这四个表妹都是挺好看的女孩子,我娶的就是其中最小的一个。如今这些人只剩下三个了:我的妻子和我,还有一个住在马赛的大姨子。一家人都飘零四散啦!我一想到这个就浑身发抖!那年我正好十五岁。

"我们正准备庆祝诸王节,大家都很高兴。大伙儿在客厅里等着吃饭,我的大哥雅克忽然说:'有一条狗在平原上叫了很久,这可怜的畜生一定是迷路了。'

"他还没有说完,花园里的钟就响了。钟声低沉,听起来像教堂敲的丧钟,所有人都吓得打了个寒噤。父亲把仆人叫来,吩咐他去看看。我们静静地等着,心里想着那铺满大地的积雪。仆人回来说,他什么也没有看见。可是狗还在不停地叫,而且它的声音始终是在老地方。

"我们坐下来吃饭,但是心里有点紧张。一直到上烤肉的时候,都还平安无事。可是后来,那口钟突然又一连响了三下。又重又长的钟声震得我们指尖打颤,我们紧张得透不过气来,互相张望着,手里举着叉子,留神地听,心里感到一种不可思议的恐怖。

"最后我母亲说:'奇怪,这个人隔了这么久又回来打钟。巴蒂斯特,你不要一个人去,让哪位先生跟你一块儿去吧。'

"我舅舅弗朗索瓦站了起来。他身材魁梧,一身蛮劲,什么也不怕。我父亲对他说:'带一支枪走吧,可以防备万一。'

"但是舅舅只拿了一根手杖,就跟那个仆人一同出去了。

"我们又是害怕,又是着急,饭也不吃,话也不说。父亲安慰我们说:'等会儿你们就会知道,这一定是一个乞丐或者过路人,在大雪中迷了路。他打了我们家的钟,见我们没有立刻去开门,就又想再去找一找路,后来找不到,才又回到我们家门口来的。'

"舅舅出去这段时间长得像有一个钟头。最后他怒气冲冲地回来,骂道:'他妈的,什么也没有,准是谁在开玩笑!只有那条该死的狗,一直在远远的地方叫。我要是带着枪,肯定给它一枪,叫它叫不成。'

"我们继续吃饭,但是大家心里都惶惶不安。很明显,这件事没完,还会有新的情况发生,那口钟等一会儿还会响。

"果然,我们在切诸王饼的时候,钟又响了。大家都不约而同地站了起来。弗朗索瓦舅舅刚喝过香槟酒,他怒气冲冲地说,非把'他'杀了不可,吓得我母亲和舅母连忙跑过去拦他。父亲一向很沉着,可是他行动不大方便(他自从骑马摔断腿以后,一直拖着脚步走路),这时他也对大家说,他想去亲自看看到底是怎么回事。我的两个哥哥,一个十八岁,一个二十岁,都去取了他们的枪,准备同去。我趁他们都不注意的时候,也取了一支气枪,打算参加这支远征队。

"队伍出发了。父亲、舅舅和提着一盏风灯的巴蒂斯特走在前面。哥哥雅克和保尔跟着他们。我不顾母亲的劝告,也跟在后面。母亲和舅母,还有四个表妹留在屋门口。

"雪又下了一个钟头。大地上白茫茫一片。枞树被沉重的外衣压弯了腰,看去像白色的金字塔,又像一大堆一大堆的砂糖。隔着细密的雪花交织成的幕幛,只能隐约看见那些矮小的、苍白的灌木。雪下得那么大,十步以外就什么也看不清了,好在那盏风灯的光芒十分明亮。我们走下城头,走上平原,我真的害怕起来。我觉着就好像有人跟在我背后,要抓住我的肩膀,把我拉走。我恨不得转身回去,但是要回去又非得穿过整个花园,那我又不敢。

"我听见朝向平原的门开了,接着舅舅破口大骂:'妈的,他又走了!只要看见这个狗杂种的影子,我就不会放过他。'

"平原看上去阴森森的,与其说看上去,还不如说是感觉到的好,因为我们根本看不见它,只能够看见无边无际的雪,上下,左右,前后,到处都是。

"我舅舅说:'听,那条狗又叫了。我去让它领教领教我的枪法。只有这个办法省事。'

"但是我父亲心肠好,他说:'最好还是先去看看这个不幸的畜生,它也许是因为饿了才叫的。这个可怜的东西在求救,它像遇难的人那样在喊我们。走!'

"我们朝前走去,走进这密密层层、连绵不断的大雪,穿入这布满在黑夜和空气中的泡沫。它转动着,飘浮着,降落着,冻僵了我们的肌肉,然后就融化了。每一个小雪花碰到了皮肤,都像火烧似的疼痛。"

"积雪没过我们的膝盖,每迈一步都得把腿抬得很高。我们越往前走,狗的叫声就越清楚,越响亮,我的舅舅叫道:'在那儿!'就像在黑夜中和敌人遭遇似的,我们都停了下来。

"我什么也看不见。赶紧走到前面和他们站在一块,这才把它看清楚。这条狗看上去又吓人,又古怪,是条大黑狗。它站在风灯光芒的尽头,一动不动,而且也不再叫了。只是望着我们。

"我舅舅说:'奇怪,它不朝前走,也不往后退。我真想给它一枪。'

"我父亲口气坚决地说:'不,应该去看看它。'

"这时候,我哥哥雅克说:'那儿不光有一条狗,旁边还有一样东西呢。'

"狗的背后确实有一样东西,黑乎乎的,看不清楚。我们小心地向他走近。

"这条狗见我们走过去,就坐在地上。它的样子并不凶恶,好像因为自己把我们引来了,感到很高兴似的。

"我父亲走到它身边,摸摸它。它舔舔他的双手。这时候我们才发现它是被拴在一辆小车的轮上。这辆玩具似的小车,用三四层羊毛毯裹着。我们小心地揭开毯子,巴蒂斯特把风灯移近,发现里面有一个睡着了的婴儿。

"当时我们惊得连话也说不上来了。我父亲最先镇静下来,他是个心地厚道,而且有点热情的人。他把手伸在车顶上,说:'可怜的弃儿,你是我们的了!'他叫我哥哥雅克在前面推着这辆小车。

"我父亲自言自语地说:'这是一个私生子,也许她可怜的母亲想到了圣婴,于是在诸王节的夜里叫我们的门。'

"他停下脚步,在黑夜里朝着四面八方连续喊道:'我们已经收留他了。'接着,他把手搭在舅舅的肩膀上,低声说:'弗朗索瓦,你要是朝狗开枪,会有什么样的结果?'

"我舅舅没有回答,但是他在黑暗中认真地划了一个十字。他这个人尽管爱说大话,可是信仰却很虔诚。

"狗已经解开，它跟着我们。

"哎呀，我们回去的情形实在有趣！我们费了好大的劲，沿着台阶把那辆小车抬上城墙。我们把它一直推到前厅里。

"妈妈又是高兴，又是惊慌，样子很古怪！我的四个表妹——最小的当时六岁——就像四只母鸡守着一个鸡窝。最后我们把熟睡的孩子从车子里抱出来。是一个刚满月的女孩子。我们在她的襁褓里找到了一万金法郎，是的，一万金法郎，爸爸替她存起来，准备给她做嫁妆，她肯定不是一个穷人家的孩子……也许是哪个贵族和小户人家的姑娘生的……再不然就是……我们做了种种猜测，可是真实情况却没法知道……就连那条狗也没有人认识，它不是本地的狗。然而，无论如何，到我们家门口打了三次钟的这个人，至少了解我的父母，才会这样选中了他们。

"这就是珍珠小姐怎样来到尚塔尔家的经过。

"不过，我们叫她珍珠小姐，还是后来的事。起初给她起的名字是'玛丽·西蒙娜·克莱尔'，'克莱尔'算是她的姓。

"当时，我们抱着这个婴儿回到饭厅里。她已经醒了，用那双漠然迷离的蓝眼睛望着周围的人和灯光。

"我们重新围着桌子坐下来，分好饼。我当了节王，还像你刚才一样，选了珍珠小姐作王后。

"孩子就这样收养在家里。她长大了，一晃许多年，她

善良,温柔,和顺。大家都喜欢她,要不是我母亲从中拦阻,我们不知会把她惯成什么样子。

"我母亲是一个阶级观念很重的人。她愿意像待自己的亲生子女一样待小克莱尔,但是她又要求我们之间要保持距离,地位一定要确定。

"这个孩子刚懂事,我母亲就让她知道自己的身世,很和缓地,甚至可以说,很亲切地让这个小姑娘明白,对尚塔尔家的人来说,她只是一个被收留的养女。

"克莱尔凭着罕见的智力和惊人的本能,了解到自己的处境,而且她知道应该怎样接受她在这个家里的地位。她的态度总是那么有分寸,那么庄重,那么温顺,甚至连我父亲都被她感动得流泪。

"这个温柔可爱的小家伙,她的感恩和忠诚也打动了我母亲,她开始叫她:'我的女儿。'有时候,这个小姑娘做了一件体贴人的事,我母亲就把眼镜推到额头上,一遍遍地说:'这孩子真是一颗珍珠,一颗真正的珍珠啊!''珍珠小姐'的名字就是这样来的。一直到今天,我们还这样称呼她。"

四

尚塔尔先生不作声了。他坐在台球桌上,晃着两条腿,左手捏着一只台球,右手揉着一块擦黑板的、我们叫做"粉擦"的抹布。他的脸略微有点红，声音模糊，他好像是在对自己说话，整个人沉浸在回忆中。他在无尽的往事中慢慢走着，就像我们在老家的花园里散步一样。

我背靠着墙，站在他的对面，双手支在一根台球棒上。

过了一会儿，他又说："天啊，她长到十八岁时多么漂亮……多么优雅……多么完美啊！而且还善良……高尚……她有一双……一双蓝色的眼睛……清澈……明亮……像这样的眼睛我从来没有见过……从来没有见过！"

他停住不说了，我问："她为什么不结婚呢？"

他回答了，不是回答我，而是回答他听见的"结婚"这两个字。

"为什么？为什么？她不愿意……不愿意。她有三万法郎的嫁妆，求婚的人也不少……可是她就是不愿意！那段时间她好像很忧郁，也就是在这个时候，我娶了我的表妹小夏洛特，我们订婚已经有六年了。"

我望着尚塔尔先生，我仿佛一下子看清了他的思想，看清了藏在他高尚的心灵中的一出平凡而又残酷的悲剧。过去一直没有人能够了解他的心，即使那位一直在默默忍受的牺牲者，也不了解。

突然间，我在好奇心的驱使下，冒失地说：

"尚塔尔先生，您原来应该娶她呀？"

他哆嗦了一下，望着我，说：

"我?娶谁?"

"娶珍珠小姐。"

"为什么?"

"因为您爱她胜过爱您的表妹。"

他睁大了眼睛,惊慌失措地望着我,好一会儿,结结巴巴地说:

"我……我爱她?为什么?谁告诉你的?"

"是我看出来的……为了她,您拖延了六年,才和您的表妹结婚。"

他放下手中的台球,抓着粉擦,捂住脸,痛哭起来。他哭得又可怜,又可笑,就像我们挤海绵似的,眼睛、鼻子和嘴都在流水。他咳嗽,吐痰,用粉擦擤鼻涕。他哭得呜呜响,听上去像是在漱口。

我感到慌张和惭愧,恨不得溜走,我不知道该说什么、该做什么、该怎么办了。

突然,楼梯上传来了尚塔尔太太的声音:"你们的烟该抽完了吧。"

我打开门,喊道:"是的,太太,我们这就下去。"

我赶紧走到尚塔尔先生面前,抓住他的双手说:"尚塔尔先生,我亲爱的尚塔尔,您太太在叫您,镇静一下,赶快镇静一下,我们该下去了,镇静一下吧。"

他结结巴巴地说:"好……好……我这就下去……可怜

的姑娘……我这就下去……请你告诉她，我马上就下去。"

他用那块旧粉擦仔细地擦脸，然后他转过脸来，脸上一半白的，一半红的，额头、鼻子、双颊和下巴涂满了白粉，眼睛也肿了，而且还眼泪汪汪的。

我抓着他的手，把他拉到卧室里，小声对他说："请您原谅我，尚塔尔先生，原谅我惹您伤心……不过……我实在想不到……这……这您也能了解……"

他握住我的手，说："是的……是的……谁都有难过的时候。"

他把脸浸在脸盆里。等他抬起头来，我觉着他还是见不得人，我突然想起了一条妙计，在他一边照镜子、一边发愁的时候，我对他说："您对大家说，你眼睛里落了一粒砂子，就可以当着他们的面流眼泪了。"

他用手绢揉了揉眼睛，下楼去了，大家都很着急，每个人都想找到那粒砂子，可是怎么也找不到。她们谈到许多类似的情况，还说最好去找医生。

我又和珍珠小姐坐在一起了，我望着她，一股强烈的好奇心使我感到痛苦，使我不能宁静。她以前一定非常漂亮，她的眼睛那么大，那么沉静，好像从来没有闭上过一样。她的打扮有点可笑，是老姑娘的打扮。虽然她的样子很美，但是这身打扮多少损害了她的风韵。

就像刚才看到尚塔尔先生的心事一样，我仿佛也看到了

她的内心，这个谦逊、淳朴、热诚的女人的一生都展现在我眼前。但是我又感到难受，忍不住想问问她，她过去是不是也爱他。她是不是也像他一样，默默地忍受着长久的苦痛，纵然在白天和别人一样谈笑自若，但是到了夜晚却在冷清的黑屋子里承受煎熬。我仔细地望着她，隔着衣服，我可以看出她的心在跳动。我问自己：这个温柔的女人会不会每天晚上伏在泪枕上呻吟，哭得浑身颤动？

就像孩子们拆开一件玩具，察看里面的结构一样，我小声对她说："您要是看见尚塔尔先生刚才怎样哭，一定会可怜他。"

她哆嗦了一下，说："怎么，他哭过？"

"啊！对，他哭过。"

"他为什么哭？"

她好像很激动，我回答：

"为了您。"

"为了我？"

"是的。他告诉我，他从前如何爱您，他娶了现在这位妻子，而没有娶您，这对他来说是多么的痛苦！"

她苍白的脸仿佛突然拉长了，她那双大眼睛，那双宁静的眼睛突然一下子闭上了，好像再也不会睁开似的。她从椅子上滑下去，轻轻地、慢慢地瘫倒在地板上。

我嚷道："快来，快来！珍珠小姐昏过去了。"

尚塔尔太太和她的女儿奔了过来，在她们忙着找水、找毛巾、找醋的时候，我取了自己的帽子，溜了出来。

我迈着大步朝前走，心扑扑地跳着，满腔的懊恼和悔恨。然而，我又感到高兴，我觉着我干的应该是一件值得赞扬的、非做不可的事情。

我问我自己："我做错了吗，还是做对了？"这件事留在他们的心里，就像子弹留在合拢的伤口里。现在这件事被我说穿了，他们会不会比以前轻松些？他们俩想要挽回过去的苦痛，已经太晚了，但是怀着柔情去回忆它，还是来得及的。

也许在即将来临的春天的一个晚上，从树林间洒落的月光会打动他们的心，他们会互相挨近，紧紧地握着手，仔细回忆他们隐藏在心中的痛苦。也许这短短的一握会在他们的全身激起从未有过的颤栗，使他们尝到转瞬即逝的陶醉的滋味。这种陶醉，能使相爱的人在片刻间获得极大的幸福，比其余的人一生得到的还要多呢！

名师导读

一、名著概览

莫泊桑于1850年8月5日出生在法国诺曼底省迪耶普城附近一个没落的贵族家庭。从童年时代起，母亲就培养他写诗，母亲是他走上文学创作道路的启蒙老师。1870年，莫泊桑中学毕业后到巴黎进入大学学习法律。这一年普法战争爆发，他应征入伍。在军队中，他亲眼目睹了危难中的祖国和在血泊中呻吟的士兵，他把自己的所见所闻写下来，以激发人们的爱国热情。1871年，战争结束后，莫泊桑退役回到巴黎，先后在海军部和教育部任职。

1878年，他在教育部工作之余开始从事写作，同时拜舅舅的同窗好友、大文学家福楼拜为自己文学上的导师，并且因此与福楼拜结下了亲如父子的师徒关系。福楼拜决心把自己创作的经验传授给莫泊桑，莫泊桑在导师的悉心指导下刻苦磨砺达十年之久。1880年，莫泊桑发表了他的成名之作《羊脂球》。此后，莫泊桑共创作了《一家人》《我的叔叔于勒》《米隆老爹》《两个朋友》《项链》等300多篇思想性和艺术性完美结合的短篇小说佳作。莫泊桑的长篇小说也取得了比较大的成就，他一共创作了6部长篇佳作：《一生》《漂亮朋友》《温泉》《皮埃尔和若望》《像死一般坚强》和《我们的心》。

莫泊桑的文学艺术成就，对世界文学宝库做出了巨大贡献。他在写作艺术技巧方面的成就，不仅在法国文学史上占有重要地位，而且对世界其他国家的短篇小说创作产生了很大的影响。屠格涅夫认为莫泊桑是19世纪末法国文坛"最卓越的天才"。

二、选择题

1. 下列对莫泊桑生平和创作的理解和分析，不正确的一项是（　　）

   A. 莫泊桑自幼生活在诺曼底，对农村生活非常熟悉。《西孟的爸爸》中的铁匠善良仁慈，愿意娶一个失足的姑娘，担负起抚养一个受欺侮的私生子的责任。

B. 《老人》通过一个老人勾画出一幅农村的风俗图,并写出两辈人的淡漠关系,以及农民虽然无法摆脱习俗约束,但更重实利的心理。

C. 莫泊桑还写过不少关于爱情、婚姻和家庭生活的短篇,如《月光》《珍珠小姐》和《在海上》这些作品,作者都写得真切感人。

D. 他的作品总是着眼于现实生活,从生活的长河中,汲取某些富有典型意义的侧面,或是一个插曲,或是一件小事,按照生活本来面目作剪影式的勾勒,真实地反映整体的艺术效果。

2. 下列对莫泊桑小说《羊脂球》一文的理解和分析,不正确的一项是(　　)

A. 作者通过个性化的语言,对每个人的形象作了全面的剖析,将各人物描绘得栩栩如生,跃然纸上。奸商鸟先生诡计多端,圆滑。伯爵是一个极虚伪的两面派人物。

B. 《羊脂球》选材十分典型。莫泊桑选取了一个处于社会最底层、受人歧视的妓女作为反面人物来描绘,以达到深刻揭露的目的。

C. 作者把当时的社会聚焦于一辆马车和十个人的身上,来暴露资产阶级人物丑恶的灵魂。

D. 作者通过"挨饿"的细节,展现出羊脂球的善良

和宽厚。

3. 下列对莫泊桑小说《骑马》一文的理解和分析，不正确的两项是（　　）

   A. 主人公埃克托尔因一时虚荣和想出风头的渴望，装作会骑马，结果撞伤了西蒙大妈，老妇人声称丧失了劳动能力，要他担负赡养终身的责任。

   B. 当埃克托尔将坏消息告诉妻子时，妻子含着眼泪说："这不是我的错！"但面对现实，他们也将西蒙大妈告上了法院，最终取得了胜利。

   C. 作者在结尾部分对小资产阶级的虚荣心进行了讽刺，同时又体现了他对小职员尴尬处境和不幸遭遇的怜悯之情。

   D. 主人公埃克托尔是一个农民。

   E. 这样的结尾，不仅能引导我们对人物命运进行思考，还能让我们更深入地去挖掘造成人物不幸命运的社会根源。

4. 下列对莫泊桑小说的理解和分析，不正确的一项是（　　）

   A. 作品《流浪汉》中描写了雅克·朗台尔失业了，决定去中部找工作。他来到一个村子，他乞讨工作被拒绝并且村长告诉他"本村的乞丐都会被抓"，他在那里等待着，果然宪兵将他带到村长

面前，他想赖在那里却被放走了。

B. 作品《勋章到手了!》写的就是一个下层农民以戴绿帽子为代价，允许妻子与议员私通，以期获得一枚朝思暮想的勋章的故事。

C. 作品《老人》中，一直守在老人旁边的老婆婆突然尖着嗓子喊："他咽气啦！他咽气啦！"这一句尖叫声特别令人心酸。

D. 作品《瞎子》叙述了一个贫困的瞎子最后在一个大雪天被冻死的故事，体现的是下层人民生活的贫困与痛苦，暴露的是资本主义人与人之间冷漠的人际关系。

E. 作品《小酒桶》中玛格卢瓦尔老婆婆最终是因为喝酒而死的。

参考答案：1. C 2. B 3. BD 4. B

三、简答题

1. 作品《项链》的结尾部分，构思非常巧妙，似乎在意料之外，却又是在情理之中，请对此加以分析。

2. 简要叙述《小酒桶》中的希科老板继承玛格卢瓦尔老婆婆农庄的办法。

3. 简要叙述《月光》中，马里尼昂长老对女人态度的变化。

4. 作品《老人》中，人们是怎样面对老人的死的？

5. 细节描写是莫泊桑小说的一大特色，试结合作品《骑马》加以分析。